UN MONSTRE À LA FRANÇAISE

www.editions-jclattes.fr

Éric Brunet

UN MONSTRE
À LA FRANÇAISE

Roman

JC Lattès

Maquette de couverture : Raphaëlle Faguer
Photo : © George Marks / Getty Images

ISBN : 978-2-7096-4768-7

À la mémoire de Georges Mandel

« Vous direz donc à votre ami
que je suis obligé de le faire fusiller
par raison d'État, mais que,
de soldat à soldat,
je lui garde toute mon estime. »

CHARLES DE GAULLE, 1945

« Si tous les soldats de 1940
s'étaient battus comme Darnand,
il n'aurait jamais été question de Milice.
Oh ! sans doute, ce sont là des choses
qu'on ne s'avoue pas, mais elles restent
tout de même sur le cœur. »

GEORGES BERNANOS, 1947

Avant-propos

Joseph Darnand a été le secrétaire général de la Milice française de 1943 à 1945. L'histoire l'a placé dans le camp des maudits. C'est là sa place. Il doit y rester.

Cependant, au printemps 2014, j'ai découvert par hasard plusieurs documents évoquant le passé de Darnand. À la lecture de ces pièces, je m'autorisai à regarder ce personnage différemment. Je découvris qu'avant de devenir « le bourreau des Français », Darnand avait été abondamment célébré par la République. On le considéra même comme le plus grand soldat de France. En 1918, puis en 1940. Troublant. Se pouvait-il que le même homme ait successivement été un héros adoré, puis un hitlérien zélé ? Je décidai de me plonger dans les deux itinéraires de Darnand. Ces deux lignes de vie, qui se croisèrent longtemps et finirent l'une et l'autre par se perdre.

Certes, aux yeux du plus grand nombre, personne n'incarne mieux le double visage héros/salaud que le maréchal Pétain. À cela je réponds : personne, sauf Darnand... Car à la différence de Pétain, Joseph Darnand vécut au contact de la chair, du feu et du sang. Ses mains sauvèrent des vies. Puis elles tuèrent.

Se pose donc la question du statut de cet ouvrage. S'agit-il d'un récit ? D'une biographie ? Après réflexion, j'ai fait le choix d'écrire un roman et de proposer un regard personnel sur cet aventurier paradoxal qu'Hitler consulta en 1944 pour succéder à Pétain.

Pour autant, je me suis efforcé de respecter les dates, les faits, les personnages historiques afin de restituer avec justesse le climat des époques traversées. Bien sûr, l'imagination m'a permis de combler les blancs de l'Histoire, mais je me suis souvent appuyé sur des sources. Les propos du jeune Mitterrand, par exemple, sont étayés par les propres lettres de l'ancien président de la République.

Un monstre à la française *est un roman. Un roman aussi fidèle que possible aux événements et à ceux qui les ont vécus.*

EB

1. 1918

L'Artisan de la Victoire

Depuis quelques heures Victor tremblait. Il aurait voulu être fort, maîtriser ce corps qui lui criait : « N'y va pas ! » Mais tout lui échappait. Pour rendre les choses plus légères, il tourna l'affaire à la dérision :

— Ci-gît Victor Mathoux, mort de trouille le 14 juillet 1918... avant même d'avoir combattu !

Recroquevillé dans sa cagna qui empestait la punaise écrasée et les pieds macérés, Victor tentait de dissimuler son état à ses camarades. En vain. Toute la section savait qu'il était allé poser culotte deux fois depuis son réveil.

— La bleusaille a une chiasse carabinée ! avait lancé le sergent Tascon à la cantonnée.

— Sergent, s'était défendu Victor, c'est le ragoût de chat que les artilleurs du 178ᵉ nous ont cuisiné hier. Y avait trop de chou...

— Ben, arrête le chou... ou le chat ! Et tu devrais p't'et même arrêter d'être volontaire pour des missions dangereuses, si c'est pour te chier dessus rien qu'en y pensant !

Entassés au fond de l'abri, les poilus n'avaient pas relevé. En ce 1 439ᵉ jour de guerre, la peur d'un bleu ne faisait plus rire. Le jeune Victor Mathoux venait d'être incorporé dans le 366ᵉ régiment d'infanterie, au sein de la IVᵉ armée, commandée par le général Gouraud et disposée sur le front de Champagne, à l'est de Reims. Il avait demandé à intégrer la compagnie des grenadiers : l'élite du régiment. C'est aux grenadiers que l'on réservait les fameux « coups de main » dans les lignes ennemies. Ces soldats à part étaient exemptés de gardes et de corvées, mais ils mourraient plus vite que la moyenne des poilus. Mathoux avait déjà participé à quelques missions, il avait même vu des boches de près. Jamais cependant il n'était entré à l'intérieur d'un camp allemand. Ce soir, ce serait la première fois.

En ce début d'été 1918, la France avait perdu la guerre. Ou presque. Depuis plusieurs mois, le poilu se faisait enfoncer, transpercer, piétiner. Il faut dire que l'empereur d'Allemagne avait reçu le soutien providentiel de Lénine. En signant la paix avec Guillaume II, le nouveau tsar de la Russie soviétique avait pratiquement condamné la France. En quelques semaines, le Kaiser avait rapatrié ses unités stationnées en Russie vers la Champagne et la Picardie. Pour la première fois, l'ennemi avait la supériorité numérique en France.

Guillaume II se régalait. Le 21 mars, 58 divisions allemandes écrasèrent 16 divisions britanniques dans la Somme et conquirent près de 1 000 kilomètres carrés. Au passage, les Allemands déchiquetèrent 3 divisions irlandaises, faisant 28 000 tués ou blessés. Deux semaines plus tard, en avril, l'Allemagne lança une deuxième attaque, cette fois dans les Flandres. Les Alliés cédèrent 15 kilomètres. Enfin, le 27 mai, une troisième offensive entre Reims et Soissons permit au général Ludendorff de reprendre en quelques heures la légendaire position du Chemin des Dames. Quelle revanche pour les boches ! Les Français l'avaient enlevé l'année précédente au prix d'un immense sacrifice. Victor avait reçu une lettre bouleversante de son père, instituteur près d'Aurillac. Aristide Mathoux, pacifiste et anticlérical, lui avouait avoir pleuré en apprenant la nouvelle dans le journal : *J'ai deux anciens élèves qui sont restés là-haut, enfouis dans la terre grasse du chemin des Dames. Les deux frères Boiston. Leur jeune sœur est dans ma classe cette année. Je croise leurs parents dans le village. Je ne puis soutenir leur regard, tant la tristesse qui m'habite est grande. À moins que ce ne soit de la honte d'être ici, impuissant.*

Le soldat allemand était désormais sur la Marne, à Château-Thierry. À 75 kilomètres de Paris !

Depuis peu, la peur rongeait l'arrière. Entre avril et mai, un demi-million de Parisiens fuirent la capitale. Clemenceau plaida même pour une évacuation immédiate du gouvernement vers la Loire. Poincaré l'en dissuada.

On lança la fabrication d'un faux Paris, en bois et en toile, au nord de la capitale, pour leurrer les escadrilles de Gothas allemands lors de leurs virées nocturnes. Mais les avions du Kaiser ne se laissèrent pas berner. Au printemps 1918, un obus allemand s'écrasa sur l'église Saint-Gervais, en plein Paris. Le toit s'écroula sur les fidèles, pendant l'office, un vendredi saint. Un carnage : 91 morts et 90 blessés. Le coupable s'appelait *Pariser Kanonen*, un canon de 750 tonnes, long de 37 mètres. Ce monstre sorti des usines Krupp avait craché son obus depuis une forêt de l'Aisne, à 120 kilomètres de Paris. Une torpille de plus de 100 kilos !

Guillaume II, lui, avait quitté Berlin. Depuis son observatoire en Champagne, il peaufinait son ultime offensive. La victoire finale serait pour cet été. Il n'en doutait pas. Il avait une fenêtre de quelques semaines, avant que les troupes américaines, fraîchement débarquées en France, ne donnent leur pleine mesure.

Dans le secteur de Reims, chacun savait que l'ennemi s'apprêtait à lancer un assaut historique. Le sergent Tascon, un grenadier taiseux, avait juste commenté : « Y en a qui reverront pas leurs douces ! »

Et puis il y avait eu cette image furtive. Ce petit grain de sable dans la mécanique de précision allemande. Au début du mois de juillet 1918, un observateur français, posté sur les hauteurs du Mont-sans-Nom, avait fait une découverte qui allait changer la face de la guerre. À proximité d'une tranchée allemande, il avait clairement distingué des soldats transportant des bouteilles de vin bouché vers un gros abri. Et pas qu'une fois ! Dans l'armée du Reich, les officiers menaient grand train – il n'était pas rare qu'en deuxième ou troisième ligne leurs casemates souterraines soient équipées de baignoires récupérées. L'observateur français en avait conclu qu'il y avait, à cet endroit précis, un repaire d'officiers allemands. L'information monta jusqu'à l'état-major de l'armée française. Et le 10 juillet, le lieutenant Balestié convoqua ses meilleurs grenadiers.

— Messieurs : je vous annonce que le régiment a été choisi par Pétain, Gouraud et les huiles pour monter une opération capitale.

Un sacré officier, Balestié. Le contraire de ces forts en gueule, cocardiers, toujours prompts à exposer la vie des poilus pour une citation ou une parcelle de gloriole. Balestié était un ancien sous-off. Économe de la vie des hommes, il ne jurait que par l'ingénierie et le progrès technique. Il avait la réputation de préparer ses « coups de main » comme un horloger suisse. Avant d'engager un groupe, il se documentait sur les conditions météorologiques, étudiait les vents afin d'éviter qu'ils ne renvoient les gaz vers nos lignes. Le lieutenant Balestié menait des investigations topographiques, déclenchait des reconnaissances aériennes, refaisait dix fois les calculs balistiques avec les artilleurs. Il était surnommé « l'horloger » par la troupe. Ce soir-là, quand l'horloger prit la parole, chacun comprit qu'un gros coup se tramait :

— Les Allemands préparent une offensive, ici, sur les monts de Champagne. Quand aura-t-elle lieu précisément ? Nous l'ignorons. D'après nos renseignements, le Kaiser a fait le déplacement dans la région pour assister à la bataille.

Que l'empereur Guillaume II – jugé responsable de tous les maux de la France depuis août 1914 – passe paisiblement ses nuits sur le sol sacré de la mère patrie révulsait les hommes. Aymé Fraysse, un 2ᵉ classe de Marmande, n'hésita pas à interrompre l'horloger en brandissant sa baïonnette :

18

— Qu'on me dise où il dort, ce cochon-là ! J'irai le saigner moi-même avec ma rosalie !

— Depuis des mois, reprit l'horloger sans relever, les boches nous enfoncent. Pour en finir avec les succès allemands, le général Pétain a mis au point une nouvelle tactique, baptisée Directive 4. L'idée est simple. Juste avant l'attaque boche, on abandonne nos tranchées et on recule notre défense de plusieurs kilomètres.

— Et les vert-de-gris attaquent dans le vide ?

— Exact, Fraysse. Les obus boches frappent des positions abandonnées. Et les Allemands s'épuisent et avancent dans le vide… jusqu'à rencontrer notre défense, concentrée en un point.

L'horloger marqua une pause pour raviver sa pipe. Ses gestes étaient lents et précis.

— Pour appliquer cette nouvelle tactique, reprit-il, nous devons connaître l'heure exacte de l'attaque allemande. Or, pour disposer d'une telle information, nous n'avons qu'une solution : aller chercher le renseignement dans les lignes allemandes. C'est-à-dire ramener des prisonniers et des documents.

Les grenadiers installés au fond, ceux qui avaient du mal à entendre distinctement les paroles du lieutenant Balestié, se rapprochèrent, passant sans vergogne devant les gars des premiers rangs. Il y eut bien quelques coups de coude, mais chacun prit soin de ne pas interrompre l'horloger.

— Vous partirez de la tranchée du soupir. Vous traverserez les lignes allemandes jusqu'au bunker rempli d'officiers. Là, vous vous emparerez d'un maximum de boches. Vous nettoierez le coin et vous rentrerez. Ce coup de main sera placé sous mon commandement. Tenez-vous prêts, l'ordre de départ peut tomber n'importe quand à partir de cette minute.

Caché dans le repli d'un boyau, un des rares endroits de la tranchée qui offrait une petite perspective sur le no man's land, Victor Mathoux contempla longuement le paysage lunaire qui s'étalait devant lui : trous d'obus, monticules indéfinissables, entonnoirs crayeux, boyaux écartelés, bosses, ferraille, vieux réseaux téléphoniques démantelés, anciennes tranchées éventrées. Par endroits, des corps brûlaient sous le soleil de juillet, déchirés par les *shrapnels* allemands, ces obus remplis de billes de plomb qui garantissaient une mort certaine à tout être vivant – soldat ou cheval – dans un rayon de 80 mètres.

Victor entendit un grenadier lancer à un officier : « Les boches sont sur les hauteurs. Et nous au fond du vallon. Va falloir attaquer en montant... Faut toujours qu'ils aient les meilleures positions, ces salopards. » Mais il eut beau tendre l'oreille, il ne put entendre la réponse de l'officier.

À 300 mètres en avant, à travers les fumeroles qui s'échappaient du sol depuis le bombardement de la veille, Victor distingua une petite lèvre qui courait d'est en ouest : « Andrinople et Sofia, murmura-t-il, la première ligne allemande. » Un peu plus loin, sur la crête, il devina Tirnova, la deuxième tranchée boche. Après, on perdait la ligne d'horizon. Du sol crayeux s'échappait une poussière qui rendait le paysage confus. Les officiers prétendaient que, derrière le mamelon, se trouvaient Radius et Cubitus, les 3e et 4e lignes ennemies. Puis, enfin, le bunker si convoité.

Dans l'après-midi, un attroupement se forma à l'entrée d'un abri où les officiers s'étaient réunis. L'horloger venait de sortir, une feuille à la main. Quel émoi ! Les gars accouraient de tous les boyaux alentour.

— J'ai besoin de 170 hommes, dit Balestié. Des volontaires.

La totalité des grenadiers qui étaient là leva la main. Balestié distribua les rôles. Il nomma cinq chefs de groupe. Quatre pour neutraliser les quatre tranchées allemandes, et un en réserve, pour couvrir le retour du corps franc au milieu des lignes adverses. Restait à connaître le chef du groupe de pointe. Celui qui pénétrerait dans le bunker ennemi... Avec une infinie douceur, Balestié se tourna vers un sergent qui devait avoir vingt ans. Un petit gars brun aux joues creuses qui ne devait pas dépasser les 60 kilos. Les grenadiers du 366e régiment d'infanterie reconnurent immédiatement ce sous-officier qui se tenait à l'écart du groupe, appuyé contre un étai de bois. Ses bandes molletières étaient défaites et sa chemise ouverte sur sa poitrine. Ils comprirent que Balestié avait fait son choix. L'homme serra ses larges mâchoires osseuses et l'espace d'une seconde, on vit les muscles de son visage saillir. Il esquissa un léger sourire. N'était ce regard bleu-vert, ce sergent aurait pu venir d'un des bataillons algériens qui se battaient sur le front de Champagne.

— Darnand, je sais que je peux compter sur vous, dit simplement l'horloger.

— Bien, mon lieutenant, répondit le jeune homme en lissant sa fine moustache.

Dans l'heure qui suivit, le dénommé Darnand s'activa. Avec une autorité surprenante, il désigna les vingt membres de son groupe de choc.

— Mortier, Tourbier, Le Scouezec, caporal Dominique Paul...

Bien sûr, les grenadiers qu'il choisissait étaient volontaires. Mais certains avaient le double de son âge... et parfois presque le double de son poids.

Darnand plissait les yeux, comme s'il devait résoudre une équation complexe. Parfois, d'interminables secondes s'écoulaient entre deux noms :

— Dehillerin… Gerbier-Colleux… Ansard… Mathoux.

Quand Darnand l'appela, Victor serra les dents, comme pour étouffer un cri. L'exposé de Balestié l'avait refroidi. Après réflexion, le coup de main lui paraissait suicidaire. Il était trop jeune pour mourir.

Darnand sembla comprendre la situation. Il saisit Mathoux par l'épaule :

— L'horloger n'envoie jamais ses hommes à la boucherie. J'ai déjà fait vingt coups de main. J'en suis toujours revenu…

Mathoux essaya de sourire. C'était faux, bien sûr. Le jeune sergent avait exagéré.

Les poilus du 366ᵉ connaissaient le pedigree de Joseph Darnand. À seulement vingt et un ans – le même âge que Mathoux –, il avait été décoré cinq fois. Sa première croix de guerre remontait à novembre 1917, trois semaines seulement après son arrivée au front. Quand Mathoux avait rejoint le peloton des grenadiers, le sergent Tascon lui avait dit : là où Darnand ne passe pas, personne ne passe.

Le 14 juillet 1918, tôt le matin, l'horloger glissa une tête dans l'abri où avaient dormi Darnand et ses hommes.

— Tenez-vous prêts, lâcha-t-il, on attaque à 8 heures ce soir.

Les grenadiers se levèrent dans un nuage de poussière. C'est à cet instant que Victor commença à ressentir des douleurs au ventre.

— À 8 heures, expliqua Balestié, les 170 grenadiers s'élanceront et notre artillerie déclenchera un feu roulant pour vous « encager ». Le but sera de vous isoler totalement des Allemands qui se trouveront autour de vous. Notre bombardement sera tellement puissant et précis qu'il délimitera une cage infranchissable à l'intérieur de laquelle vous vous trouverez tous. Cette cage avancera à une vitesse de 50 mètres par minute. Vous ne pourrez évoluer qu'à l'intérieur. Les tirs seront précis. Nos artilleurs travaillent au mètre près. Chaque dénivelé de terrain a été étudié. Les Allemands ne pourront pas entrer dans cette cage de feu pour aider les leurs. Mais attention, si vous avancez trop vite, vous serez hachés par nos canons. Alors respectez la montre ! Les quatre premiers groupes s'empareront des quatre lignes allemandes. Il faudra les nettoyer complètement et s'y maintenir jusqu'au retour des prisonniers.

Balestié s'arrêta pour chercher Darnand du regard.

— Maintenant, venons-en à vous, les vingt de Darnand. La réussite de l'opération repose sur votre groupe. Vous pousserez jusqu'au bunker, vous prendrez les officiers boches et vous les ramènerez ici. S'ils sont trop nombreux, prenez ceux que vous pouvez et tuez les autres. Une section sera en réserve, tapie dans les anciennes tranchées pour protéger votre repli.

Une heure et demie avant l'attaque, Victor quitta la tranchée des zouaves et rejoignit la cohorte des grenadiers qui montait en file indienne vers la première ligne française, la tranchée du soupir. Comme eux, il ne portait ni écusson, ni insigne, ni galon, ni document, pour ne pas être identifié s'il tombait aux mains des Allemands.

— Nous faire attaquer à 8 heures du soir, râla Le Scouezec… Il a de drôles d'idées, Pétain ! Il fait grand jour, et aucun boche ne dort !

— Si c'est le plan de Pétain, ça va marcher, assura Victor.

Le nom du général rassurait. Bien sûr, les hommes préféraient le charme électrique du général Gouraud, mais Pétain avait une réputation d'honnête homme. Il était différent de ces officiers d'état-major qui traçaient leur carrière sous les lambris du ministère de la Guerre. Pétain vivait à quelques kilomètres du front. Il venait parfois visiter les lignes, enveloppé de sa vareuse, et son brûle-gueule enfoncé sous la moustache. Au 366e, on savait bien que c'était une feinte pour asseoir sa popularité chez les poilus. Mais c'était déjà bien de consentir à pareil effort.

Le caporal Sandler vint disposer une dizaine d'échafauds dans la tranchée. Dans quelques minutes, les 170 grenadiers grimperaient les quatre barreaux qui les séparaient encore du feu. Au fond de la tranchée silencieuse, assis sur un caillebotis, Mathoux se mordait les lèvres. Darnand s'approcha :

— Alors, on est de la même classe, dit-il.

— J'ai devancé l'appel, comme vous, sergent. Je m'ennuyais un peu dans mon Cantal.

Mathoux tremblait de tout son corps. Darnand le prit par l'épaule.

— J'avais dix-sept ans quand la guerre a éclaté. J'étais apprenti chez un ébéniste. Mais mon patron a été mobilisé et l'atelier a fermé. J'ai voulu le suivre, mais le sergent recruteur m'a trouvé trop jeune et trop maigre. J'ai dû attendre janvier 1916 pour être incorporé. Après deux années de carnage, l'armée faisait moins la fine bouche…

— Pourquoi m'avez-vous choisi, sergent ?

— Je vais te dire, l'Auvergnat, répondit Darnand. Ça fait des semaines que je t'observe. Tu galopes comme un lapin de garenne. Personne ne court aussi vite que toi au 366ᵉ ! Même avec ton barda sur le dos. Et tout à l'heure, au retour, quand on aura les boches au cul, il faudra aller vite.

Enfin, les 170 membres du corps franc prirent position dans la tranchée. On entendit bien quelques cliquetis, mais le bruit ne parvint pas aux oreilles des guetteurs allemands. Il faisait encore beau.

Darnand se tourna vers son groupe de 20 hommes :

— Attaquer un 14 juillet quand ces couillons de fridolins pensent qu'on va se saouler la gueule toute la nuit... Nos généraux sont des malins !

Les dernières minutes avant l'assaut sont les plus longues. À 19 h 55, six sapeurs sortent en rampant. Ils vont ouvrir des brèches dans l'épais réseau de barbelés... À 20 heures, le signal est donné. Les batteries de 155 déclenchent leur feu millimétré. Les obus sifflent et tombent avec une précision diabolique. Ils dessinent une cage à l'intérieur de laquelle les hommes avancent, protégés. De la gauche, de la droite, des mitrailleuses commencent leur crépitement furieux... On envoie des fumigènes pour ajouter à la confusion. Ça y est : les grena-diers escaladent le parapet et s'engagent sur la petite montée qui mène au téton boche. La progression est laborieuse. Le terrain accidenté. Mais la cage avance, et à l'intérieur, les hommes.

— *Die Franzosen* !

Une sentinelle d'Andrinople agite les bras, son casque *stahlhelm* enfoncé sur le crâne. Elle essaie de donner l'alerte. Mais le vacarme couvre sa voix.

Deux grenades partent. Le soldat disparaît soudainement dans un boyau, touché en plein visage. D'autres sentinelles allemandes donnent l'alarme. Trop tard, les premières sections françaises s'emparent de la tranchée Andrinople. Les grenadiers font quatre prisonniers puis ils repoussent sur la droite un détachement *feldgrau*. À la grenade et au pistolet. Sinon, peu d'ennemis. Les Allemands se terrent. Un caporal crie :

— Nettoyez-moi cette tranchée. Si on laisse des fritz en vie, ils nous tueront au retour !

Les Français sautent dans la tranchée. Croyant à un bombardement « de routine », les Allemands sont abrités au fond des sapes. Assis. Bien rangés. Dans chaque abri, une demi-section allemande attend patiemment la fin du bombardement. Ils ne savent rien de l'attaque française. Les poilus n'ont qu'à lancer leurs grenades à l'intérieur des sapes. Trois abris explosent. Plusieurs dizaines d'hommes sont tués en quelques secondes. Certains survivants sortent en titubant. Victimes de l'effet de souffle, ils saignent des oreilles et du nez. Ils sont immédiatement abattus par les grenadiers français.

En passant à côté du corps d'un sergent allemand, le caporal Sandler hurle à ses hommes :

— Ils portent leurs uniformes d'assaut et ils ont leur sac de munitions bourré de grenades. Ils allaient nous attaquer ce soir !

Comme prévu, le caporal Sandler poste des « bouchons » aux deux extrémités de la tranchée : de petits groupes de grenadiers armés d'une mitrailleuse lourde. Il reste 200 mètres à couvrir pour atteindre le sommet de la colline et la deuxième tranchée allemande. La section Sandler est gênée par les fumigènes. Soudain elle tombe sur un gros abri à trois entrées, près de la côte 144. Le caporal se retourne :

— Bunker allemand devant nous. Ils nous canardent...

Il n'a pas le temps de finir sa phrase et s'écroule, touché à la poitrine, raide mort. Ses hommes se regroupent et attaquent au pistolet. Les Allemands refluent vers leur abri. Finalement les Français les tuent à la grenade incendiaire.

— Ceux-là ne se vanteront pas d'avoir tué un Français ! hurle un soldat.

Les hommes courent vers la deuxième ligne allemande. Une section va trop vite et menace de se faire déchiqueter par le mur d'obus français, la cage.

— On se couche une minute ! il pleut des marmites, crie un caporal.

Les grenadiers se jettent au sol, les deux mains sur le casque.

Quelques instants plus tard, Tirnova est prise. Bien que le ciel soit clair, Mathoux n'y voit pas à vingt pas. Un épais brouillard de fumée flotte dans le secteur. Ce sont des gaz moutarde allemands qui stagnent depuis plusieurs jours au niveau du sol, comme un liquide huileux et jaunâtre. Dans le tumulte, un grenadier s'effondre en gueulant « maman ! ». Victor s'arrête, le soldat est mort. Quelques minutes plus tard, les troisième et quatrième lignes boches sont prises : Radius et Cubitus.

Darnand rassemble ses hommes au milieu du tumulte. Aucun ne manque.

— C'est à nous ! leur dit-il.

Le groupe se porte à la pointe de la cage. Il évite l'important réseau de barbelés, les anciennes tranchées abandonnées, les débris, les trous d'obus…. Le petit vallon est franchi. Les hommes découvrent une plaine qu'ils ne connaissaient pas : une vaste étendue remplie d'installations boches.

— Regardez là-bas… Le poste de commandement est droit devant nous, lance Darnand.

Les vingt arrivent devant un gros bunker. Les obus français ont déjà fait leur œuvre : les alentours sont retournés. L'essentiel du blockhaus est en béton. Mais par endroits on trouve d'épais murs en traverses de bois, remplis de tonnes de terre. Pas un Allemand dans les parages.

— Ils sont là-dedans, c'est sûr ! crie Mathoux, le visage plein de terre.

Des bouteilles de vin de Moselle et des assiettes sont encore harmonieusement disposées sur les tables basses qui ont été épargnées par l'artillerie.

— Ils étaient en train de bouffer des rations françaises, s'écrie Darnand en brandissant une boîte de conserve.

Soudain, un sous-officier sort, les mains levées. Il fait de grands signes en gueulant :

— *Leer ! Leer !*

Il fait comprendre aux Français que le bunker est vide. Darnand gronde : « Le Boche ment ! » Les obus pleuvent à 20 mètres, faisant valser de la ferraille et des gerbes de terre. Les grenadiers veulent déguerpir. Darnand s'avance et hurle vers l'entrée du bunker :

— *Kamarad* ou *Kaputt* ?

Pas de réponse. Il ordonne :

— Envoyez une dizaine de grenades dans ce trou à rat !

Turcatti et Dahan larguent leurs provisions dans l'abri. On entend crier, tousser. Mais les *Feldgrau* se terrent. Pour les Français, privés de liaison avec l'arrière, la situation devient délicate. Quelques soldats allemands parviennent à traverser l'encagement. Les hommes de Darnand les tiennent à distance. Mais à 800 mètres à l'intérieur des lignes ennemies, combien de temps pourront-ils résister ? Darnand s'approche à nouveau d'une entrée du bunker :

— *Kamarad* ou *Kaputt* ?

Turcatti tente prudemment d'entrer, mais il est accueilli par des tirs de pistolet. Darnand s'impatiente.

— Sergent Amin ! Allez aux nouvelles. Je veux savoir si les autres sections ont des prisonniers !

Le sous-officier redescend vers les positions françaises... Puis revient, penaud, deux minutes plus tard.

— J'ai vu personne. Il y a des fumigènes partout...

Les quatre batteries françaises livrent un concert formidable. Les canons tapent si fort et si dru que les Allemands, entassés au fond de leurs abris, sont groggys. Baoum ! Cette fois, un petit obus rageur et sournois tombe à quelques mètres du blockhaus...

Darnand enrage.

— Si je rentre de cet enfer, j'irai engueuler les artiflots !

Entre deux fusants, le grenadier Turcatti hurle :

— Faut rentrer, sergent. Les artilleurs arrêtent la symphonie dans cinq minutes ! Et là, les boches vont débouler de tous les côtés.

— Donnez-moi une incendiaire !

Sous les yeux de l'escouade française, Darnand pénètre dans le bunker allemand, une bombe incendiaire de 8 kilos dans les mains. Il lâche un cri rauque et jette l'engin.

— Qu'ils meurent tous, merde !

C'est une explosion sourde. Des tonnes de terre et de béton amortissent le bruit de la détonation. Pourtant tout cède : les poutres, les étais, les rondins.

Quatre grenadiers tentent d'avancer dans les gravats fumants. C'est inutile : les boches sortent d'eux-mêmes. Sonnés. Le visage en sang. Victor aperçoit devant lui un grand Allemand. Hagard, il avance vers Darnand et le menace avec sa baïonnette. Mathoux n'hésite pas une seconde et l'abat d'un coup de fusil dans les reins. La plupart des boches brûlent. D'autres beuglent, pleurent en se tenant la tête, choqués par la puissance de la déflagration. Darnand se précipite à l'intérieur, suivi d'Ansard, Amin et Turcatti. Après quelques instants, les Français sortent les bras remplis de sacoches d'officier, de carnets d'ordre, de plans.

— On rentre, crie Darnand, et vite !

Mais devant le bunker, des grappes d'officiers allemands errent comme des zombies, incapables de marcher.

— Ils sont près de cinquante, gueule Mathoux entre deux obus. Ça va se retourner contre nous !

Darnand balance une grenade vers la queue du groupe. Puis une deuxième… Une quinzaine de boches, une vingtaine peut-être, roulent dans la tranchée. Ensanglantés. Les survivants sont achevés au pistolet.

Puis le groupe décroche.

— Quatre hommes en arrière pour protéger la retraite, ordonne Darnand.

Les prisonniers retrouvent peu à peu des jambes. Alors les Français les chargent de matériel allemand : appareils de visée, niveaux, caisses.

En rentrant vers la tranchée du soupir, le corps franc détruit ce qu'il trouve : dépôts de munitions, batteries de canons *minenwerfer* camouflés, alignés les uns contre les autres, lignes téléphoniques neuves, bobines prêtes à être déroulées... Ils brisent les plaques de marbre des appareils de visée, sectionnent les câbles électriques. Les captifs sont toujours trop nombreux, certains essaient de fausser compagnie au commando français. Pour les empêcher de fuir, les grenadiers leur collent leurs baïonnettes dans les reins. Mathoux en a deux devant lui. Il hurle sous la mitraille :

— Allez, *Schnell* !

Un des deux boches cherche à lui parler malgré les tirs et le vacarme.

— Colmar ! Parents français !

— Bon dieu, des Alsacos, crie Victor, les officiers seront contents, faut pas que je les perde en route !

Mathoux sait que les Alsaciens, germanisés de force depuis près de cinquante ans, sont réputés coopératifs avec les services de renseignement français. De longues minutes s'écoulent avant que le groupe des grenadiers aperçoive enfin la tranchée française.

— Ça y est ! On est arrivés à la maison ! beugle Mathoux, euphorique.

Dans les derniers mètres, les prisonniers allemands lèvent les bras en l'air, très haut, pour montrer qu'ils n'ont pas l'intention de se carapater. Dans la tranchée, les grenadiers rentrés quelques minutes plus tôt écarquillent les yeux.

— Sergent Darnand, vous nous ramenez toute l'armée du Kaiser !

Derrière sa grosse moustache poivre et sel, Tascon marmonne :

— Cocus de boches. Pour eux la guerre est finie. Ils vont bouffer du gratin dauphinois. Même sans béchamel, ça sera toujours meilleur que leur bouillon !

Il est 20 h 40. La mission a été pliée en quarante minutes.

Après avoir recompté ses hommes, Darnand sauta le dernier dans la tranchée française. Dans un abri, il entendit un prisonnier alsacien réclamer un masque à gaz avec insistance. La requête l'amusa :

— Faut oublier tout ça, l'Alsaco ! La guerre est finie pour toi...

Mais l'autre ne cessait d'implorer dans un français approximatif :

— S'il te plaît... Ce soir... Tout le monde masque à gaz !

Darnand fronça les sourcils.

Au même instant, l'horloger déboula. Visiblement ému, il venait congratuler le jeune sergent, mais ne savait comment s'y prendre. Le style fut bref et austère :

— 27 prisonniers allemands, dont 23 à vous seul... Deux Français sont morts et probablement plus de 200 boches à terre... Sergent, toute la IVe armée va parler de vous.

Dans les boyaux français, on s'activa. Les documents saisis dans le blockhaus allemand furent transmis au Bureau des Renseignements. Les prisonniers furent escortés vers le poste de commandement. Une dizaine de traducteurs les attendaient. Dans la soirée une rumeur circula, rendant les grenadiers fébriles : la grande attaque allemande était pour ce soir[1]* !

Le jeune Darnand fut porté en triomphe, le torse nu et un casque boche sur la tête. Les grenadiers scandaient « Darnand général ! », en regardant les officiers droit dans les yeux. Comme une provocation. Dans tout autre régiment, une telle insolence aurait été réprimée. Mais dans les corps francs, les galonnards savaient s'effacer. L'horloger rentra dans son gourbi.

À 22 heures, Balestié, visiblement agité, revint vers Darnand :

---

* Toutes les notes figurent en annexe.

— On a trouvé le plan de l'attaque dans une sacoche que vous avez rapportée[2]. C'est pour cette nuit. Dans deux heures... La plus grande offensive allemande de toute la guerre. Ils ont appelé ça *Friedensturm* : la bataille de la paix.

Darnand recula d'un pas.

— Cette nuit ?

Balestié sourit.

— Mon vieux, vous avez percé le secret d'Hindenburg, chef du grand état-major de l'Armée impériale et d'Erich Ludendorff, général en chef !

Le jeune sergent s'assit dans la tranchée.

— On va appliquer la directive de Pétain, mon lieutenant ?

— Oui, sergent ! Le général Gouraud vient d'ordonner l'évacuation immédiate de toute la première ligne française !

— Les boches vont attaquer des tranchées vides...

— Pas tout à fait. Quelques volontaires seront maintenus dans des abris blindés. Ils feront du bruit pour laisser croire que les Français occupent toujours leurs lignes.

— Ils seront sacrifiés...

— Ce sont les ordres, sergent.

À 23 h 10, l'armée française déclencha une contre-préparation d'artillerie. Des tirs féroces qui détruisirent les positions allemandes décrites dans les plans dérobés. L'état-major français prenait un risque : désormais, les Allemands savaient que les Alliés connaissaient l'heure de l'attaque. Le Kaiser déclencherait-il *Friedensturm* malgré tout ?

Une demi-heure plus tard, l'artillerie impériale débuta ses tirs de préparation, comme prévu. Les boches avaient maintenu leur offensive. Le piège français était en place. Le 15 juillet 1918 à 04 h 30, les régiments d'élite de Luddendorf franchirent les parapets. Soumises à de violents tirs de barrage, les vagues allemandes atteignirent péniblement des tranchées françaises totalement vides. Ce n'était qu'un début. Durant la journée, l'artillerie de la IVe armée de Gouraud disloqua impitoyablement les meilleures unités de l'armée impériale.

Le soir, après des pertes terribles, les Allemands s'immobilisèrent, sonnés, épuisés, défaits. Cela faisait des mois qu'ils n'avaient pas perdu une bataille face aux Alliés. Le lendemain, le général Gouraud s'adressa aux troupes : « Soldats de la IVe armée, dans la journée du 15 juillet vous avez brisé l'effort de quinze divisions allemandes, appuyées par dix autres. C'est une belle journée pour la France ! »

Si belle que l'état-major accorda une prime de 10 000 francs à chaque participant du coup de main. Gouraud écrivit à Pétain, commandant en chef de l'armée française : « C'est un coup de main historique aux conséquences stratégiques exceptionnelles. » Le

16 juillet, Pétain fit le déplacement en Champagne pour remettre personnellement à Darnand la prestigieuse médaille militaire. Le vainqueur de Verdun embrassa le petit sergent chétif devant des milliers de soldats. Darnand ne cilla pas. Il fixa Pétain de son regard intense puis s'en retourna seul dans sa cagna, sous le regard admiratif du régiment.

Après la cérémonie, l'horloger rendit visite au nouveau héros :

— Bientôt, vous serez plus célèbre que Pétain.

Que ressentait le sergent du 366ᵉ ? Victor Mathoux aurait aimé disséquer cette âme ombrageuse. Il n'était ni envieux ni jaloux, mais l'abîme qui le séparait de ce Darnand le laissait perplexe. Dans les heures qui suivirent le coup de main, Victor observa souvent Joseph. « Même âge que moi, même taille, même poids. Mais lui n'est pas du genre à trembler avant le bataille », se répétait-il un peu honteux.

Dans la tranchée, Darnand se tenait à l'écart. Il écrivait à ses parents deux fois par semaine. Le soir venu, il fuyait les distractions et les conversations triviales entre soldats. Darnand ne parlait ni des femmes, ni des planqués de l'arrière, ni de ce qu'il entreprendrait une fois la paix revenue. Dans les rares échanges que Mathoux pouvait surprendre,

Joseph parlait de « battre les boches ». Le reste ne semblait pas l'intéresser.

Trois jours après le succès du corps franc, l'armée française lança une fantastique contre-offensive. Près de 40 000 Allemands furent tués ou blessés. 5 000 Français « seulement » furent mis hors de combat[3].

Nommé adjudant en octobre, Darnand obtint sa septième citation après avoir été blessé durant l'attaque d'une position allemande.

Un mois plus tard, la guerre s'achevait.

Lors de la contre-offensive alliée, Victor Mathoux fut gazé par un obus de phosgène français. Un vent tournant avait ramené le gaz vers son unité. Le soir même, sa peau se couvrit de cloques. Il se mit à vomir, puis enchaîna les hémorragies. Une semaine plus tard, les premières lésions pulmonaires apparurent...

Après sa démobilisation, il séjourna dans un sanatorium militaire des Pyrénées orientales. Là, au milieu de centaines d'autres soldats poitrinaires, il fit connaissance avec le communisme. Lorsqu'il rentra à Aurillac, il épousa Jeanne, la fille d'un tonnelier de la région, puis il passa le concours de l'École normale pour devenir instituteur, comme son père. Nommé à Guéret, il adhéra à la section locale du Parti communiste français.

Le 8 avril 1927, Victor découvrit dans les pages intérieures de *La Montagne* un article intitulé « 14 juillet 1918 : le jour où la France a gagné la guerre ». Il lut le papier avec empressement.

Hier, à Paris, dans la cour d'honneur des Invalides, l'adjudant de réserve Joseph Darnand a reçu deux distinctions suprêmes. Il s'est vu remettre la médaille de la Légion d'honneur puis le titre exceptionnel d'« Artisan de la Victoire » ! N'ayant pu se rendre à la cérémonie, le président du Conseil, Raymond Poincaré, a néanmoins tenu à écrire un discours qui a été lu par son représentant. Après Georges Clemenceau et le maréchal Foch, Joseph Darnand est ainsi le troisième Français à se voir décerner par Raymond Poincaré, président de la République durant toute la guerre, le glorieux titre d'« Artisan de la Victoire ». On peut voir dans cette décision la volonté du président Poincaré d'honorer, aux côtés des représentants du pouvoir civil (Clemenceau) et du commandement militaire (Foch), un simple soldat qui, par sa bravoure et son audace, a contribué à la victoire de notre pays. Rappelons que Joseph Darnand, blessé deux fois et décoré à sept reprises, fut à la tête du groupe qui, le 14 juillet 1918, réussit l'exploit de pénétrer en plein jour dans les lignes allemandes et de capturer 23 prisonniers qui indiquèrent à l'état-major français le jour et l'heure de l'ultime offensive ennemie. Il n'avait que 21 ans au moment *des faits. Le lendemain, la IVe armée du général Gouraud parvenait à stopper l'attaque allemande en Champagne. Selon le maréchal Pétain, cette bataille a été le tournant historique de la guerre et nous a permis de triompher. Dorénavant, plus personne n'oubliera qu'une des premières causes de la victoire aura été le coup de main dirigé par Joseph Darnand, que certains observateurs considèrent aujourd'hui comme le plus grand héros de la guerre.*

Une photo du décoré accompagnait l'article. Victor Mathoux saisit son fils par la taille et l'assit sur ses genoux. Le gamin devait avoir six ans. Victor lui montra le portrait de Darnand :

— Tu vois ce monsieur ? Je l'ai bien connu. C'était mon sergent.

— Il s'appelait comment, ton sergent ?

— Comme toi, mon petit bonhomme, Joseph…

2. 1927-1938

Tuer La Gueuse

— Achetez *L'Action française*[4] !

Le jeune Camelot du roi[5] qui s'époumonait place Masséna, à Nice, n'avait pas vingt ans. Il portait un brassard tricolore frappé d'une fleur de lys.

— À bas Poincaré ! À bas Briand ! Sus à la démo-crassouille !

Un peu plus loin, un groupe d'une trentaine de manifestants royalistes défilait en entonnant à tue-tête le chant d'assaut des Camelots du roi.

Le Juif ayant tout pris
Tout raflé dans Paris
Dit à la France
Tu n'appartiens qu'à nous

Obéissance
Tout le monde à genoux.
Non, non !
La France bouge, elle voit rouge,
Non, non !
Assez de trahison.

Les badauds n'étaient pas surpris. Chaque 21 janvier c'était le même rituel : les militants royalistes de l'Action française commémoraient l'anniversaire de l'exécution de Louis XVI. Dans les rues de Nice, on s'apostrophait, on chantait, on riait. Des grappes de manifestants se faisaient et se défaisaient. On distribuait du vin rouge, des confiseries et des œillets blancs.

Tant pis, dit le rabbin
Je tiens tout dans ma main,
J'ai la police
Et pour violer la loi,
Une justice
De magistrats sans foi
Non, non !
La France bouge, elle voit rouge,
Non, non !
Assez de trahison...

Deux mois plus tôt, Pie XI avait officiellement condamné l'Action française et son chef, Charles Maurras. Pis, le Vatican avait invité les catholiques français à ne pas acheter le puissant quotidien royaliste. Déserté par bon nombre de ses lecteurs, *L'Action française*, qui tirait à plus de 100 000 exemplaires l'an passé, devait maintenant faire face à une crise de lecteurs. Alors, à la demande de Maurras lui-même, les jeunes Camelots du roi redoublaient d'énergie pour compenser la baisse des ventes :

— N'écoutez pas Rome ! Retrouvez Léon Daudet et Charles Maurras ! Lisez *L'Action française* ! Cinq centimes ! Pour un antisémitisme d'État !

Malgré l'oukaze papal, les Niçois étaient venus en masse. Catholique et conservatrice, la ville était une base importante du mouvement. Deux jeunes officiers, sans doute sensibles au nationalisme intégral prôné par Maurras, achetèrent le journal. Impeccablement sanglés dans leurs uniformes, ils remercièrent ostensiblement le vendeur. Un paysan aviné s'approcha. Il était en tenue provençale, et portait un calicot fleurdelisé à la boutonnière.

— Le pape est un jean-foutre ! À bas l'Allemand ! À bas le régime ! Vive le Roi !

Les chanteurs vinrent entourer le vieil homme qui agitait sa canne-épée de plus belle, redoublant de férocité à l'égard des curieux.

Les travailleurs ont faim
Le Juif dit : – Pas de pain.
Mais en rafales,
Pour sauver nos écus
Voici des balles
Peuple, ne bouge plus !
Non, non !
La France bouge, elle voit rouge,
Non, non !
Assez de trahison.

Quand ils avaient trop bu, les Camelots du roi avaient la main leste. Alors les Niçoises détalaient en riant devant ces poivrots à fleur de lys. Un manifestant, plus braillard que les autres, brandit soudain sa canne-épée en direction d'un groupe de communistes, venus provoquer les troupes royalistes. Ce vendredi 21 janvier 1927, l'ambiance était électrique. Un instant on redouta une bataille rangée, mais les militants communistes préférèrent abandonner le pavé niçois. Ce jour-là, les rouges n'étaient pas de taille.

Membre influent de l'Action française à Nice, Félix Agnély tenait entre ses deux mains la hampe du grand étendard blanc. Il était un des deux porte-drapeaux à officier pendant la messe du souvenir à Louis XVI. Sur sa veste noire, il avait épinglé ses décorations militaires de 14-18. Durant l'homélie de l'abbé Louis Castaing, Félix ne lâcha pas du regard le second porte-drapeau, installé à ses côtés. Ce voisin qu'il ne connaissait pas arborait exactement le même nombre de médailles que lui : sept[6]. À la fin de la messe, les deux hommes roulèrent leurs étendards, chacun dans son coin. Félix décida de rompre le silence. Il s'approcha de son homologue et lui tendit sa main droite, un rien martial :

— Agnély, lieutenant de réserve de chasseurs.

L'autre lui fit face et répondit :

— Darnand, adjudant de réserve.

Agnély s'arrêta net. Il jeta un œil sur les décorations de son interlocuteur et se risqua :

— Darnand ? Vous voulez dire : Joseph Darnand ?

— C'est ça, répondit le jeune homme moustachu.

— Darnand, ici, à Nice… Près de moi ! Et depuis combien de temps es-tu à l'Action française ?

— Bientôt quatre ans, rétorqua sobrement le jeune homme.

— Mais… Je ne t'ai jamais vu !

— Normal, j'étais à Lyon dans une maison d'ameublement. Et comme on m'a nommé sousdirecteur de la succursale de Nice, je viens de débarquer avec ma petite famille.

— Joseph Darnand… Joseph Darnand…, répéta Agnély songeur. Avec tes états de services, tu aurais pu faire carrière dans l'armée !

— Tu penses bien que je voulais devenir officier. Je me suis rengagé en Allemagne en 1919. Mais emmerder des civils affamés toute la journée, c'était moche.

Leur drapeau roulé sur l'épaule, les deux hommes prirent la direction du local de l'Action française.

— Où es-tu parti alors ?

— Dans l'armée du Levant, en Syrie et en Turquie. Deux ans de guerre dans un trou perdu. J'ai vu des garnisons françaises décimées par Mustafa Kémal et sa clique. Il voulait nous reprendre la Cilicie.

— La Cilicie ?

— Un territoire sous contrôle français dont tout le monde se foutait bien à Paris.

— Quand as-tu quitté l'armée ?

— Quand cette guerre s'est arrêtée, en 1921. Je me suis retrouvé à Paris, en plein mois de juillet, avec trois sous en poche.

Félix s'arrêta un instant et prit le bras de Joseph.

— C'est inouï ! Après ce qu'elle te doit, l'armée n'a pas cherché à te retenir…

— Sans diplômes, je ne serais jamais devenu officier, sourit Darnand. Dans l'armée, les types comme moi sont bons à mourir au champ d'honneur. Quand ils survivent, on ne sait pas quoi en faire. Alors je suis rentré dans l'Ain, chez moi. Je me suis marié et j'ai cherché du travail.

— Et maintenant tu te retrouves sans le sou…, lâcha Agnély.

Dans un geste familier, Darnand lissa sa moustache entre son pouce et son index, sans répondre. Gêné, Agnély enchaîna :

— Tu verras, ici, les militants de l'A.F. sont moins snobs qu'à Lyon !

L'ancien sous-officier fronça ses épais sourcils noirs.

— Snob ou pas, je ne suis pas devenu Camelot du roi pour déguster des petits-fours mais pour foutre en l'air ce régime.

Agnély prit les mains de Darnand dans les siennes.

— Comme a dit Péguy : « Demander la victoire et ne pas avoir l'intention de se battre, je trouve ça mal élevé »…

Darnand n'entendit pas. Le groupe de Camelots du roi s'approchait des deux hommes. Il s'était étoffé et on y chantait si fort qu'il devenait difficile de se parler.

Le roi revient d'exil :
Ô France, dira-t-il,
Reine du monde,
Te voilà donc aux mains
Du Juif immonde,

Coureur de grands chemins !
Non, non !
La France bouge, elle voit rouge,
Non, non !
Assez de trahison !

Agnély et Darnand s'éloignèrent. Pendant qu'ils se frayaient un chemin au milieu de la foule, Félix observa l'ancien héros. Ses yeux bleu-vert, enchâssés au fond de deux orbites d'une incroyable profondeur, lui donnaient un air terriblement grave que le sourcil et la moustache noirs soulignaient d'autant. Et les joues ! « Plus creuses que celles d'un mort », murmura Agnély. Rien ne respirait l'aisance matérielle chez lui, ni son costume élimé, ni son pantalon trop court, ni ses brodequins usés… Sèchement remercié après la guerre, ce baroudeur qui avait connu les honneurs avait fini par accepter une existence médiocre. Et la République, ingrate, l'avait oublié.

Bien sûr, Agnély venait d'ailleurs. Issu d'une famille bourgeoise de Nice, il était cultivé, élégant, rompu aux mondanités. L'opposé de ce plébéien à la simplicité rustique. Mais qui d'autre que lui pouvait comprendre ce héros perdu ?

Les deux hommes se donnèrent rendez-vous le lendemain. Puis le surlendemain. Joseph ne cacha rien de sa jeunesse à Félix. Né en 1897, à Coligny dans la Bresse, il était le fils de l'adjoint du chef de gare – son père vendait les billets de train. La mère de Joseph éleva ses cinq enfants dans la religion. Les Darnand vivaient dans une petite maison de pisé, à la sortie du village. À l'ouest : de vastes champs descendaient doucement jusqu'aux rives de la Saône. La terre était grasse et généreuse. À l'est, les premiers contreforts du Jura s'annonçaient... Le cimetière de Coligny était rempli de sépultures portant le nom de Darnand. Après quelques années, le père du jeune Aimé Joseph Auguste Darnand avait été nommé chef de voie à Bourg-en-Bresse. Il avait fallu quitter Coligny. Mme Darnand et les enfants prirent goût à leur nouvelle vie citadine... Les voyages en train étant gratuits, elle emmenait une fois l'an ses enfants à Paris. On montait dans le PLM à 3 heures du matin, à Bourg. On débarquait à 9 heures à la gare de Lyon. Il fallait ensuite se hâter d'attraper un tramway pour arriver à l'heure à la grand-messe du Sacré-Cœur. Paris, la butte Montmartre, quels souvenirs pour Joseph ! Après l'office, la famille Darnand s'arrêtait au pied du funiculaire pour déballer les généreux casse-croûte préparés par maman la veille au soir. Sur le chemin du retour, Mme Darnand desserrait le carcan disciplinaire. C'était alors une longue cavalcade à travers les rues et les squares de Paris. Les enfants rentraient gare de Lyon en riant.

Très catholiques, les parents de Joseph avaient participé à une large souscription pour ériger une basilique à Bourg-en-Bresse. Joseph, ses frères et ses sœurs consacraient leurs après-midi à envoyer des formulaires de souscription dans le département. En dépit de leurs faibles moyens, les Darnand avaient refusé d'inscrire leurs cinq enfants à l'école publique. En octobre 1911, Joseph avait rejoint le collège Lamartine à Belley. Malgré ses bons résultats, il était resté « l'enfant pauvre » de l'établissement : « Mes culottes n'en finissaient pas de descendre en bas des genoux... Je savais que j'étais ridicule, mais il n'aurait pas fallu qu'on me le dise. » L'année de son passage en seconde, les Darnand décidèrent de retirer Joseph du collège catholique pour le placer chez un ébéniste de Bourg-en-Bresse. L'apprentissage coûtait moins cher que le lycée : vingt sous par semaine. Mais le 3 août 1914, le patron du jeune apprenti avait été mobilisé. Et Joseph s'était retrouvé seul.

Félix Agnély comprit vite que, derrière le titre de sous-directeur de la succursale de Nice des meubles Chaleyssin, se cachait une réalité moins ronflante. Darnand était le grouillot du patron. Un petit livreur de meubles. Le type volontaire et humble qui ne rechignait jamais à faire une course ou à aller livrer un client. Agnély aurait pu trancher le problème en considérant Joseph comme un crétin.

Un héros de circonstance, un peu niais, comme les terroirs de France en avaient déversé des milliers dans les tranchées. Mais Agnély refusa d'envisager les choses ainsi. Séduit par le regard franc et l'autorité naturelle de Joseph, il en fit son ami. Puis son meilleur ami. Il le présenta à sa femme et à ses cinq enfants. Et fut à son tour reçu chez Joseph et Antoinette Darnand qui lui présentèrent leur tout jeune fils : Philippe.

— Comme le Maréchal ! avait laissé échapper Mme Agnély.

Le couple ne s'entendait pas, cela sautait aux yeux. Joseph était un mari autoritaire et colérique, il ne supportait pas la contradiction. Mais Félix se refusa à évoquer ce sujet avec lui. Très rapidement, il présenta à Joseph un autre militant de l'Action française, lui aussi décoré durant la Grande Guerre : Marcel Gombert. Ce petit Provençal, originaire du haut Var, trapu et assez rustre, ne travaillait pas vraiment. Il se contentait de vivre des rentes de son épouse, propriétaire de plusieurs crus dans le Bordelais. Gombert était un jouisseur. Il partageait son temps entre la pêche, la chasse et les femmes qu'il aimait bien en chair. Très vite, les trois hommes formèrent un trio. Ils se choisirent un QG au cœur de Nice : le café de Lyon, à deux pas de la promenade des Anglais.

Agnély occupait un poste important dans une société de transports. Il décida d'aider Darnand à monter son affaire. Il fit jouer ses relations et permit à son ami de trouver les capitaux nécessaires à l'achat d'une petite entreprise de déménagement : « les transports Albert Duret » : quatre employés, trois chauffeurs et deux camionnettes. Rapidement, grâce au réseau royaliste et aux anciens combattants, chez lesquels il était très populaire, Darnand trouva ses premiers clients. Au début, le Bressan participait aux déménagements. Peu à peu, il développa sa société, jusqu'à acheter un camion Berliet, puis trois fourgons routiers de quarante mètres cubes. Il recruta six employés...

— J'ai fait deux rencontres importantes dans ma vie, Pétain et toi ! dit-il un jour à Félix.

Souvent Joseph se laissait aller à la confidence avec son bienfaiteur :

— Quand l'armée m'a recraché dans la vie civile, je n'étais plus rien. J'ai rangé mes décorations et je me suis retrouvé manutentionnaire chez un petit fabricant de meubles, près de chez moi, dans la Bresse. C'est là que j'ai rencontré Antoinette. C'était la nièce du patron. Après notre mariage, nous sommes partis dans le Jura, à Maillat. J'ai travaillé comme bûcheron dans une exploitation forestière. Je n'étais pas mauvais avec une cognée dans les mains. J'adorais la vie au grand air...

Félix décida de faire avancer la carrière politique de son nouvel ami. Joseph fut propulsé chef des Camelots du roi à Nice, puis sur l'ensemble du département. En quelques mois, l'ancien grenadier du 366ᵉ transforma cette bande de monarchistes folkloriques en une troupe disciplinée, volontaire et batailleuse, autonome de l'état-major parisien du mouvement royaliste.

Les deux hommes ne tardèrent pas à trouver les dirigeants de l'Action française timorés. Il leur sembla que Maurras et les siens négligeaient l'action contre la République au profit d'interminables débats doctrinaires. Darnand songeait à mener un petit putsch dans le mouvement. Il répétait à ses militants : « Maurras étanche sa soif de changement avec des palabres ! Il faut en finir avec ces intellectuels en redingote ! Moi, je vous propose le vrai changement : aller à Paris, pour foutre en l'air cette République ! » À la différence d'Agnély, Darnand se fichait du retour du roi. Il était avant tout partisan d'un régime autoritaire.

Les deux Niçois finirent par inquiéter Maurras, qui décida de convoquer l'ancien héros de 1918 par télégramme. Agnély le mit en garde :

— Tu es si populaire parmi les Camelots du roi que tu fais peur à Paris. Là-haut, ils craignent une dissidence niçoise. Ils veulent te faire entrer dans le rang.

— Voilà bien les intellectuels ! Ils bâtissent des théories sur la prise du pouvoir, et dès que des types comme moi s'activent, ils font dans leur pantalon. Je vais leur répondre que je n'ai pas l'argent pour faire le voyage à Paris !

Une semaine plus tard, le frondeur reçut un mandat. Cette fois, il ne put se dérober. N'ayant pas été convoqué, Félix resta à Nice. Il attendit patiemment le retour de Joseph. Le compte rendu se déroula au café de Lyon. Une bonne quinzaine de Camelots du roi étaient venus écouter Jo. Pour l'occasion, Gombert et Agnély avaient commandé deux bouteilles de vermouth et un seau de glace. Darnand s'installa derrière une table et se servit un grand verre :

— Dès mon arrivée, en voyant leurs têtes, j'ai compris que ça allait être ma fête. Tout le comité directeur de l'Action française était là. Charles Maurras, bien sûr, avec sa barbiche. Il n'avait pas l'air réjoui. Léon Daudet, plus souriant. L'historien Jacques Bainville, Maxime Real del Sarte, le sculpteur qui a perdu un bras à la guerre. Et Maurice Pujo, bien sûr, le rédacteur en chef de *L'A.F.* Ils étaient assis face à moi, comme un jury face à l'accusé. À part Daudet, ils tiraient tous des têtes d'enterrement. Maurras a commencé par me faire la morale. Il a répété dix fois qu'il était trop tôt pour l'action violente et qu'il valait mieux attendre que le régime parlementaire s'écroule de lui-même. J'ai laissé passer l'engueulo. J'ai rien dit. À la fin, ils m'ont demandé mon point de vue. J'ai bien réfléchi et je leur ai dit droit dans les yeux : « Ce que j'ai à dire, c'est que vous êtes tous des vieux cons ! »

La tablée poussa une exclamation. Zurietti, un jeune Camelot, s'écria en s'essuyant le front :

— T'as pas dit ça à Maurras, Jo ? Là t'en rajoutes !

— Un peu que je leur ai balancé qu'ils étaient des cons ! Tu aurais dû voir leurs trognes ! Ils me regardaient comme si je venais de lâcher une flatulence. Sauf Maurras qu'est sourd comme un pot. Il n'avait rien entendu. Finalement, Léon Daudet explose de rire. Alors Maurras lui demande ce qui le fait tant rigoler. Mais l'autre rit tellement qu'il a du mal à articuler une phrase. Au bout d'un moment, entre deux gloussements, il répond : « Darnand a dit que nous étions des vieux cons et c'est pour nous dire ça qu'on lui a payé un voyage à Paris ! Quel type formidable, ce Darnand ! »

— Ah, c'est un brave homme ce Daudet, se rassura Zurietti.

— Daudet est loin d'être un mauvais bougre, reprit Joseph. Son fou rire a détendu l'atmosphère. J'ai expliqué que nous en avions assez d'attendre et que nous étions prêts pour un coup de force.

Maurras ne m'a pas écouté. Il a conclu en expliquant que l'occasion de balayer la gueuse ne s'était pas encore présentée et qu'il fallait patienter. Là-dessus ils se sont tous levés, ont pris leurs chapeaux, leurs cannes et leurs redingotes et s'en sont repartis, me laissant seul au milieu de la salle.

— C'est tout ? interrogea Agnély, un peu frustré.

— C'est tout. Mais je sais désormais qu'il n'y a plus rien à espérer de nos chefs.

Quelques semaines plus tard, Agnély, Darnand et Gombert quittèrent l'Action française pour rejoindre une nouvelle ligue dont le peuple de droite raffolait depuis peu : les Croix-de-Feu. Cette organisation, récemment créée, rassemblait la crème des anciens combattants. Elle s'était fait connaître en organisant d'impressionnantes manifestations patriotiques ainsi que des pèlerinages sur les champs de bataille. En 1931, c'était le lieutenant-colonel François de La Rocque qui avait pris la tête du mouvement. Il avait eu l'idée d'ouvrir les Croix-de-Feu à ceux qui n'avaient pas combattu en 1914 afin d'en faire un vrai parti de masse. Il était en train de politiser l'organisation. La nouvelle ligne sociale et antiallemande plaisait au trio niçois.

— C'est ce La Rocque qui renversera la IIIe République, promit Darnand. Pas ce vieux sourd de Maurras !

En février 1934, à la suite du scandale Stavisky[7], le président du Conseil Édouard Daladier révoqua le préfet de Paris, Jean Chiappe, adoré par la droite et les ligues. Face à cette purge « de gauche », les ministres Piétri, Doussain et Fabry démissionnèrent. La presse aussi s'indigna : *La Liberté, L'Ami du peuple, L'Intransigeant, L'Écho de Paris, Le Petit Parisien* prirent fait et cause pour Chiappe. Le 6 février 1934, les Croix-de-Feu, rejoints par l'Action française, les phalanges universitaires, les jeunesses patriotes, le Front universitaire, la solidarité française, l'Union nationale des combattants, mais aussi les anciens combattants communistes, organisèrent une manifestation géante pour dénoncer les visées du nouveau pouvoir et la corruption des parlementaires. Agnély et ses amis ne firent pas le déplacement à Paris : ils avaient défilé à Nice quelques jours plus tôt. Mais le surlendemain, en lisant les journaux au café de Lyon, Joseph, Félix, Marcel et leurs amis tombèrent de leur chaise : pendant la manifestation, alors que les militants royalistes se préparaient à s'emparer de l'Assemblée nationale, le colonel de La Rocque ordonna aux Croix-de-Feu de rentrer chez eux. La nouvelle anéantit les Niçois.

L'Action française déployée sur la table du bistro, Darnand refit dix fois le déroulé de la soirée :

— Je ne comprends pas. Tout était en place. À la mairie de Paris, nous avions installé notre gouvernement de remplacement composé de nos députés et nos élus... Nos hommes étaient placés à tous les points stratégiques de la capitale : les Jeunesses patriotes, place de la Concorde, avec les anciens combattants communistes ; l'Action française à l'angle Raspail/ Saint-Germain ; les Croix-de-Feu, place des Invalides...

Le Petit Niçois sous les yeux, Agnély lit à haute voix :

— *Sur les 30 000 manifestants, les Croix-de-Feu sont les plus nombreux. Le colonel de La Rocque les a rassemblés sur l'esplanade des Invalides et la rue de Bourgogne tout près de la Chambre des députés. Il se trouve lui-même en arrière de ses troupes, d'où il dirige les opérations à l'aide d'agents de liaison et de postes téléphoniques transportables. Il veut « une masse disciplinée, tenace, agissante et non agitée ». Les Croix-de-Feu atteignent rapidement les grilles du Palais-Bourbon. La garde républicaine les arrête aussitôt. Des violences éclatent. Soudain, de La Rocque ordonne à tous ses militants de refluer[8]. C'est la surprise ! Le gros de la troupe se replie sur la rive droite et la Concorde tandis que des émeutiers attaquent les policiers au pistolet. La police charge à cheval. Certains manifestants utilisent des lames de rasoir fixées au bout de cannes pour trancher les jarrets des chevaux, et ainsi couper l'élan des charges de cavalerie. Un autobus brûle. Vers 19 h 30, le service d'ordre, débordé, tire des coups de feu. Les affrontements se prolongent tard dans la nuit. Le lendemain Daladier démissionne mais la République est sauve. De La Rocque, satisfait, adresse le télégramme suivant à ses sections : « Ministère démissionnaire, premier objectif atteint. Suspension manœuvres. » De La Rocque est aussitôt accusé par* L'Action française *d'avoir trahi la cause patriotique en renonçant à prendre l'Assemblée.*

— Nous aurions dû aller à Paris, regrette Gombert. Avec nos Niçois, nous l'aurions prise, l'Assemblée. Et nous aurions botté le cul de ce pied-nickelé de colonel de La Rocque...

Après un long silence, Joseph se leva en enfilant son complet de velours noir. En jetant trois pièces sur la table, il dit simplement :

— Il faut quitter les Croix-de-Feu !

1936 décupla l'ardeur militante des Niçois. Quand Léon Blum se rendit à l'Assemblée nationale, le député de l'opposition Xavier Vallat s'exclama : « Messieurs, pour la première fois, ce vieux pays gallo-romain sera gouverné par un juif ! » Vallat s'était spécialisé dans les saillies antisémites. Dans l'hémicycle, il n'hésitait pas à s'en prendre publiquement au député juif Georges Mandel, pourtant élu de droite comme lui ! Mais le trio niçois, nourri par l'antisémitisme des ligues, délaissa peu à peu l'obsession antijuive de Maurras, non par humanisme, mais parce que la question ne leur semblait plus prioritaire. En fait, Darnand Gombert et Agnély redoutaient surtout que le Front populaire ne creuse le fossé entre les armées française et allemande : « L'Allemagne, l'Italie et bientôt l'Espagne réarment à tout va. Et pendant ce temps, Blum transforme le pays en bal musette », répétait Darnand. La victoire de la gauche s'était accompagnée d'un mouvement de grève considérable, soutenu par près de deux millions de Français. Maurras évoqua la « chienlit rouge ». On organisa des bals dans les usines occupées. Même l'entreprise de Darnand fut touchée. Gispoux, un de ses chauffeurs encarté au parti communiste, déclencha une grève.

— Pas de rouges chez moi, menaça Darnand. Ces fumiers empêchent le pays de tourner... Ils coulent la France sur l'air de *tout va très bien madame la marquise* ! Demain, je lui ferai son compte...

Car ce qui inquiétait les trois anciens poilus, c'était Hitler. En mars, il venait tranquillement de remilitariser la Rhénanie au nez des Français, sans susciter de réaction. Félix, Marcel et Joseph étaient persuadés que la IIIe République était désormais

militairement incapable d'affronter le IIIe Reich. Il
fallait la renverser. Organiser un coup d'État.

— On a passé l'âge des banderoles ! lâcha Darnand à ses compères. Maintenant, on doit agir.

Justement, les milieux d'extrême droite bruis-
saient d'une rumeur : une nouvelle organisation
s'était donné l'objectif de renverser la République.
Elle s'appelait l'Organisation secrète d'action révolutionnaire nationale. L'OSARN voulait installer en
France un régime autoritaire, sur le modèle du dictateur portugais, Salazar. L'organisation osait tout : elle
avait même infiltré l'armée. Son organigramme était
clandestin et cloisonné. Les actions étaient menées
dans le secret le plus total. Le chef du mouvement
répondait au pseudonyme de « Monsieur Marie ».
Agnély et Darnand obtinrent un rendez-vous discret avec un membre de l'organisation, dans le Sud.
L'émissaire prévint :

— Nous sommes peu nombreux mais détermi-
nés… Surtout des déçus de l'Action française et
des Croix-de-Feu. Croyez-moi, à la prochaine Saint-
Sylvestre, la République française ne sera pas au
banquet des survivants ! Elle sera morte et enterrée,
comme la République espagnole !

Félix et Joseph n'eurent pas besoin d'insister pour
convaincre Marcel. Les trois hommes rejoignirent
la mystérieuse officine. Un mois après leur prise de
contact, ils reçurent leur premier ordre de mission.

Cette fois, c'était du sérieux. En vue d'un prochain coup d'État, l'organisation devait se procurer des pistolets, pistolets mitrailleurs et munitions. Les fascistes italiens, au pouvoir à Rome, étaient d'accord pour fournir les armes. Ils rêvaient de voir un régime autoritaire s'installer à Paris. Parce qu'il résidait à Nice, près de la frontière italienne, le trio fut chargé de réceptionner les caisses acheminées par la mer.

Agnély avait débusqué la villa idéale – elle était dotée d'un petit port privé – près du cap d'Ail. Il avait obtenu l'autorisation du propriétaire – un homme d'affaires belge souvent absent – d'utiliser le jardin et la crique. La première opération commença en octobre 1936. À la nuit tombée, Agnély et Darnand se dissimulèrent dans les rochers et attendirent l'arrivée de l'embarcation de Gombert, parti de San Remo. Il faisait frais, et le vent s'engouffrait bruyamment dans les à-pics rocheux. Les deux hommes étaient enfoncés dans une petite cavité. À l'abri des regards. Les membres engourdis, Félix grogna :

— Mais qu'est-ce qu'il fout ?

— Il prend son temps. Tu le connais, il n'est jamais pressé.

Pour la première fois depuis la fin de la guerre, Darnand ressentit l'excitation du danger. Il se sentit heureux. Il se frappa la poitrine et les bras pour se

réchauffer, et entonna une parodie à la mode du
Chant du Départ :

La République vous rappelle qu'elle est veule,
Et qu'elle est pourrie,
Un Français peut vivre sans elle,
Contre elle un Français doit mourir !

Finalement, Agnély plaisanta :
— On est plus utiles ici qu'à bavasser avec Maurras ou à manifester avec de La Rocque !
Vers minuit, Gombert envoya le signal lumi-
neux : cinq courts, cinq longs, cinq courts. Son
accostage fut si maladroit qu'il manqua faire tomber à l'eau plusieurs caisses de pistolets mitrailleurs.
L'embarcation amarrée, Darnand donna le signal
et plusieurs hommes surgirent des fourrés pour
décharger la marchandise. Ils firent la navette entre
l'embarcation et un camion de l'entreprise Darnand, discrètement stationné près de la route. Le
chargement terminé, c'est Jo qui prit le volant. Un
parcours alambiqué avait été tracé par les gars de
l'organisation secrète. Ce n'était pas le plus rapide,
mais il devait permettre de brouiller les pistes au
cas où le camion serait repéré.
Au cours des mois suivants, les armes italiennes
pénétrèrent en France en grande quantité. Le trio de
contrebandiers trompa tout le monde : gendarmes,

gardes-côtes, douaniers et même les voisins qui ne remarquèrent pas les fréquentes allées et venues.

En septembre 1937, l'OSARN lança sa première opération d'envergure : une série d'attentats dont le but était de faire accuser les communistes. Le 11 septembre, deux bombes explosèrent dans le quartier de l'Étoile à Paris. Elles visaient le siège de la Confédération générale du patronat français et l'Union des industries métallurgiques. Deux agents de police furent tués. Agnély exulta : ces faux attentats communistes allaient créer un climat insurrectionnel, favorable à un coup d'État. Mais l'agilité de la police le fit déchanter. Les policiers mirent la main sur les coupables : un groupe de comploteurs de Clermont-Ferrand. Plusieurs terroristes faisaient partie de l'encadrement de l'usine Michelin. On soupçonna même Pierre Michelin, fils de l'un des fondateurs de l'usine, d'avoir financé l'opération. Très vite, l'étau se resserra autour de l'organisation secrète. Les arrestations se multiplièrent. Le 16 novembre 1937, l'OSARN, pressée par les événements, organisa un coup d'État. Mais le putsch fut déjoué. Et le ministre de l'Intérieur, Marx Dormoy, dévoila aux journalistes l'existence d'une conjuration.

Ironique, la presse baptisa ce complot « la Cagoule ».

Les dépôts d'armes furent découverts, les arrestations s'enchaînèrent. On sut enfin qui était « Monsieur Marie » : le polytechnicien Eugène Deloncle. Un ingénieur du Génie maritime et industriel, qui avait participé à la construction du paquebot *Normandie*. Après l'arrestation de Deloncle, de nombreux cagoulards prirent la poudre d'escampette pour échapper à la police. La plupart allèrent se planquer en Italie et en Espagne. Agnély, Darnand et Gombert ne furent pas inquiétés. Ils décidèrent alors de récolter de l'argent pour aider les fugitifs dans leurs cavales. Les Niçois se rendirent à Saint-Sébastien où s'était réfugié le numéro deux de la Cagoule, Jean Filliol. Ils lui livrèrent une belle enveloppe. De quoi tenir plusieurs mois... Filliol était recherché par toutes les polices de France pour avoir exécuté les frères Rosselli, des antifascistes italiens abattus par la Cagoule à la demande de Mussolini. En échange d'armes, bien sûr.

À la mi-juillet 1938, Darnand annonça à Agnély qu'il devait se rendre à San Remo pour remettre de l'argent à quelques fuyards. Retenu par son travail, Agnély ne put l'accompagner. Après deux jours sans nouvelles, Félix reçut la visite de Gombert, affolé :

— Jo a été arrêté à la frontière, à son retour de San Remo. On le soupçonne d'avoir appartenu à la Cagoule. Il a sûrement été balancé pour trafic d'armes. Ils vont remonter jusqu'à nous...

Agnély temporisa :

— Tant qu'ils ne mettent pas la main sur les armes planquées, on est peinards. C'est pas Joseph qui se mettra à table ! Et puis les armes sont déjà reparties en Espagne pour aider les franquistes. Le reste a été éparpillé en lieu sûr.

— Qu'est-ce qu'on peut faire ?

Agnély fixa son complice et lui chuchota à l'oreille :

— On va dire aux Français que la République a jeté « l'Artisan de la Victoire » en prison, vingt ans jour pour jour après le coup de main du Mont-sans-Nom : nous sommes le 14 juillet 1938.

Agnély n'eut pas besoin de souffler ce conseil à Xavier Vallat. Le député était considéré comme le meilleur orateur de la droite parlementaire. Il accepta de devenir l'avocat de Darnand et de ranger, le temps d'une plaidoirie, ses rodomontades antisémites. Vallat joua sur le passé héroïque de son client et réussit à attendrir les magistrats. Moins de six mois après l'arrestation de Joseph, le juge conclut à un non-lieu, faute de preuves.

La levée d'écrou eut lieu peu avant Noël 1938. Au matin de sa libération, Darnand alla saluer les cagoulards encore emprisonnés à la Santé. Eugène Deloncle l'embrassa chaleureusement. Jo remercia tous les gardiens présents ce matin-là. La plupart idolâtraient le héros du Mont-sans-Nom.

— Garderez-vous un bon souvenir du personnel pénitentiaire ? l'interrogea le directeur, sans une once d'ironie.

— Bien entendu, répondit Darnand. Quand on a connu les tranchées, la prison de la Santé, c'est mieux que l'hôtel Normandy à Deauville !

3. 1939 – 1940

LE HÉROS DE FORBACH

Ce soir, en entrant au café de Lyon, Jo leva le poing en signe de victoire :

— Il l'a eu, le rital ! Il l'a ratatiné ! J'espère que Mussolini a écouté la TSF hier soir. Parce que Cerdan lui a envoyé un message ! Nom de dieu, Douaumont, sers-moi un vermouth !

La veille, 3 juin 1939, le boxeur Marcel Cerdan était devenu champion d'Europe des mi-moyens en s'imposant face à l'Italien Turellio. Le surnommé Douaumont, le visage bardé de cicatrices et l'orbite oculaire droite totalement vide, fourra quelques glaçons dans un verre et le remplit d'une bonne dose de vermouth.

— Tu as raison, Joseph. Benito devrait se méfier du président Lebrun. Il fait moins de bruit que le

Duce, mais il va lui envoyer nos derniers Morane-Saulnier sur la gueule. Et il lui restera plus un seul boxeur dans tout le pays, au roi des raviolis !

Accoudé au zinc, Darnand observa affectueusement le patron du bistro.

— Tu as oublié ton œil de verre chez une poule cette nuit ?

La « gueule cassée » s'essuya le front :

— Ah… Le docteur me dit de le laisser reposer une journée par mois dans une solution désinfectante, pour enlever les bactéries.

— Il a raison, ton docteur, c'est comme ça que tu es le plus beau, Douaumont. Les autres sont arrivés ?

— Au fond de la salle, derrière le pilier…

Dans le bistro éclairé par une unique ampoule électrique, Marcel Gombert attaquait son deuxième Dubonnet et Félix Agnély lisait *Le Petit Niçois*, un verre de Cinzano à la main. Pour la millième fois, la TSF diffusait le succès de Maurice Chevalier :

Le colonel était dans la finance,
le commandant était dans l'industrie,
le capitaine était dans l'assurance,
et le lieutenant était dans l'épicerie,
le juteux était huissier de la banque de France,
le sergent était boulanger-pâtissier,
le caporal était dans l'ignorance,
et le 2ᵉ classe était rentier,

Et tout ça, ça fait,
D'excellents Français,
D'excellents soldats,
Qui marchent au pas...

Malgré l'heure avancée de la journée, il fai-sait encore chaud dans les rues de Nice. Les trois hommes s'étaient pourtant attablés à l'intérieur, loin de la terrasse bruyante et des badauds. Ce soir, pas de belote, le rendez-vous hebdomadaire ressemblait à un conseil de guerre. Le déclenchement d'un second conflit mondial était imminent.

— Cette fois, j'irai pas me battre, commença Gombert. Je vais sur mes quarante-cinq piges et je ne sauverai pas ce régime pourri que nous essayons de renverser depuis dix ans.

— Arrête, protesta Agnély. On ne va pas laisser nos gamins aller seuls au casse-pipe. Ils ont vingt ans et ils n'ont pas voulu ce chaos !

Darnand vida son verre de vermouth d'un trait.

— Les politiques s'essuient les pieds sur les morts de Verdun. Ceux de 14 sont les cocus de la République. La France déroule le tapis rouge à Hitler... Elle a gâché notre victoire.

— C'est bien ce que je dis, l'interrompit Agnély, on va devoir y retourner ! Sauf que cette fois, les boches ont encore plus d'arguments... Pendant que les Français discutaient congés payés en 36,

73

les aciéries allemandes tournaient à plein régime. Et pas pour fabriquer des tringles à rideaux !

Darnand fixa son verre.

— Faut y aller ! Pas pour la République, mais pour la France. Une fois qu'on aura battu les boches, on s'occupera des politiques. Mais cette fois, on ne restera pas sur les marches de l'Assemblée nationale !

La France déclara la guerre à l'Allemagne le 3 septembre 1939. Comme ils l'avaient dit, Félix et Joseph s'engagèrent. Ils rejoignirent le 24e bataillon de chasseurs alpins, une unité déployée sur la frontière franco-allemande. Sans Gombert, affecté à Toulon, au service des renseignements militaires. Le 14 septembre 1939, on ordonna à Marcel d'arrêter Jean Giono : le pacifisme forcené de l'écrivain de Manosque irritait grandement la IIIe République finissante. Interpellé à son domicile pour défaitisme, Giono resta courtois avec Gombert – il faut dire que le Niçois avait agi avec beaucoup de doigté – et les deux Provençaux s'en allèrent au fort Saint-Jean de Marseille, en bavardant comme deux frères.

Pendant ce temps, les soldats français s'ennuyaient ferme. Entre les corvées et les gardes, les troufions fumaient, buvaient, écrivaient, jouaient au football, aux échecs, au rami… mais ne se battaient pas. De quoi agacer Robert Adriant, un jeune chasseur alpin qui rêvait d'en découdre avec les Allemands.

Adriant faisait partie du corps franc commandé par le lieutenant Félix Agnély et son adjoint, le lieutenant Joseph Darnand. Un petit commando composé de 13 officiers, 50 sous-officiers et 150 chasseurs. Quand il était arrivé à Forbach, Adriant avait écrit à ses parents sa joie de se battre aux côtés de Darnand. Mais au quotidien, il ne comprenait pas cette « drôle de guerre » dans laquelle tout le monde s'emmerdait : les soldats, les politiques et même l'arrière. La sérénade patriotique lassait aussi les journalistes qui rêvaient de raconter des exploits à leurs lecteurs. Alors, hebdomadaires et quotidiens s'intéressèrent à ces soldats d'élite, coiffés de grands bérets et si populaires chez les Français. On vint photographier l'entraînement du corps franc et on nota l'incroyable détermination de ces chasseurs alpins. À l'issue d'un entraînement, un reporter s'étonna : les 213 soldats du commando avaient retiré le sigle « R. F. » de leurs casques de combat. L'état-major joua l'étonnement et noya le poisson. Personne n'avoua qu'il s'agissait là d'une décision de Darnand et Agnély, farouches militants antiré-publicains. Ils étaient l'élite de l'armée française. Il fallait donc fermer les yeux...

Dirigée par les deux Niçois, l'instruction commença fin octobre 1939, dans le secteur de Vesoul.

Les deux hommes firent subir un entraînement démoniaque à leurs recrues. Bien au-delà de l'usage en vigueur dans l'armée française : parcours du combattant dans l'eau glacée, opérations survie en forêt, courses à pied sous la neige, formation au combat rapproché et à l'utilisation d'armes blanches... Plusieurs fois par semaine, les hommes étaient passés en revue au milieu de la nuit. Puis ils partaient, le barda sur le dos, pour une marche d'une trentaine de kilomètres. À leur retour au cantonnement, ils devaient participer à des exercices de tir de précision jusqu'à l'aube. Ils n'étaient autorisés à se restaurer qu'après.

Peu à peu, Adriant sortit du lot. Darnand lui apprit le maniement du précieux pistolet mitrailleur MAS 38, que l'armée distribuait au compte-gouttes. Il réussit même, on ne sait comment, à se procurer des mitraillettes Beretta. Selon certaines rumeurs, il était allé les déterrer dans un ancien dépôt d'armes de la Cagoule. Entre les exercices, Darnand et Agnély faisaient régner une discipline de fer et les rares esprits récalcitrants furent immédiatement renvoyés dans leur unité d'origine.

L'instruction s'acheva en janvier 1940. On installa le corps franc dans l'école du village lorrain de Morsbach. À trois kilomètres à l'est, se trouvait Forbach : une ville fantôme, à cheval sur la frontière franco-allemande. La population – française – avait été évacuée à la fin du mois d'octobre 1939. Les habitants avaient eu le choix entre les Charentes et le Pas-de-Calais. Après quelques semaines, Forbach s'était transformé en no man's land. Des patrouilles françaises assuraient avoir vu des loups dans les rues enneigées de la ville. Mais surtout, on avait signalé des incursions de soldats allemands. Agnély prévint Darnand :

— La nuit prochaine, on ira à Forbach se poster au carrefour de « la patte d'oie », histoire d'observer ce que mijotent les boches. On dirigera le groupe tous les deux.

Tard dans la soirée, les vieux complices, assistés du sous-lieutenant François-Julien, un prêtre mariste, achevèrent la mise au point de l'opération. En sortant du mess des officiers, Darnand tapa trois fois dans ses mains pour rassembler les membres du corps franc :

— Par ici, messieurs !

Plus de vingt ans s'étaient écoulés depuis le Mont-sans-Nom. De fines rides étaient apparues autour des yeux de Joseph. Sa taille s'était épaissie. Mais ses yeux clairs, profondément encavés dans leurs orbites, brûlaient toujours de la même ardeur. On y lisait une détermination que le temps n'avait pas altérée :

— Le corps franc sera divisé en trois groupes. En avant-garde, un peloton d'une vingtaine d'hommes, commandé par Agnély et moi-même. Nous prendrons place dans deux maisons situées à une centaine de mètres du carrefour, de part et d'autre de la rue. Un deuxième groupe, sous les ordres de l'adjudant Legrand, sera positionné en retrait et devra appuyer l'avant-garde en cas de coup dur. Le troisième groupe, dirigé par François-Julien, se maintiendra entre Forbach et Morsbach et sera chargé d'attendre le repli de la troupe et de la couvrir.

Agnély précisa :

— Il s'agit d'une mission de renseignements. En cas de rencontre fortuite, n'ouvrez pas le feu. Utilisez votre poignard et disparaissez.

Le lieutenant Agnély annonça la composition des groupes. Comme il s'y attendait, Adriant faisait partie de la section de choc. À 3 h 30 du matin, ce 8 février 1940, par moins 22 degrés, on sonna le rassemblement dans la cour de l'école. Il faisait un froid sibérien. En guise de camouflage, les soldats revêtirent une cagoule blanche, confectionnée avec des draps de lit. Les Français s'engagèrent sur la route de Forbach... ou plutôt dans les fossés, pour ne pas se faire repérer. Trois quarts d'heure plus tard, les trois groupes prirent place. Adriant pénétra dans l'une des deux maisons, celle au balcon en fer forgé, avec Darnand et Agnély, tandis qu'un autre groupe, commandé par le sergent Polverelli, s'installait dans la seconde maison. Dissimulés sur les balcons, les Français scrutèrent le carrefour de « la patte d'oie ». Le jour se leva sans qu'aucun Allemand se montre.

— Pas fous, ces boches, râla Darnand. À moins dix degrés ils restent dans leur cantonnement.

Mais vers 8 heures, une patrouille d'une dizaine de soldats ennemis surgit. Dans un silence de mort, les jumelles braquées sur la section *feldgrau*, les Français arrêtèrent de respirer. Les Allemands prirent position en toute confiance au milieu du carrefour. Recroquevillés sur leur balcon, les chefs peinaient à dissimuler leur nervosité : Agnély et Darnand n'avaient pas mis les pieds sur un champ de bataille depuis vingt-deux ans. Adriant, l'index sur la détente de son fusil-mitrailleur, suivait dans son viseur les soldats en uniforme vert-de-gris. S'il tirait, il faisait un carnage. Mais les consignes étaient claires : on observait, rien de plus. D'ailleurs, ce matin, la section allemande semblait pacifique.

Durant plus d'une heure, les hommes du corps franc scrutèrent les gestes de la patrouille ennemie. Les silhouettes allemandes se détachaient parfaitement dans le paysage enneigé. Parfois un éclat de rire parvenait aux oreilles des Français. Que mijotaient-ils ? Une sentinelle alla se poster à l'écart du carrefour, pour monter la garde. Soudain, un groupe d'une vingtaine d'Allemands, munis d'outils, rejoignit la première escouade. Les hommes se débarrassèrent de leurs capotes réglementaires et commencèrent à piocher au milieu de « la patte d'oie ». Un troisième groupe arriva et disposa une mitrailleuse en batterie. Toujours allongé sur le balcon, Adriant entendit Darnand murmurer à Agnély : « Je n'aime pas ça. Ils sont en train de prendre le contrôle du carrefour. » Tout à coup, deux soldats de la Wehrmacht se dirigèrent vers la maison occupée par le sergent Polverelli et ses hommes. Les deux Allemands s'approchèrent de la porte d'entrée, semblèrent hésiter, puis finirent par l'ouvrir. Adriant retint sa respiration. Des secondes interminables. Puis deux coups de feu retentirent semant la folie dans la ville en léthargie. La sentinelle allemande se mit à beugler.

— *Französische Soldaten ! Hier !*

Les soldats postés au carrefour détalèrent. Agnély ordonna à Adriant de faire feu. Quatre *Feldgrau* s'effondrèrent. Mais en quelques instants, les Allemands en surnombre réussirent à cerner les deux maisons.

Agnély mit ses mains en porte-voix :

— On décroche par les jardins. Tous vers l'arrière !

Les chasseurs alpins français tentèrent de reculer « proprement ». Mais les Allemands étaient déjà sur leurs talons. Deux Français tombèrent, touchés mortellement. Agnély, blessé au bras, confia le commandement à Darnand.

Pendant le repli, Adriant s'abrita derrière une haie. Un Allemand cria en français :

— Vous êtes cernés ! Il faut vous rendre !

Planqué derrière une cabane de jardin, Darnand répondit à l'injonction allemande :

— Allez vous faire foutre ! La garde meurt mais ne se rend pas !

Agnély rejoignit Adriant. Son bras saignait abondement et pendait le long de son corps.

— C'est une vilaine blessure, mon lieutenant. Laissez-moi vous faire une écharpe…

— Pas le temps, Adriant. Il faut alerter le groupe d'appui. On ne peut pas s'en sortir seuls…

On tenta de prévenir la section de soutien, mais le pistolet lance-fusées s'enraya… Soudain, Darnand aperçut une brèche dans un mur, un petit passage qui conduisait à l'ancienne caserne de Guise.

— Par-là, souffla-t-il… Vite !

Tous s'engouffrèrent derrière lui. Mais les Français étaient à découvert et la fusillade redoubla. Dans sa course, Adriant entendit un corps tomber lourdement, sans un cri : Agnély. Le chef du corps franc gisait au sol, les yeux grands ouverts. Une balle allemande avait traversé son cou et lui avait brisé la nuque. Le jeune homme entendit Darnand hurler au milieu des rafales d'armes automatiques :

— Félix ? Ça va ?

Adriant n'osa répondre. Posté à côté du corps de son chef, il demeura quelques instants, prostré. Lorsqu'il aperçut le visage de Darnand, à trente mètres, il se figea. Joseph était pâle, ses yeux enfiévrés avaient déjà compris lorsqu'il demanda :

— Soldat ? Le lieutenant est avec vous ?

Adriant avala sa salive. Après trois secondes interminables, il répondit d'une voix blanche :

— Le lieutenant Agnély est mort.

Le feu redoubla. D'autres Français tombèrent. Une balle frôla la tête d'Adriant. Il se décida à ramper jusqu'à la caserne désaffectée pour rejoindre le groupe. Là, les Français retrouvèrent la section de réserve commandée par Legrand. Un répit. Mais déjà, les Allemands en surnombre organisaient un nouvel encerclement. La situation devenait désespérée.

À l'intérieur de la caserne, Darnand réunit les survivants. Trois blessés gémissaient, allongés sur le sol en ciment.

— Le corps du lieutenant Agnély est resté dans un jardin, dit-il, la gorge nouée. Quand nous avons créé ce corps franc, nous nous sommes promis de ne pas abandonner nos morts aux boches. Bien sûr, aujourd'hui on ne va pas récupérer tous ceux qui sont tombés. Mais je pars récupérer notre chef.

— Trop dangereux, mon lieutenant, objecta François-Julien. Vous allez vous faire descendre et exposer inutilement des soldats de la section.

Darnand n'entendit pas.

— Il me faut trois volontaires, nous avons neuf chances sur dix d'y passer.

Une douzaine de mains se levèrent. Darnand choisit Baroni, Davoine, et Adriant.

Avant que les quatre hommes ne repartent, le sous-lieutenant François-Julien exigea de leur donner l'absolution. Darnand accepta :

— Faites... mais faites vite. Le temps presse.

Après s'être signé, Darnand ordonna le départ de l'expédition. Les Français atteignirent la caserne de Guise en moins de dix minutes. Là, ils s'assirent quelques instants, à l'abri des tirs ennemis. Adriant alluma une cigarette et regarda le grand mur de brique qui se dressait devant eux, cent mètres plus loin.

— Agnély est juste derrière, dit-il, et les Allemands ne sont pas loin.

Darnand pleurait en silence.

— Allons chercher Félix, dit-il en se levant.

Les quatre Français escaladèrent le mur. Adriant et Baroni sautèrent de l'autre côté tandis que Darnand et Davoine prirent position, couchés sur le faîte. Les Allemands ne tardèrent pas à apercevoir les quatre Français. Les tirs reprirent. Darnand et Davoine tentaient de couvrir leurs camarades. Adriant progressa vite. Il retrouva Agnély, étendu dans la neige, le cou maculé de sang gelé. Au mépris du danger, Adriant se figea au garde-à-vous, aussitôt imité par Baroni.

Darnand les engueula :

— Rentrez, petits cons ! Dépêchez-vous !

De nombreux Français découvrirent le dénouement de l'accrochage de Forbach, une semaine plus tard, sous la plume d'André Galibert, correspondant de guerre à *L'Intransigeant* :

Adriant et Baroni hissent le corps de leur lieutenant sous le feu allemand. Darnand arrive à soulever son meilleur ami en l'agrippant. Son corps est froid et gelé. Le feu ennemi redouble d'intensité. Baroni est touché. Par miracle, les quatre Français parviennent jusqu'à la caserne de Guise, avec le corps de leur chef. Il leur faut maintenant rejoindre le reste de la troupe. Baroni perd du sang. Comment traîner le corps d'Agnély sur un kilomètre sous le feu allemand ?

Soudain, le lieutenant Darnand découvre dans la cour de la caserne un chariot de bois. On y allonge le corps d'Agnély et on rejoint tant bien que mal le reste de la section. À l'arrière, on est stupéfait que l'opération ait réussi. Le corps d'Agnély est placé sur un brancard et Darnand ordonne le repli sur Morsbach. Mais les Allemands, en surnombre, tentent d'encercler les Français. Peu nombreux, nos soldats sont submergés. Mais le lieutenant Darnand organise le décrochage de ses hommes avec une incroyable maestria tactique. Durant le retour, un Français s'écroule, touché dans le dos par une balle. Malgré la fatigue, Adriant se précipite vers le blessé et le porte avec l'aide d'un autre camarade. Quand ils n'en peuvent plus, le lieutenant François-Julien, prêtre de son état, se charge lui-même de transporter le blessé sur son dos. À peine rentré au cantonnement de Morsbach, Darnand fait les comptes. Côté allemand, une vingtaine de soldats auraient été tués. Côté français, en plus de Félix Agnély, quinze soldats manquent à l'appel. Huit sont morts durant l'opération, les autres ont été faits prisonniers. Le sergent Polverelli à l'origine des deux coups de feu qui ont déclenché la funeste fusillade est mourant. Juste avant de rendre l'âme, il demande pardon à Darnand :

— Mon lieutenant, c'est ma faute, je n'aurais pas dû tirer. Mais les Boches étaient deux. S'il n'y en avait eu qu'un j'aurais utilisé mon poignard. Je suis désolé.

Darnand passe sa main sur son front. Un geste d'une infinie douceur :

— Tu as fait ton devoir et tu as été très courageux. Je suis fier de toi.

Darnand rassemble ensuite le corps franc autour de la dépouille de son ancien chef. Il rend d'abord hommage aux hommes : « Largement inférieurs en nombre, vous vous êtes comportés vaillamment et vous avez infligé des pertes sévères à l'ennemi. » L'ancien héros de 14-18 lutte pour ne pas pleurer. Mais le groupe est effondré. Adriant sanglote. Puis Darnand évoque son ami : « Il était l'exemple de la droiture et du courage. En sa mémoire, ce corps franc, dont je prends désormais le commandement, s'appellera "corps franc Agnély". »

Dans sa nouvelle berline Renault Juvaquatre, Marcel Gombert venait d'achever la traversée de Briançon. Il ne serait pas à Vichy avant le lendemain matin. Sur la route, il croisa de longues cohortes de civils hâves et décharnés, auxquels se mêlaient parfois des soldats en déroute. Dès qu'il croisait un uniforme, Marcel passait la tête par la portière et criait :

— Qu'est-ce que vous foutez ! Les chleuhs, c'est là-haut qu'ils sont, au Nord ! Pas à Cassis !

En février 1940, Gombert avait appris la mort de Félix et le nouvel exploit de Joseph à Forbach. Pour ne pas pleurer, le gros Provençal avait tu le drame à ses collègues du service du renseignement militaire de Toulon. Mais le samedi matin, de retour à Nice, il avait imposé une minute de silence aux clients du café de Lyon. Ce jour-là, il avait dit à Douaumont : « Accuse-moi de défaitisme si tu veux, mais cette fois, les boches vont nous faire bouffer nos calots. »

De nombreux journaux comme *Le Petit Provençal* avaient consacré des articles à l'héroïsme de Darnand. Dans les colonnes de l'hebdomadaire *Gringoire*, l'écrivain Roland Dorgelès, auteur des *Croix de bois*, avait raconté de long en large le coup de main. Il avait titré son article : « la cagoule blanche ». Joseph avait même eu les honneurs des actualités cinématographiques ! Gombert s'était rendu au cinéma trois fois dans la même journée pour voir et revoir la séquence dans laquelle le commentateur racontait l'exploit de Joseph. Au mois de mars, Darnand avait fait la couverture de *Match*. Le célèbre hebdomadaire avait titré : « Cet officier a ramené le corps de son camarade tué à côté de lui[9]. » Douaumont avait affiché cette couverture historique derrière son bar.

Après Forbach, Darnand fut fait officier de la Légion d'honneur. La cérémonie se déroula sous la neige, dans la cour d'honneur du régiment. À ses côtés, un adolescent chétif au teint mat retenait ses larmes : le fils de Félix, que Joseph avait vu grandir. L'armée lui remettait la Légion d'honneur de son père. La République française décida de nommer Joseph Darnand « premier soldat de France », tandis que le général Alphonse Georges, commandant en chef du front du Nord-Est, déclara : « Darnand a accompli là le plus beau fait d'armes de la guerre ». À quarante-trois ans, le plus grand soldat de la Première Guerre était déjà le héros de la Seconde.

Pour autant, les deux armées s'observaient, et le véritable engagement militaire n'avait pas encore débuté. Darnand redoutait le jour où les deux armées se rencontreraient. Dans une lettre, il manifesta son inquiétude à Gombert :

Lors de la dernière popote de la division, j'ai osé dire que notre attentisme faisait le jeu des boches. Que n'avais-je pas insinué là ? Le colonel qui présidait le repas me dévisagea avant de m'apostropher sans ménagement devant tous les convives : « Lieutenant Darnand, si je ne savais qui vous étiez, je vous ferais passer en conseil de guerre pour propos défaitistes. Gardez votre sang-froid. Nos chefs savent très bien ce qu'ils font. » Il n'empêche : lorsque le dîner fut terminé, plusieurs officiers qui menaient des opérations de reconnaissance en première ligne vinrent me trouver pour me dire à voix basse qu'ils étaient d'accord avec moi et partageaient mon anxiété.

Au début du mois de mai, juste avant l'invasion allemande, Darnand avait été envoyé au repos à Faverney, en Haute-Saône :

Marcel,
Je t'annonce que j'ai fait la connaissance d'un prêtre dominicain : le sergent-chef Bruckberger. Un excellent soldat. Tu vas rire, il connaissait mieux ma vie que ma propre épouse. Il m'a dit : « Mon lieutenant, vous êtes un chevalier des temps modernes. » Tu ne me croiras jamais mais le curé n'avait qu'un rêve : rejoindre mon

corps franc. Quand je lui ai annoncé qu'une place s'était libérée, Bruckberger est allé prier pour remercier le seigneur !

Juste après le déclenchement de l'offensive allemande, Darnand rejoignit la ligne de défense française, établie en catastrophe sur la Somme. Weygand succéda à Gamelin mais il n'empêcha pas les armées du Reich d'avancer vers Paris. Pour les Français, la guerre semblait perdue. Pas pour Darnand. Durant plusieurs jours, son corps franc s'accrocha à ses positions. Darnand imposait à ses hommes une obéissance sans faille. Durant une opération de nuit, il sanctionna un sous-lieutenant qui avait outrepassé ses ordres en menant une contre-attaque sans soutien. Après l'engueulade, Darnand ne put s'empêcher de lui glisser : « Félicitations tout de même pour votre courage. »

Dans sa dernière lettre, Darnand avait confié à Gombert son désarroi face à l'exode :

Ce matin, alors que nous tentions une contre-attaque avec mes hommes, nous avons croisé en sens inverse une troupe qui fuyait l'ennemi. Comme je ne voyais pas d'officiers parmi eux, je leur ai demandé où ils se trouvaient. Un caporal m'a répondu : « Mon lieutenant, ils nous ont lâchés ! Mais il y en a un ici qui a retiré ses galons et qui ne veut plus commander, alors il nous suit !» J'en ai pleuré de honte. Je t'assure que ces soldats ne s'étaient pas battus : leurs chaussures étaient neuves, leurs molletières propres. On pouvait même voir sur leur dos le pli de leur chemise d'uniforme. Marcel, les Allemands nous méprisent et ils ont raison !

Sur la route de Vichy, en remontant vers Clermont-Ferrand, le flot des civils devint plus dense. Des chevaux, des bœufs, des carrioles encombrées de bagages occupaient la largeur de la voie.

— Nom de Dieu, mais la France entière se carapate ! marmonna Marcel au volant de sa Renault.

Durant l'été 1940, Gombert perdit la trace de son ami. La situation intérieure était si chaotique qu'il crut Joseph mort. Ce n'est qu'au début du mois d'août qu'Antoinette Darnand lui apprit la nouvelle : Joseph était détenu par la Wehrmacht au camp de Pithiviers. Il était sur le point d'être transféré en Allemagne. Gombert quitta Toulon sur-le-champ pour faire évader son ami.

— Dégagez la route ! Dégagez ! Renseignement militaire !

Il devenait impossible d'avancer... Marcel décida d'emprunter des petites routes, et même, parfois, des chemins à peine carrossables. La Juvaquatre valsait de nid-de-poule en nid-de-poule. Dix fois, Gombert se retrouva dans un cul-de-sac, bloqué par une clôture ou la lisière d'une forêt...

— Et le moteur qui chauffe ! Tu parles d'un rodage !

Plus de vingt-quatre heures après son départ de Toulon, il arriva enfin à Vichy, première étape de son périple. Il était éreinté et transpirant. Il aurait aimé trouver un endroit calme pour garer sa voiture, histoire de s'assoupir quelques instants sur la banquette arrière. Mais la toute nouvelle capitale de la « zone libre » était en effervescence. Des camions, des autocars, des voitures officielles charriaient un barda hétéroclite : caisses de tôle sur lesquelles était peinte la mention « gouvernement français », tableaux, pièces d'argenterie mal emballées, linges divers, portants garnis de cintres, et surtout des caisses... Des centaines de caisses contenant des dossiers et des archives. Ce qui restait de la bureaucratie française prenait ses quartiers dans la capitale du thermalisme, devant des employés d'hôtel dépassés par l'agitation. Gombert mit une bonne heure avant de débusquer le bureau du nouveau secrétaire général aux Anciens Combattants, Xavier Vallat. Le gros homme était affalé dans un canapé. Au moment où le Niçois fit son entrée, il pestait contre un petit type en bleu de travail qui se grattait la tête, penaud :

— Reprenez-moi tout ce fatras. Ce ne sont pas mes archives ! Vous savez lire sur les cartons ?

Mi-nis-tère de-la-Guer-re ! Allez livrer ça au général Colson, avant qu'il ne fasse une jaunisse. Je crois qu'il est installé au Grand Hôtel International. Mais surtout vérifiez avant de vous y rendre. Ne débarquez pas comme ça, je me trompe peut-être !

Ce Méridional connaissait bien Darnand pour avoir été son avocat lorsqu'il se trouvait à la prison de la Santé, deux ans plus tôt. Comme Darnand, il était considéré comme un héros de 14-18. Blessé à deux reprises, il avait perdu son œil droit, et avait été amputé d'une jambe. Les deux fois, il avait manifesté le désir de revenir se battre. Vallat reçut Gombert dans ce qui avait dû être une suite, au milieu d'un impressionnant mur de caisses de bois numérotées.

— Pardonnez ce chantier, mon cher Gombert. Ce sont les archives du ministère de la Guerre. Les livreurs sont des abrutis. En une matinée, ils ont plus désorganisé la France que la Wehrmacht en deux mois !

Gombert résuma la situation :

— Darnand est prisonnier au camp de Pithiviers. Je pense pouvoir le faire évader grâce à un gardien que je connais. Un ancien de la Cagoule. Mais il faudra ensuite franchir la ligne de démarcation. Pithiviers est en zone occupée. Il me faudrait un laissez-passer pour le ramener en zone Sud....

— Ah Gombert... Mais regardez ce foutoir ! Je n'ai même pas de tampons, ni de lettres à en-tête.

Repassez dans une heure. Je vous ferai préparer un laissez-passer aux petits oignons. Et assurez Darnand de mon amitié ! La France aura besoin de gens comme lui pour se reconstruire !

Deux heures plus tard, Marcel Gombert prit à nouveau la route, en direction du camp de Pithiviers. Un gardien avait informé Darnand de l'heure de son évasion. Avant de fausser compagnie à ses geôliers, l'ancien corps franc fit une discrète razzia dans les bureaux du commandant allemand. Il déroba tout ce qui lui semblait digne d'intérêt : plans, archives, ordres de mission, liste des prisonniers retenus, dates des transferts prévus en Allemagne... Après avoir marché quelques minutes dans la nuit, Darnand repéra la Juvaquatre. Gombert eut du mal à reconnaître son ami :

— Nom d'une pipe, Joseph ! Tu es maigre comme un clou, et sale comme un peigne. On va s'arrêter dans un bistro, tu feras un brin de toilette.

En entrant dans la voiture, Darnand jeta sur la banquette arrière les dossiers qu'il avait dérobés à l'administration allemande.

— Ça devient une habitude chez toi de piquer des documents aux boches, sourit Marcel. Planque-les sous les sièges.

Comme il ne répondait pas, Marcel démarra.

— Avant de franchir la ligne de démarcation, lui dit-il, je t'achèterai du savon, un rasoir, une belle paire de lunettes et une chemise blanche. Tu auras l'air d'un ministre !

— Surtout pas de tête de ministre, je vais finir en taule, malheureux ! plaisanta le Niçois. Fais-moi plutôt une bonne tête de transporteur de meubles. Ça, c'est un métier qui inspire confiance !

Arrivé à l'ultime barrage allemand, le duo retint son souffle. Mais les papiers fournis par Vallat étaient en règle. Les Allemands laissèrent les deux compères entrer en « zone libre ». Après quelques kilomètres, Marcel et Joseph, qui ne s'étaient pas vus depuis presque un an, s'arrêtèrent dans une petite auberge de campagne. Il n'était que 11 heures, mais la tenancière accepta de leur servir une bouteille de rouge, une portion de terrine de lapin et une miche de pain frais.

— Marcel, je n'oublierai pas ce que tu as fait pour moi, lâcha Joseph, les yeux humides. Maintenant que Félix est parti, on se retrouve comme deux orphelins...

Pendant quelques instants, Marcel plongea sa grosse trogne entre ses mains, puis il engloutit une énorme tartine.

— Alors, je te ramène à Nice ? demanda-t-il, du pain plein la bouche.

— Oui. Antoinette et Philippe me manquent.

— Tu vas rester calmement chez bobonne et retourner au boulot, comme l'a demandé Pétain ?

Darnand ne répondit pas. Gombert regarda tendrement son copain. Rasé de près, la moustache finement taillée, il était magnifique dans sa chemise de popeline blanche.

— Finalement Joseph, on a ce qu'on veut. On est débarrassés de cette saloperie de IIIe République et des responsables de la défaite : les socialistes, les francs-maçons, les juifs…

— Oui, répondit Darnand. Si c'était pas les boches, tout irait bien !

4. 1941

MUNICH-LES-BAINS

— Qu'est-ce que je fais ici ? On se croirait en Allemagne !

Plusieurs milliers d'anciens combattants marchaient au pas, par rang de cinq. Ils avaient entre quarante et soixante ans. La plupart étaient dégarnis et replets. Parmi eux, des éclopés en uniforme, quelques gueules cassées... En ce mois de mai 1941, à Nice, François Valentin assistait au grand défilé de la fête de Jeanne d'Arc. Il regrettait d'être venu car il ne comprenait rien à la grammaire de ces anciens poilus. Ces poitrines serties de médailles, ces calicots, ces étendards flamboyants : la sémantique de la guerre lui était étrangère. Pis : cette masse virile et gouailleuse lui faisait peur.

Sous la IIIe, Valentin avait été le plus jeune député de France, à vingt-six ans. Mais à Vichy, on le disait plus à l'aise pour parler du Christ que pour présider les banquets d'anciens poilus. Valentin était un fervent catholique qui n'avait pas l'expérience nécessaire pour diriger une Légion de près de deux millions d'anciens combattants. Il avait fait une erreur en succédant à Xavier Vallat à la tête de la Légion française des combattants. Quand Pétain avait nommé ce dernier aux Questions juives, Valentin aurait dû faire le mort. Maintenant, il allait passer pour un zélateur du Reich ! Certes, il était un homme du Maréchal, et il l'assumait. Mais il refusait d'endosser l'étiquette de collabo. Le nazisme et le fascisme le répugnaient, tout comme ces Français qui rêvaient de transformer Vichy en Berlin. Bien sûr, Valentin était cocardier. L'hommage grandiose des Niçois à la libératrice du pays le touchait. Mais quel besoin avaient ces légionnaires de défiler en tendant le bras, à la mode allemande ou italienne ?

Valentin se tourna vers son secrétaire, Guy Vallès, un vieux Béarnais qui avait laissé sa main gauche au Chemin des Dames, en 1917 :

— Regardez-les, Guy. Pour quelques mois encore, les anciens combattants sont une force apolitique... Mais vous verrez, dans peu de temps, beaucoup de ces hommes applaudiront Hitler et Mussolini.

Vallès ne comprenait pas l'amertume du nouveau patron de la Légion :

— Mais monsieur, les légionnaires niçois redoutent l'annexion de Nice par les fascistes italiens. Vous ne verrez pas plus antifascistes qu'eux !

— Pourtant, il n'y a pas besoin de leur glisser un oursin sous l'aisselle pour qu'ils tendent le bras comme des SS... Regardez-les parader sur la place Masséna. On m'a rapporté qu'ils commençaient à importuner des juifs niçois dans la rue.

Vallès regarda sa montre-bracelet.

— La cérémonie va s'achever. Il faudrait que vous vous prépariez...

— Me préparer à quoi ?

— À rendre hommage à Joseph Darnand, le chef de la Légion des Alpes-Maritimes. C'est lui qui a suscité toute cette ferveur ! Avec ses 60 000 membres, son département est celui qui compte le plus de légionnaires du pays. Vous devez le remercier publiquement pour l'organisation !

— C'est bien ce que je voulais éviter, lâcha Valentin en se dirigeant vers l'estrade installée au centre de la place Masséna.

La Légion avait été créée en août 1940 pour fondre tous les mouvements d'anciens combattants dans une même organisation. Mais à partir de l'été 1941, dans le sud-est de la France, une nouvelle organisation, née au sein même de la Légion, avait commencé à faire parler d'elle. Cette officine organisait des levers de drapeau spectaculaires, mettait à l'amende les passants qui omettaient de se découvrir devant l'étendard tricolore ou importunait des juifs. Baptisé Service d'Ordre de la Légion (S.O.L.), ce mouvement avait été fondé par quelques légionnaires de Nice dont Marcel Gombert et Joseph Darnand.

Le S.O.L. attira vite des milliers de jeunes gens résolus. « Les jeunes attendent autre chose que ces défilés d'anciens combattants, ces commémorations larmoyantes, et ce patriotisme de kermesse », avait écrit Darnand à François Valentin. Las du scoutisme consensuel, de l'action charitable et des manifestations civiques, les légionnaires qui adhéraient au S.O.L. voulaient de l'autorité et de la discipline. Si le S.O.L. était né à Nice, la propagande de Darnand lui avait permis de s'étendre rapidement dans la France de Pétain, la Légion étant interdite en zone allemande. En quelques mois, le S.O.L. s'était constitué bon nombre de places fortes : Annecy, Aix-en-Provence, Nîmes, Montpellier, Valence, Narbonne et Carcassonne. Des nouveaux leaders avaient émergé : Noël de Tissot dans les Alpes-Maritimes, Max Knipping dans le Vaucluse, Paul de Gassowski dans les Bouches-du-Rhône, ou Pierre Cance dans l'Hérault. Darnand et ses amis avaient « inventé » l'uniforme du S.O.L. : béret des chasseurs alpins, chemise kaki de l'armée française, pantalon noir et cravate noire, symbole du deuil de la France vaincue. Chaque homme devait porter un brassard sur lequel figurait le dessin d'un bouclier surmonté d'un casque gaulois. Le S.O.L. avait récupéré la devise de l'aviateur Georges Guynemer : « Faire face. » Et l'organisation disposait d'un hymne, intitulé le *Chant des cohortes*, dont le sixième couplet annonçait la couleur :

S.O.L., faisons la France pure :
Bolcheviques, francs-maçons ennemis,
Israël, ignoble pourriture,
Écœurée, la France vous vomit.

Voilà pourquoi François Valentin n'aimait pas Darnand. Mais il ne pouvait s'opposer à ce chef local. Bien sûr, Valentin avait voté les pleins pouvoirs au maréchal Pétain en juillet 1940. Mais il espérait que sa Légion cultiverait un maréchalisme de conviction en même temps qu'un antigermanisme discret... en attendant peut-être une victoire des Alliés.

— Vallès, peut-on être maréchaliste et antiallemand ?

— Mais c'est une manie ! Pourquoi voudriez-vous être antiallemand ?

— Mais enfin, Vallès, vous avez combattu les boches !

— J'ai même perdu deux frères. Anselme, en septembre 1914, et Georges en 1917. Ma pauvre mère en est morte. N'empêche que le Front populaire a tellement abîmé la France qu'aujourd'hui, je suis bien heureux qu'ils soient là, les boches ! Ils font le boulot qu'on n'a pas su faire !

Valentin était un esprit fin. Vallès lui permettait de mesurer l'inexorable glissement de l'organisation vers le fascisme.

— Et le père Bruckberger ? Il faisait partie du corps franc de Darnand à Forbach. Il serait mort pour lui ! Pourtant, il vient de rompre cette amitié à cause de l'antisémitisme de Darnand...

— Elle est bonne, celle-là ! Le patron n'est pas antisémite. Il y a des juifs à la Légion française des combattants ! Et Darnand ne permettrait jamais qu'on les emmerde !

En attendant, grâce au travail des Niçois Noël de Tissot et Jean Bassompierre – eux aussi à l'initiative du S.O.L. –, l'organisation s'était constitué une doctrine et un programme politique, résumé en 21 points : le mouvement était officiellement maréchaliste, antirépublicain, anticommuniste, antimaçonnique et antisémite. Certains chefs départementaux n'étaient pas éloignés de la pensée nationale-socialiste. Ce n'était pas le cas en revanche des cadres et des militants, pour la plupart de petits notables, souvent médecins ou avocats, très largement monarchistes et maurassiens, issus de l'Action française ou des Croix-de-Feu.

— Vallès, ce S.O.L., ça ne vous inquiète pas ? Ils ont tabassé des commerçants à Montauban, Cahors, Toulouse, parce qu'ils se livraient au marché noir. Ils en ont même tué un à Béziers !

— Monsieur Valentin, vous auriez préféré qu'on laisse faire ces loufiats ?

— Non, mais j'ai reçu des dizaines de plaintes de préfets et de policiers qui menacent de démissionner si les hommes de Darnand continuent d'outrepasser la loi.

— Ils avaient qu'à faire leur boulot, vos fainéants de préfets !

L'ancien dirigeant de l'Association catholique de la jeunesse française goûtait ces échanges parfois rugueux avec son secrétaire. Cet infirme, c'était son thermomètre.

— Enfin Vallès, à Nice, le S.O.L. a détourné de l'argent appartenant à la Légion. Et votre Darnand n'a pris aucune sanction. Vous trouvez ça bien ?

— Ah, non… Mais c'est la différence entre vous et moi : vous, vous avez été nommé par le Maréchal pour régler ces problèmes. Pas moi !

L'épuration du S.O.L., Valentin ne cessait d'y songer. De retour à Vichy, il convoqua un proche de Darnand, Francis Bout de l'An. Ce normalien, ancien compagnon de route du Parti communiste, incarnait la nouvelle ligne fasciste du S.O.L. dont il dirigeait le service de propagande. Les deux hommes étaient loin de s'apprécier et le directeur de la Légion française des combattants ne prit pas de gants :

— Écoutez, Bout de l'An, j'ai eu de nombreux échos de votre dernière tournée de recrutement à travers la France. Il paraît que vous appelez ouvertement à la collaboration avec les nazis.

— Monsieur le directeur, il vous aura peut-être échappé que c'est l'armée du Reich qui combat le péril bolchevique. Pas Churchill.

Valentin prit soin de ne pas montrer sa colère. Il détacha chacun de ses mots pour répondre :

— Monsieur Bout de l'An, il vous aura sans doute échappé que ce n'est pas l'Armée rouge qui occupe la moitié de la France. Alors je vais vous virer. Vous et votre clique fasciste... Le S.O.L. ne sera jamais une officine pro-allemande.

L'entretien dura moins d'une minute. Bout de l'An se leva d'un coup et se dirigea vers la sortie.

— Sans l'Allemagne, lança-t-il, la France serait déjà une république d'URSS. C'est en Allemagne que s'écrit l'avenir de la France. Vous devez l'accepter, sinon c'est vous qui serez viré !

Une fois le S.O.L. officialisé, et le rôle de Darnand confirmé, le mouvement voulut célébrer l'arrivée des nouvelles recrues. Il y en avait plusieurs milliers. Darnand organisa une grande cérémonie, le dimanche 22 février 1942. À Nice encore une fois... François Valentin fut naturellement convié. Pour la deuxième fois, il devait se rendre dans les Alpes-Maritimes à l'invitation de Darnand. Il savait qu'il allait se retrouver dans la situation humiliante du chef défié par ses hommes... Darnand avait vu grand. La veille de la cérémonie, il avait organisé une gigantesque veillée aux flambeaux devant le monument aux morts de Nice. Face à la mer. Il demanda à Valentin de raviver la flamme du monument funéraire...

— Vous vous inspirez beaucoup des manifestations de vos amis nazis, glissa discrètement Valentin à l'oreille de Darnand.

Darnand recula d'un pas...

— Si vous voulez que nous restions amis, ne me comparez jamais à un fridolin. J'en ai tué beaucoup en 1918, et j'en tuerai peut-être encore... Alors arrêtez de vous imaginer que vous êtes le seul homme de Vichy à vous méfier des boches.

Valentin raviva la flamme en marmonnant. Plus tard, dans la nuit, des centaines de légionnaires arpentèrent les rues de la ville, torche au poing, en criant des slogans patriotiques. Le directeur général de la Légion française des combattants maugréa une fois encore, mais il fut bien obligé de suivre ses hommes.

— C'est beau ! s'exclama Vallès devant le spectacle.

— Beau ? On se croirait à une manifestation hitlérienne.

— Vous voyez le mal partout, souffla le vieux légionnaire.

Le lendemain matin, à 10 heures, Valentin pénétra dans les arènes de Cimiez aux côtés de Darnand et du préfet des Alpes-Maritimes. Devant eux, 2 000 nouveaux membres des S.O.L. étaient alignés. À la tribune, Darnand s'écria :

— Mes chers compagnons, le S.O.L. est la chevalerie des temps nouveaux !

« De la graine de tribun fasciste », pensa Valentin. Darnand énuméra les 21 points du programme du S.O.L. Les dix-sept premiers prônaient le respect de la hiérarchie, la discipline, la vérité, la justice sociale, l'anticapitalisme, l'effort, le travail, la solidarité, la famille, le christianisme... Le chef de la Légion eut un léger frisson lorsqu'il entendit Darnand énoncer les points 17, 18 et 19 :

— Contre la dissidence gaulliste, pour l'unité française ! Contre le bolchevisme, pour le nationalisme ! Contre la lèpre juive, pour la pureté française !

Les spectateurs massés dans les arènes applaudirent avec frénésie. Soudain, la voix du maréchal Pétain s'éleva d'un haut-parleur. La foule retint son souffle : « À vous qui prenez l'engagement de servir avec le meilleur de votre cœur et de votre dévouement, je dis ma confiance. »

Cette première cérémonie fut un succès : dans toute la zone libre, on parla du nouveau mouvement de Darnand. Bien sûr, certains évoquèrent de « petits » débordements : contrôles d'identité musclés, perquisitions chez des sympathisants gaullistes, brimades contre les juifs... Mais les hommes du S.O.L. avaient le vent en poupe. À Nice, ils décidèrent d'occuper la synagogue. Darnand et les autorités locales laissèrent faire. Vallès tenta de dissiper les inquiétudes de Valentin :

— Bah, il faut que jeunesse se passe ! Ils ne font rien de mal. Occuper une synagogue, c'est une façon de dire aux juifs qu'ils ne font plus la loi à Nice. Et dans quelques jours, tout le monde rentrera à la maison et ce sera terminé.

— Vous verrez, rétorqua Valentin, Nice sera leur Munich ! Munich-les-bains !

Le 2 mai 1942, un notable d'Annecy, François de Menthon, reçut un pli le priant de se rendre sans délai au cabinet du maire. À son arrivée, il trouva porte close. Pensant avoir été victime d'un canular, il rebroussa chemin lorsqu'il fut brusquement empoigné par une demi-douzaine d'individus qui le jetèrent violemment dans la fontaine municipale avant de s'exclamer : « Allez, maintenant tu peux crier vive de Gaulle ! » Le professeur porta plainte et les responsables de ce guet-apens furent rapidement appréhendés : il s'agissait de cinq membres du S.O.L. d'Annecy. Parmi eux, un certain Pierre-Louis de la Nouë du Vair. L'homme assuma pleinement la responsabilité de l'agression. Il déclara à la police que sa section avait choisi de sanctionner un notable gaulliste, parce que la nuit précédente, dans un square de Nice, un arbre planté en l'honneur du maréchal Pétain... avait été scié ! Joseph Darnand décida de couvrir ses militants, expliquant que la baignade forcée de François de Menthon était justifiée. Le gouvernement de Vichy pria François Valentin de ne prendre aucune sanction et étouffa l'affaire.

François Valentin se doutait que ses jours à la tête de la Légion étaient comptés. Depuis peu, Pétain avait évincé le chef du gouvernement, l'amiral Darlan, à la demande des Allemands. Berlin jugeait sa politique de rapprochement avec le Reich trop timorée... Laval, l'homme de la collaboration dure, revint aux affaires. Valentin dit à Vallès :

— Si les Allemands remplacent Darlan par Laval, c'est pour purger Vichy des gens comme moi. Vous verrez, Guy, Laval va épurer l'état-major de la Légion et limoger les patriotes hostiles aux Allemands.

— Mais non, monsieur Valentin. Ne vous mettez pas la rate au court-bouillon. Le Maréchal vous a choisi. Il vous gardera.

Rien n'y fit. François Valentin démissionna à la fin du mois de mai 1942. Il rejoignit la Résistance sous le pseudonyme de Frédéric Vautrin. Puis il prit la tête d'un bataillon des Forces françaises de l'intérieur dans le Tarn, sous le nom de commandant Vincenot.

Malgré toute l'affection qu'il avait porté à son patron, Guy Vallès ne lui pardonna jamais cette « trahison ». Pendant de longs mois, il demanda à ses proches de ne pas évoquer le nom de François Valentin en sa présence. En août 1943, cependant, Valentin se rappela à son bon souvenir en lançant sur Radio Londres un appel invitant les légionnaires à entrer dans la Résistance.

Vallès ne l'entendit pas. Il venait de rejoindre la Milice et s'était choisi un nouveau chef : Joseph Darnand.

5. 1942

Chez Yvonne

En cet été 1942, le nouveau patron du S.O.L. était l'homme qui montait à Vichy. On sollicitait ses avis. On mendiait son soutien. On le priait de dire un mot au Maréchal. On se pressait pour lui parler. Tout Vichy savait que Darnand prenait ses repas chez Yvonne. Dès qu'ils l'apercevaient, déjeunant seul ou en compagnie, les importuns se pressaient sans vergogne autour de sa table. Et Darnand semblait apprécier d'être l'objet de cette sollicitude.

— Bonjour, monsieur Darnand…

— Ah, bonjour, monsieur Mitterrand ! On ne vous voit plus chez Yvonne ! Vous travaillez toujours pour nous à la Légion française des combattants ? Je ne vous vois plus depuis quelque temps à l'hôtel de Séville.

— Non, j'ai quitté la Légion. Je suis au chômage. J'en avais assez de cette vie de gratte-papier. Je passais mes journées à ficher les antinationaux : communistes, gaullistes... Je crois que j'ai envie de respirer[10] !

— Faites-vous prescrire un travail au grand air ! Avez-vous songé aux chantiers de jeunesse ?

— Ah, ne riez pas. Je crois qu'un retour aux sources ne ferait pas de mal à certains vautours qui planent sur Vichy et qui ont oublié l'idéal de la Révolution nationale.

— Ne donnez pas de nom, Bousquet, le chef de la police, est assis trois tables derrière vous, s'esclaffa Darnand. Bon, qu'envisagez-vous pour votre avenir, monsieur Mitterrand ?

— On m'a proposé deux postes : les Questions juives, plutôt bien payé, et le commissariat au Reclassement des prisonniers de guerre. Je crois que je vais choisir cette seconde option.

— Vous restez à Vichy, alors !

— Pour mon plus grand malheur, monsieur. Vichy est une ville affreuse ! Pas désagréable, pas ennuyeuse : laide !

Darnand éclata de rire :

— Vous êtes bien difficile, Mitterrand... Vichy n'est pas pire que le stalag où vous avez croupi l'année dernière ! Asseyez-vous. Je vous présente ma femme Antoinette et mon fils Philippe.

— Je ne voudrais pas vous déranger...

— Allons, François, asseyez-vous, vous dis-je !

Tous les jeudis, Darnand déjeunait aux Géraniums, également appelé chez Yvonne, un estaminet en vogue, situé à quelques pas du boulevard de Russie et des ministères. Yvonne et son mari régnaient sur cette auberge chatoyante qui ignorait tout des privations qu'endurait la France en cette année 1942. Derrière le comptoir, on entendait souvent Yvonne rassurer ses clients sur le menu du lendemain : « Bah, on se débrouillera toujours pour trouver quelques patates, histoire de préparer un petit Parmentier de queue de bœuf. C'est pas qu'on n'aime pas les topinambours et les rutabagas, mais on les cuisinera le plus tard possible ! » La réputation d'Yvonne Pêlemêle (son mari Marcel n'officiait pas en cuisine) avait traversé la ligne de démarcation depuis longtemps. Tout le gratin collabo, de Paris à Montpellier, et de Lyon à Périgueux, savait qu'elle cuisinait les meilleurs pieds et paquets de la zone libre. Ce jour-là, le chef du S.O.L. se régalait devant une assiette d'écrevisses. Antoinette, sa femme, avait opté pour une escalope à la crème, et Philippe salivait devant un tartare de cheval, accompagné de petits navets rissolés. Un peu plus loin, un groupe de conseillers du Maréchal discutait âprement avec un officier allemand. Au fond de la salle, René Bousquet, le secrétaire général à la Police, déjeunait avec un membre de son cabinet, ce qui était exceptionnel car Bousquet – qui avait la réputation de travailler quinze heures par jour – aimait prendre ses repas à son bureau. Brasillach était là, de passage à Vichy. Le rédacteur en chef de *Je suis partout* dégustait lui aussi des écrevisses – la spécialité de la maison – à côté d'un officier SS et d'une jolie comédienne brune. Un essaim de jeunes aficionados, excité par la présence de l'intellectuel collabo, tourbillonnait autour de cette tablée. Entre deux écrevisses, Brasillach et le SS parlaient de cinéma allemand. L'intellectuel français avait bien changé. Lui qui écrivait que *Mein Kampf* était « un chef-d'œuvre de crétinisme excité » ne parlait plus que d'Hitler. Même Maurras avait cessé de lui parler.

François Mitterrand prit place à la table des Darnand. Beau garçon, le visage fin et les cheveux noir de jais, le jeune homme de vingt-six ans se tourna vers Antoinette Darnand, affectant d'être gêné :

— Rassurez-vous, madame, je ne resterai qu'un instant…

— Ainsi vous trouvez que la capitale de la zone libre est laide ! relança Antoinette, amusée par ce jeune homme à la silhouette frêle et singulière.

— Épouvantable ! Vous voyez bien : ici rien n'arrête le regard. Ni ces hôtels mafflus ou sottement alignés, ni ces villas prétentieuses plantées là selon le goût douteux de grosses femmes. On devrait raser les villes d'eaux. Nos imbéciles de petits-enfants les trouveront belles parce qu'anciennes[11]...

Antoinette éclata de rire :

— Ne venez jamais nous voir à Nice. J'aurais trop peur que vous mettiez ma chère ville à feu et à sang !

— Antoinette, reprit Darnand, tu dois savoir que François et moi avons un point commun : nous nous sommes tous deux évadés d'un camp allemand ! Quand j'ai rencontré François, il venait de traverser l'Allemagne et la France à pied ! Et il pesait dix kilos de moins. Nous dînions chez un ami commun : Gabriel Jeantet, chargé de mission au cabinet du Maréchal. Quand était-ce, François ?

— En février...

— Antoinette, c'était une soirée fabuleuse. Tous les copains étaient là : Marcel Gombert, Noël de Tissot et Bassompierre. Nous avons joué du piano, chanté, mangé et bu du marc à s'en faire péter la sous-ventrière. Je ne dis pas ça pour vous, François, car en matière d'alcool, vous me semblez beaucoup plus sobre et modéré que mes amis du S.O.L.!

— C'est vrai que c'était une joyeuse assemblée !

Darnand fit un léger clin d'œil à Mitterrand :

— Une assemblée triée sur le volet, ma chérie. À l'exception de cet anti cagoulard de Gallet, mon adjoint, nous n'étions qu'entre amis[12].

Darnand servit un verre de meursault à Mitterrand :

— Alors pourquoi nous quittez-vous, François ?

— Mais parce qu'il n'y a pas assez de gens comme vous à la Légion, monsieur Darnand. L'idée qu'a eue le Maréchal de réunir les anciens combattants était formidable. Il fallait insuffler à ces forces vives l'esprit de la Révolution nationale. Mais la légion est devenue une bureaucratie avec des chefs de bureau et des fonctionnaires qui font la loi. Et le manque de fanatisme est en train de tuer l'œuvre du Maréchal...

— C'est un constat bien sévère, mon cher François.

— Vous savez faire bouger les choses ! Et j'aurais aimé que la Légion soit animée de l'esprit du S.O.L.[13].

— Mitterrand, vous êtes un flatteur, coupa Darnand.

— Monsieur Darnand, je vous assure que votre action au S.O.L. a suscité l'intérêt de nombreux jeunes qui travaillaient avec moi au siège de la Légion française des combattants.

Darnand partit à nouveau d'un grand rire :

— Tu entends ça, Antoinette ! Si Mitterrand était chef de l'État, je serais ministre !

Soudain Joseph prit un air grave.

— Avec qui déjeunez-vous ? demanda-t-il.

— Avec notre ami Gabriel Jeantet. Je vais lui donner un article pour *France, revue de l'État nouveau*[14], le périodique qu'il anime.

— Jeantet est au fond du restaurant, avec des membres du cabinet du Maréchal. Transmettez-lui mes amitiés ! Au revoir, cher François ! Et goûtez les écrevisses, ce sont les meilleures de la zone Sud !

Avant d'aller rejoindre la table où déjeunaient les conseillers de Pétain, Mitterrand se courba pour saluer Antoinette Darnand, serra chaleureusement la main du jeune Philippe, puis tourna les talons avec la souplesse d'un chat.

Joseph glissa à Antoinette :

— Ce Mitterrand est un ambitieux et un prétentieux. Il est drôle mais je m'en méfie comme de la peste. Jeantet m'a assuré que Pétain pourrait lui remettre la francisque au printemps prochain. La francisque à ce gosse ? Il n'a rien fait de sa vie !

Darnand tapa du poing en faisant sursauter les tablées voisines, ce qui amusa beaucoup Philippe :

— Demain, tous à la campagne ! Je vous emmène déjeuner à l'auberge de Charmeil ! Nous nous promènerons le long de l'Allier dans la forêt de Tronçais. Philippe pourra galoper et jouer au football !

Quitter Vichy quelques jours. Joseph ne pensait qu'à cela depuis qu'Antoinette et Philippe s'étaient installés chez lui pour une semaine. Il redoutait un incident. Depuis près d'une heure, et malgré l'intermède Mitterrand, il jetait des regards inquiets vers l'entrée de l'établissement. Il avait posté trois légionnaires du S.O.L. en haut de la rue, à deux cents mètres en amont de chez Yvonne, et deux à l'entrée du restaurant : « Mesures de sécurité obligatoires », avait-il expliqué à sa femme. Une vaste farce ! Le seul endroit du monde où Darnand n'avait pas besoin de service d'ordre, c'était bien chez Yvonne, le repaire de la collaboration au cœur de la ville thermale. Depuis l'arrivée des Darnand, hier, à la gare de Vichy, c'est Marcel Gombert, l'ami de toujours, qui supervisait le dispositif de sécurité. À la vérité, l'attentat que redoutait Darnand, c'était celui que lui avait promis Ginette Beaucarnot, vingt-sept ans, sa maîtresse depuis deux mois, si Darnand revoyait sa femme. Officiellement, le patron avait quitté Vichy pour affaires. Mais si Ginette apprenait que Mme Darnand était là, ou si elle croisait inopinément la petite famille pendant sa semaine vichyssoise, elle crevait les yeux, mordait, déchirait, éventrait, mutilait… Le S.O.L. devait donc agir avec doigté pour empêcher une telle extrémité. Ordre du patron.

Antoinette aussi était inquiète, mais pour d'autres raisons :

— Joseph… À Nice, Mme Soldani prétend qu'à El-Alamein, les forces britanniques viennent d'arrêter l'avancée allemande ! Et que le vent va tourner.

— Ma chérie. N'écoute pas ces idioties. Ça fait quinze ans que la bouchère dit des conneries ! Tu ne vas pas te mettre à la croire en 1942 ! Les troupes de Rommel viennent de faire 25 000 prisonniers à Tobrouk. Hitler a même nommé Rommel maréchal, dès le lendemain !

Le jeune Philippe, du haut de ses quatorze ans, s'y mit à son tour :

— Peut-être… mais Koenig a retardé de 16 jours l'avance de Rommel vers le canal de Suez. Du coup, ça a permis à la 8e armée britannique d'attendre les Allemands et de bien les embêter !

Darnand s'arrêta de mâcher un instant et fixa sa femme, puis son fils :

— Comment connais-tu la 8e armée britannique, toi ?

— C'est Mme Soldani, papa… Nous parlons avec elle après la messe. Elle aime beaucoup le Maréchal. Mais elle s'inquiète.

Darnand essuya sa moustache et pointa un doigt vengeur vers sa femme :

— Antoinette, dès que tu rentreras à Nice, tu demanderas à Mme Soldani d'arrêter de se prendre pour le général Montgomery ! Les armées allemandes n'ont jamais été aussi bien ! Alors si Mme Soldani continue sa propagande pour les Alliés, je vais demander à quelques amis de lui remettre les idées en place !

À ce moment s'arrêta devant la table des Darnand une grosse dame outrageusement maquillée.

— Monsieur Joseph, je sais bien que vous êtes avec votre dame et que tout le monde vous embête. Mais monsieur le secrétaire d'État Benoist-Méchin voudrait vous voir ! Je lui réponds quoi ?

Sans consulter ni sa femme ni son fils, Darnand répondit :

— Mais qu'il vienne, Yvonne. Et apportez-nous un verre supplémentaire, s'il vous plaît !

Un grand homme mince aux bonnes manières déboula dans les trois secondes. Il était essoufflé :

— Un verre de meursault, monsieur le secrétaire d'État ?

— Merci mille fois, Joseph. Pardon, madame... Pardon, jeune homme, mais je dois dire un mot urgent à votre père...

— Je vous en prie...

Benoist-Méchin tira à lui une grande chaise de bois et s'assit. Cet ultra de la collaboration était secrétaire d'État en charge des relations franco-allemandes. Comme la plupart des intrus qui se pressaient autour de Darnand, il venait quémander le soutien de l'ancien héros des deux guerres :

— Joseph, vous seul pouvez m'aider : je suis venu vous parler de la Légion.

— Ma légion des combattants ?

— Mais non, Joseph. La Légion chère à mon cœur : la L.V.F.[15].

— Ah oui, la L.V.F…, grimaça Darnand.

Il porta sa serviette à ses lèvres, un peu comme s'il avait avalé une huître avariée. La Légion des volontaires français contre le bolchevisme n'était pas sa tasse de thé. Voici un an, il avait découvert avec effroi cette campagne de recrutement incitant les jeunes Français à rejoindre l'armée allemande. Les murs du pays s'étaient couverts d'affiches chamarrées. On y voyait des Français au sourire éclatant, portant un casque et un uniforme allemands. Au bas de l'affiche, forcément tricolore, on pouvait lire : « Sous les plis du drapeau, la Légion des volontaires français combat pour l'Europe. » Toutes les semaines, Radio Paris diffusait des reportages de propagande. Les journalistes interviewaient de jeunes gens exaltés, sur les quais de la gare de l'Est. Fraîchement enrôlés dans la L.V.F., ils partaient pour le front russe dans la joie et l'allégresse… Pour l'ancien grenadier de 14-18, cette L.V.F. n'était rien d'autre qu'un régiment allemand de plus. Benoist-Méchin fit semblant de ne pas avoir vu la moue de Darnand :

— Joseph, la L.V.F. est un échec ! À peine quelques milliers de volontaires sont venus à nous.

C'est minable au regard des 100 000 hommes que nous espérions attirer dans la Wehrmacht. En fait, les Français ne veulent pas porter l'uniforme allemand. Voilà mon idée : il faut transformer la L.V.F. en une armée française officielle, baptisée « Légion tricolore ». Je vois Laval dans une heure… Et peut-être le Maréchal. Si j'ai votre appui, ça passera mieux…

Le secrétaire d'État et le chef du S.O.L. s'étaient déjà rencontrés et le courant passait plutôt bien. Benoist-Méchin ne pouvait dissimuler son admiration pour l'autorité naturelle et le regard franc du soldat. Et Darnand était impressionné par la fine intelligence du secrétaire d'État. En 1936, à l'âge de trente-cinq ans, ce mélomane germaniste, journaliste et historien avait rédigé une *Histoire de l'armée allemande* qu'avaient lue avec une acuité particulière Darnand et le… colonel de Gaulle. En 1939, Benoist-Méchin avait aussi publié *Éclaircissements sur* Mein Kampf *d'Adolf Hitler, le livre qui a changé la face du monde* : une déclaration d'amour au Führer. Car le problème de Benoist-Méchin, c'était Hitler. Il l'adorait. Déjà dans les années 1920, alors qu'il était journaliste à *L'Europe nouvelle*, il avait été congédié tant son admiration pour celui qui n'était encore qu'un chef de parti était embarrassante. Et le temps n'avait pas arrangé les choses. Juste après la défaite de 1940, Benoist-Méchin avait déclaré : « Un pays vaincu a le choix d'être soumis à son vainqueur ou d'être avec lui ; je choisis d'être avec lui. »

Darnand répondit avec franchise :

— Écoutez, Benoist-Méchin, l'idée de mourir pour le national-socialisme boche ne fera jamais rêver les soldats français. Et moi non plus d'ailleurs... Tous nos compatriotes ont perdu un frère, un fils, un père à la guerre de 14 à cause de vos amis teutons. D'autres sont morts, au printemps 40. D'autres ont perdu leurs maisons, leur emploi. Et vous vous étonnez du manque d'enthousiasme de nos compatriotes pour la L.V.F. ?

— Je sais tout ça, Darnand. Mais l'heure est grave. Si Hitler perd la guerre contre les Russes, la France vivra à l'heure bolchevique.

Darnand réfléchit quelques secondes :

— Si j'acceptais d'envoyer mes hommes combattre aux côtés des Allemands, ce serait par haine de l'hydre moscoutaire. Mais aussi pour redorer le blason de l'armée française après la déroute de 1940. J'avoue que j'aimerais bien prouver aux Allemands que les combattants français de 1942 sont aussi courageux que leurs aînés de 1918.

Benoist-Méchin n'en espérait pas davantage. Il se leva et répéta le doigt en l'air, comme un enfant répète une leçon :

— J'aimerais bien prouver aux Allemands que les combattants français de 1942 sont aussi courageux

que leurs aînés de 1918 ! Mais ça me suffit, ça !
Darnand, tout sera répété au président du Conseil.
Vous venez, sans l'avoir fait exprès, d'appuyer mon
projet de « Légion tricolore » !

Puis, se tournant vers Antoinette Darnand qui
avait assisté à la conversation sans moufter :

— Madame, je vous rends votre époux. Merci,
Joseph : retrouvons-nous demain chez-Z-Yvonne !

En regardant l'élégant secrétaire d'État monter
dans sa Delahaye ministérielle noire, Darnand répéta
à Antoinette :

— Chez-Z-Yvonne. Chez-Z-André ! Je ne serai
jamais ministre parce que je suis incapable de parler
comme ça : allez les gars, on va chez-Z-Isidore boire
un Claquessin !

Antoinette et Philippe rirent de bon cœur. Cet
homme autoritaire et austère s'autorisait rarement
de telles facéties.

6. Janvier 1943

Naissance de la Milice

Ce matin, l'hôtel Thermal de Vichy, siège du ministère de l'Intérieur, était en effervescence. Depuis l'aube, les petites mains s'affairaient pour donner à l'événement le lustre nécessaire. Rien n'avait été laissé au hasard. Le fleuriste « officiel » du gouvernement de Vichy, Armand Cazeaux, son épouse et ses commis disposaient de grandes gerbes de fleurs dans le hall d'entrée et dans la salle de réception. En équilibre instable sur des escabeaux, des employés du ministère fixaient sur les murs de grands draps noirs ornés de gammas blancs entourés d'un cercle rouge. Et en cette période de privations, un buffet d'une rare opulence avait été dressé. On avait même livré des caisses de champagne Roederer, de château

Pavie 1934 et de saint-pourçain pour le tout-venant. Déjà les hauts personnages de l'État arrivaient au ministère. Un homme paré d'une grande cape fit une entrée théâtrale. C'était l'académicien Abel Bonnard, ministre de l'Éducation et de la Jeunesse.

— Dépêchons-nous, on est en retard. Gestapette est déjà là ! cria Darnand depuis son bureau du premier étage.

En raison de son homosexualité affichée et chaque jour revendiquée, celui qui fut l'ami de Proust et de Colette possédait bien des surnoms. Certains l'appelaient aussi « la belle Bonnard ». Un sobriquet que le poète converti à la collaboration adorait. Élitiste, sophistiqué, Bonnard goûtait la provocation. Il récitait souvent la même litanie aux membres de son cabinet : « L'Allemagne est l'élément mâle de l'Europe. » Son discours s'émaillait de métaphores vantant la pureté et la beauté des corps du « nouvel homme européen ». Darnand n'aimait pas ce personnage snob et surfait : « Bonnard est entré en national-socialisme comme d'autres entrent au bordel, par le vice », se plaisait-il à répéter.

Abel Bonnard était aussi un nazi exalté. Juste avant la guerre, il avait rompu avec Maurras qu'il jugeait trop antiallemand. Désormais, il militait pour un soutien total à l'Allemagne. « Abetz Bonnard » était aussi l'un de ses surnoms.

À peine fut-il entré que surgit dans son trois-pièces rayé Paul Marion, secrétaire d'État à l'Information et à la Propagande. Le petit homme à l'épaisse tignasse brune prit le temps de serrer quelques mains dans le hall de l'hôtel. Malgré sa petite taille, Marion impressionnait. Le Goebbels de Vichy – c'est ainsi qu'il s'était lui-même baptisé – était un ancien communiste dont Pétain se méfiait. À en croire le Maréchal, les ex du PCF constituaient une caste à Vichy, un sous-groupe trop germanophile. Pétain surnommait Marion « le paltoquet bolchevique ». Il n'avait jamais oublié que son secrétaire d'État avait tenu pendant des années la rubrique « les gueules de vaches » dans *L'Humanité*. À l'époque, Marion était un stalinien influent qui appréciait les séjours en U.R.S.S. Il avait même été le bras droit de Maurice Thorez, le patron du PCF ! Puis, après sa rupture avec Moscou, Marion s'était tourné vers le P.P.F. comme des milliers d'anciens communistes. Créé en 1936, le Parti populaire français de Jacques Doriot était le grand mouvement fasciste français. Beaucoup de ses adhérents venaient du PC.

Cette fois, Darnand sembla excédé. Il sortit une tête dans le couloir et cria à ses adjoints :

— Merde ! Marion est arrivé, Laval ne va pas tarder ! Tout le monde descend dans la grande salle ! Être en retard un jour comme aujourd'hui…

S'ensuivit un indescriptible vacarme. On tira des chaises, claqua des portes, déplaça des tables. Une grande brune décoiffée sortit précipitamment d'un bureau, pieds nus. Elle réajusta son chemisier et enfila ses escarpins.

— Oh là là, lança-t-elle avec un fort accent méditerranéen, vous êtes toujours pressés ici !

À ces mots, Darnand redoubla :

— Gombert, c'est pas le moment pour une orgie romaine ! En uniforme !

Une limousine se présenta devant l'hôtel Thermal. Un homme en descendit en grande tenue d'amiral : Charles Platon, secrétaire d'État en charge des forces armées. Parmi tous les membres du gouvernement, il était le plus fervent collaborationniste. Platon trouvait Laval trop tendre et militait pour une alliance renforcée avec l'Allemagne... Quelques instants plus tard, une conduite intérieure noire déposa le docteur Ménétrel devant la porte d'entrée de l'hôtel Thermal. L'homme ne descendit pas tout de suite, comme s'il voulait éviter de croiser Platon. À trente-sept ans, ce médecin parisien qui avait suivi le Maréchal à Vichy était devenu le secrétaire particulier de Pétain, certains disaient son directeur de conscience. Ménétrel était aussi un trublion qui n'hésitait pas à clamer dans tout Vichy que l'Allemagne avait déjà perdu la guerre et que Laval méritait d'être fusillé. À l'hôtel du Parc, le bureau de Ménétrel donnait sur celui du chef de l'État, leurs chambres étaient voisines. Il n'y avait pas de secrets entre eux, et le délassement préféré du Maréchal était de jouer avec les deux petites filles du docteur Ménétrel. Lorsqu'il l'aperçut sortant de sa limousine, Darnand fronça les sourcils.

— Tiens, tiens... L'œil de Roosevelt nous fait une visite surprise. Que vient faire ce charlatan ici ? Nous provoquer ? Nous espionner ?

Ménétrel était haï des milieux collaborationnistes. On le disait proche des Américains. Depuis des mois, Doriot, Déat et les Allemands pressaient le Maréchal de se débarrasser de quelques conseillers modérés, pas assez favorables à l'Allemagne. Du Moulin de Labarthète, le général Laure et quelques membres du cabinet de Pétain étaient partis. Ménétrel était resté. Tout Vichy prétendait que Pétain et son éminence grise avaient engagé des contacts discrets avec Washington. Plusieurs témoins affirmaient même avoir vu Ménétrel sabler le champagne en novembre 1942 quand les Alliés avaient débarqué en Afrique du Nord.

Ménétrel ne serra aucune main, il entra sans saluer personne. Ce 30 janvier 1943, on donnait officiellement naissance à la Milice française. En grande pompe. L'idée originale avait surgi de l'esprit de Paul Marion. Quelques mois plus tôt, juste avant Noël 1942, il avait demandé une audience à Laval. Intrigué, le président du Conseil avait reçu son ministre dans son bureau de l'hôtel du Parc.

— Pourquoi me demander audience ? Nous nous croisons tous les jours. Qu'avez-vous dans votre besace pour faire tant de mystères ?

— Un beau projet, monsieur le président. Comme vous le savez, la Légion française des combattants rassemble près de deux millions d'anciens combattants dans notre pays. Des anciens de 14-18, pas vraiment politisés... Or les relations entre la Légion française des combattants et son service d'ordre, le S.O.L., sont très mauvaises. Les chefs de la Légion voient d'un mauvais œil ce S.O.L., plutôt favorable à la collaboration...

Visiblement agacé par ces chicaneries chez les anciens, Laval avait lancé entre deux bouffées de cigarette :

— Et alors ? Je me fous complètement des mauvaises relations des anciens combattants avec leur service d'ordre ! Dites-leur de se réconcilier et puis c'est marre !

Sûr de son fait, Marion avait répondu en souriant :

— Monsieur le président du Conseil... Pourquoi voir dépérir cette force enthousiaste de 20 000 hommes ? Ce sont les premiers défenseurs de la Révolution nationale.

Laval avait froncé les sourcils. Quelques mois plus tôt, juste avant Noël 1942, il avait été convoqué au Grand quartier général d'Hitler. Suite au débarquement allié en Afrique du Nord, le Führer avait exigé la création d'une police auxiliaire française, chargée d'apporter son concours aux Allemands dans l'Hexagone. Marion l'avait appris.

— Quelle est votre idée, monsieur Marion ? avait demandé Laval, soudainement intéressé.

— Transformer le S.O.L. en police de Vichy ! Nous rassemblerons les partisans résolus de la collaboration dans une grande force de maintien de l'ordre. Les chefs de la Légion seront heureux de se débarrasser de Darnand !

— Votre idée me plaît bien, avait opiné Laval. Mais je veux un mouvement qui ne choque pas les Français. Pas de brassard à croix gammée, ou de sigle approchant...

— Nous y avons déjà réfléchi. Nous avons choisi le gamma, la troisième lettre de l'alphabet grec. C'est la représentation zodiacale du Bélier : la force et le renouveau.

— Très bien... Et qui dirigera cette police ?

— Il faut conserver Darnand, l'actuel chef du S.O.L. C'est un héros qui végète depuis vingt ans. Pétain l'aime bien : il y a entre eux ce souvenir de la Grande Guerre.

Laval avait mollement acquiescé :

— Bien sûr... Tout le monde aime Darnand. Il paraît même qu'il plaît aux femmes avec sa trogne de chauffeur de camion.

Les deux hommes avaient vu juste : quelques jours après l'entretien, Pétain applaudit le projet de transformation du S.O.L. Certains prétendirent qu'il avait lui-même trouvé le nom : « Milice française ».

Il était un peu plus de 10 heures lorsque débuta enfin la cérémonie. Chaque chef local du S.O.L. fut appelé à la tribune, applaudi par ses pairs et introduit dans sa nouvelle fonction de chef départemental de la Milice française. Après la longue procession, Abel Bonnard monta au pupitre. Il attendit que le silence se fît. Le menton en avant, il observa la salle en plaquant du plat de la main ses cheveux sur ses tempes.

— Miliciens, attaqua-t-il après quelques secondes, hier encore, je m'interrogeais : qui purifiera la France ? Qui la débarrassera de ses scories ? Ce matin, j'ai une réponse. Vous ! Vous, Français de naissance, volontaires, qui ne devrez être membres d'aucune société secrète. Je vous l'annonce, à la différence de la Légion française des combattants, ici, les juifs seront formellement proscrits !

Soudain une rumeur envahit la salle et Bonnard dut s'interrompre, déçu de perdre l'attention du public. Pierre Laval venait de faire son entrée. Cravate blanche, costume rayé, clope au bec. Marion se leva tandis que les chefs du S.O.L. se mirent au garde-à-vous et entonnèrent le *Chant des cohortes* :

À genoux, nous fîmes le serment
Légionnaires, de mourir en chantant...

Le silence revenu, Darnand écarta Bonnard de l'estrade. Dans un geste familier il ajusta son immense béret, dont le bord extérieur touchait presque son épaule.

— Monsieur le président du Conseil, commença-t-il en lisant une feuille griffonnée, comme tant d'anciens combattants présents ici, comme tant de héros anonymes des tranchées, vous portez dans votre chair une blessure glorieuse.

Bonnard chuchota à l'oreille de l'amiral Platon :

— Une blessure glorieuse ? Darnand divague ? Laval n'a même pas fait la guerre. Il s'est fait exempter en 1914 !

Dans l'assistance cependant, certains avaient compris. À Versailles, deux ans plus tôt, Laval avait présidé une cérémonie en l'honneur des volontaires français s'engageant dans la Wehrmacht. Il avait essuyé plusieurs coups de feu, tirés par un certain Paul Collette. Deux balles l'avaient touché : l'une à l'épaule, l'autre au poumon.

Marion se pencha vers Bonnard :

— Pourquoi Darnand parle-t-il de blessure glorieuse ? Les miliciens ne le lui pardonneront pas... Il est fou ?

Bonnard jubilait. Il ne perdait jamais une occasion de brocarder Laval. C'était un principe. Une diététique de vie.

— Ne soyez pas taquin, Marion. Ça n'est pas donné à tout le monde de se trouver sur la trajectoire de deux balles perdues tirées par un pauvre type un peu givré. Laval mérite bien ce petit moment de gloriole !

Marion ne put réprimer sa colère :

— Darnand n'avait pas besoin de raconter un mensonge aussi grossier un jour comme aujourd'hui ! Tout le monde sait que Laval a peur des champs de bataille et qu'il n'aime que l'argent ! Toute sa vie il a acheté, revendu, spéculé. Avant-guerre, il est même devenu franc-mac pour développer ses affaires...

— Ah bon ? répondit Abel Bonnard, l'air faussement étonné.

— Regardez ses journaux à la pelle, ses radios, ses imprimeries, ses agences de publicité, son domaine de 120 hectares en Normandie avec ses chevaux, le château de Châteldon et ses trois sources thermales... Je ne comprends vraiment pas Darnand.

Bonnard, un sourire aux lèvres, lança la petite estocade qu'il préparait depuis quelques secondes :

— Dites, Paul, je me demande si cette flatterie n'est pas une allégeance de Darnand à son nouveau patron... Laval a toujours suspecté Darnand et ses amis cagoulards d'avoir payé Collette pour le flinguer.

Bonnard gloussa de plaisir en regardant Marion.

— Allez, Marion... Ça s'appelle la politique. Vous en faisiez jadis, au Parti communiste !

Les deux mains accrochées au pupitre, Darnand semblait parti pour un discours fleuve.

— On m'a dit aujourd'hui que l'annonce de la création de la Milice a suscité l'enthousiasme de Charles Maurras ! En nous émancipant, le maréchal Pétain a voulu faire de nous l'avant-garde de la Révolution nationale ! Alors ne le décevons pas. Chacun d'entre nous devra être exemplaire. Le soir, quand chaque milicien rentrera chez lui après une dure journée de labeur, je veux que ses voisins se disent : « Voilà un homme droit et honnête. Je voudrais que mes enfants lui ressemblent ! »

Leur béret sous le bras, les chefs locaux applaudirent à se faire rougir les paumes... Certes, ce n'était pas du Doriot. Mais la salle était bouillante. Darnand annonça la création d'un corps d'élite de la Milice, appelé franc-garde :

— La franc-garde sera soumise à une discipline très stricte, annonça-t-il. Ses membres seront préparés au combat contre les ennemis du régime. Ils devront être animés par la foi révolutionnaire. Ils porteront comme insigne un gamma blanc sur fond noir ! Je le dis à ceux qui accusent la Milice d'être un mouvement réactionnaire et conservateur, mon but est l'instauration d'un État autoritaire, national et socialiste, qui assurera à la France sa place dans la future Europe. Notre ennemi est bien le communisme !

Le discours de Darnand s'acheva par un tonnerre d'applaudissements. Avant d'enfiler sa grande cape noire, Bonnard persifla une dernière fois :

— Mauvais tribun, mauvais acteur, mauvais bonimenteur… S'il n'avait pas été soldat, on en aurait fait un vendeur de cravates bon marché.

Quelques jours plus tard, Darnand quitta le siège du S.O.L, le petit hôtel de Lisbonne, pour s'installer dans le nouveau QG de la Milice : l'hôtel Moderne, rue Max-Durand-Fardel, dans le centre de Vichy. Avec ses deux grandes colonnes en façade, le Moderne était un pur produit de l'architecture des années 1930. L'ambiance tranchait avec celle des autres administrations. De jolies femmes promenaient leurs croupes aguicheuses dans les étages. Vichy les avait surnommées « les Niçoises », car elles avaient suivi Darnand et ses amis légionnaires niçois dans la capitale de la collaboration. Prostituées, demi-mondaines, elles résidaient pour la plupart dans l'hôtel. Succombant à la mode du moment, elles avaient affublé leurs noms d'une particule. Ginette Tapiaud, la maîtresse de Gombert, était ainsi devenue Gina de La Foucardière. Janine Bazini se faisait appeler Jany de Bazinay. Darnand, dont la famille était restée à Nice, menait ouvertement une double vie. On pouvait souvent le voir dîner au Jardin français avec une pétulante femme rousse : Peggy Swanson. Plus sentimental que son ami Gombert, Darnand semblait éprouver quelques sentiments pour elle. À quarante-six ans, il était en pleine force de l'âge. Et Peggy le rendait fou.

— Peggy, c'est une Irlandaise, une fille bien, avait fait remarquer Joseph à Marcel. Rien à voir avec ton troupeau de bécasses.

Gombert avait éclaté de rire :

— Tu es trop idéaliste, Joseph. Ta Peggy, c'est un tapin, comme les autres.

— Je te défends de répéter ça, Marcel !

— Mais Joseph, c'est moi qui ai fait venir ces filles. Ta Peggy travaillait dans un bouclard infâme, dans les bas-fonds de Marseille. Elle ne s'appelle pas Peggy Swanson, mais Yvette Ravier. Et elle est née à Martigues !

Lorsque Paul Marion se rendit pour la première fois au nouveau siège de la Milice, à l'hôtel Moderne, il aperçut les Niçoises, piaillant dans l'ancien bar transformé en salon pour ces dames.

— Bonjour, mesdames !

— Bonjour, monsieur le ministre, s'écria Peggy la rousse. Joseph vous attend. Voulez-vous que je vous conduise ?

Surpris, Marion acquiesça. Dans le hall, les miliciens chargés de la surveillance portaient l'uniforme : chemise kaki, pantalon bleu foncé, cravate noire, et bien sûr la traditionnelle tarte de chasseur alpin. Leur armement n'étant pas autorisé, leur étui à revolver était bourré de papier journal. Dans le bureau de Darnand, une chambre d'hôtel située au deuxième étage, trônait le portrait de Félix Agnély. Cette fois, Jo s'était vraiment installé à Vichy, délaissant Nice et les copains du café de Lyon. Il avait travaillé jour et nuit pour doter la Milice d'une organisation efficace. Il veillait personnellement au recrutement et épluchait même les notes de frais de ses subalternes.

— Si un jour notre affaire tourne mal, répétait-il, je veux bien répondre de tout. Mais jamais je ne supporterai qu'on nous accuse de dilapidation et d'affaires d'argent. Que je n'aie pas à revenir là-dessus[16].

Darnand voulait être le patron d'une organisation exemplaire. Deux questions l'obsédaient en particulier : la moralité de ses hommes et leurs convictions politiques. De nombreux militaires, en congé d'Armistice, adhérèrent à la Milice. Parmi eux, des chasseurs alpins qui avaient connu Joseph en 1939-1940. Cette fois, le béret n'était plus tout à fait le même que celui des alpins, et les grades ne se portaient plus sur la manche mais sur l'épaule. Cinq services avaient été créés : la propagande, la sécurité, les finances, les effectifs et le fameux 2ᵉ service, le bureau du renseignement de la Milice. Il était dirigé par un ancien copain cagoulard de Jo : Jean Degans. Un dur de dur, mêlé en 1937 à un attentat à la bombe à Montpellier. Désormais, son rôle était de recueillir le maximum d'informations sur les ennemis du régime : les résistants communistes et gaullistes, et les adversaires personnels de Laval. À Lyon, Degans avait recruté un jeune chef local du 2ᵉ service.

— Jo, ce petit gars est une perle. Il s'appelle Paul Touvier, et il ira loin dans l'organisation, avait certifié Degans.

Touvier était un ambitieux, un zélé qui n'hésitait pas à infiltrer la Résistance locale, à interroger lui-même les prisonniers, diriger les rafles, piller les biens et venger les exécutions. Dans les départements de l'ancienne zone libre, la sauce prit rapidement.

À Villeneuve-sur-Lot, un pharmacien maréchaliste réussit à faire basculer la totalité des légionnaires du S.O.L. dans la Milice. Grâce à son habileté, le Lot-et-Garonne devint en 1943 le premier département de France en nombre de miliciens. On parlait de plus de 3 000 membres ! Le pharmacien fut appelé à Vichy et félicité par Darnand en personne.

Parfois, Degans tombait « par hasard » sur des informations concernant un membre du gouvernement. Ce matin-là, un détail savoureux l'autorisa à débarquer sans être annoncé dans le bureau de Darnand.

— Joseph, as-tu une minute ?

Darnand se leva pour accueillir son ami.

— J'espère que le chef du 2ᵉ service a une bonne raison pour m'interrompre…

— Jany et Gina, les deux putains marseillaises ramenées par Gombert…

— Oui… Eh bien ?

— On m'a signalé leur présence au troisième étage de l'hôtel du Parc. Dans un bel appartement qui possède une vue sur le hall des Sources et la galerie Napoléon.

Darnand fit un pas en arrière, écarquillant les yeux.

— Comment ça… Elles racolent dans les bureaux du gouvernement ?

— Non, pas exactement... Elles voient le Maréchal tous les mardis après-midi dans son bureau.

— Quoi ?

Le secrétaire général de la Milice ferma la porte de son bureau, et vint se planter en face de Degans :

— Tu es en train de me dire que ces deux filles font des cavalcades tous les mardis après-midi avec Pétain dans l'appartement 124 ?

— C'est ça. Joseph Bathélemy, le ministre de la Justice, m'a assuré que l'affaire dure depuis au moins quatre mardis. Peut-être cinq. J'ignore comment il cache ça à la Maréchale...

— Pétain est resté célibataire jusqu'à soixante-quatre ans, il sait s'organiser. Où sont les filles ?

— J'ai pas osé les brusquer maintenant qu'elles sont intimes avec le Maréchal. Elles attendent dans mon bureau.

— Va me les chercher !

Quelques instants plus tard, les deux prostituées firent leur entrée dans le bureau de Darnand.

— Mesdames, leur dit Darnand goguenard, je dois vous gronder ! Vous êtes attachées à cette maison. Aussi suis-je un peu déçu de constater que vous avez omis de nous tenir informés de vos visites du mardi au Maréchal.

Jany monta sur ses grands chevaux :

— Tout doux, bijou ! Ces visites sont privées, Joseph ! On ne peut pas tout révéler, le Maréchal n'aimerait pas ça. C'est lui qui nous a demandé d'être discrètes... Alors tu vois bien. On obéit !

Darnand gratifia les deux femmes d'un large sourire :

— Le Maréchal n'aimerait pas non plus apprendre que vous avez été ramassées à Marseille dans un bar à putains appartenant au clan de Paul Carbone. Il n'aimerait pas apprendre que vos véritables noms sont Ginette Tapiaud et Janine Bazini et qu'au cours des quinze dernières années vous avez refilé la chaude-pisse à la moitié des marins de la Méditerranée.

Gina devint plus coopérative :

— Que voudriez-vous savoir, monsieur Joseph ?

— Ce que vous faites le mardi après-midi avec le Maréchal...

— Bien... Nous rejoignons l'hôtel du Parc à 15 heures précises. Un huissier, marseillais lui aussi, nous fait entrer dans l'hôtel par une porte discrète, située sur le côté, et nous allons l'attendre dans un petit cabinet, à côté de son bureau. Et ensuite... On fait des choses... et le Maréchal nous regarde. Mais pas seulement, car il est très gaillard pour quatre-vingt-six ans ! Très robuste et très coquin.

— Et à 17 heures, reprit Jany, l'huissier nous ramène à la sortie, et une voiture nous raccompagne ici...

Parce qu'il s'agissait du Maréchal, Darnand ne poussa pas l'interrogatoire plus loin. Il trouvait qu'il y avait quelque chose d'inconvenant à fouiller l'intimité du vainqueur de Verdun. Le tout Vichy glosait depuis longtemps déjà sur les fantasmes du Maréchal. Ses facéties et ses cinq à sept n'avaient plus de secret pour personne. Darnand dit simplement aux deux amazones :

— Mademoiselle de La Foucardière, mademoiselle de Bazinay, détendez bien le Maréchal, et n'oubliez pas qu'en faisant cela, vous œuvrez pour la France.

Mais les Niçoises exaspéraient la majorité des miliciens. Un jour, un dénommé Savenières se plaignit à Darnand : « Le hall du Moderne n'est plus seulement un bordel, c'est un caravansérail ! Durant la journée, les prostituées troquent des bas, se maquillent, se prêtent des robes. Elles tiennent salon, parlent du dernier film à la mode ! D'une nouvelle crème qui maintient les jambes légères. Elles salissent l'image de la Milice ! » Darnand laissa dire : lui, il gâtait sa Peggy. Il lui offrait des bijoux qu'il rapportait de Paris, des porte-jarretelles, et même du saucisson. Mais Savenières ne lâcha rien. Il envoya une lettre de signalement à René Bousquet. Autrement dit un courrier de délation. Bousquet ne se gêna pas pour téléphoner à Darnand, ce rival qu'il détestait obstinément :

— Dites, mon vieux, vos Niçoises, ce sont des putes ?

— Vous m'offensez, monsieur le secrétaire général. Ce sont les amies et les compagnes de mes miliciens des Alpes-Maritimes. Elles nous aident à accomplir quelques tâches administratives... Parfois, c'est vrai, elles babillent un peu. Mais vous connaissez les femmes...

— Et cette femme rousse... Peggy Swanson...

— C'est une amie très proche, monsieur le secrétaire général. Merci de votre discrétion.

— Ah Darnand, je vous envie ! Faites taire Savenières. Cette pleureuse commence à m'emmerder !

Au fil des semaines, les Niçoises accentuèrent les tensions qui existaient entre les « anciens » et les « modernes », les miliciens pétainistes et les miliciens nationaux-socialistes. Les premiers, plutôt conservateurs et catholiques, souhaitaient le départ des Niçoises. Alors que les seconds, sorte de fascistes jouisseurs, n'avaient pas l'intention de les renvoyer dans leurs bordels respectifs. Ce clivage entre les deux Milices dépassa vite le cadre des mœurs. Bousquet reçut plusieurs rapports secrets lui signalant un problème entre l'état-major de l'organisation et le directeur de l'école de formation de la Milice, installée dans le château de Saint-Martin-d'Uriage, près de Grenoble. L'école était dirigée par un curieux personnage : Pierre-Louis de la Nouë du Vair. Ce

Franco-Américain d'origine acadienne, docteur en philosophie, maurrassien, royaliste et catholique mystique, vivait au château avec sa charmante épouse et une ribambelle d'enfants. Du Vair se rêvait en général chouan. Certains le croyaient fou. Mais les jeunes cadets de la Milice le vénéraient.

Un jour de juillet 1943, devant la gare de Vichy, Paul Marion reconnut le visage familier de Georges Carus, l'adjoint de du Vair. Il avait l'air mal en point. Il boitait, portait un pansement sur l'arcade sourcilière. Il avait aussi une belle ecchymose sous la pommette.

— Vous avez été pris dans une embuscade communiste ? demanda Paul Marion en riant, et je m'y connais !

— J'arrive de l'école d'Uriage. Du Vair a complètement perdu la raison. Il veut que la Milice se batte pour le retour d'un roi en France.

Visiblement choqué, Carus tremblait. Marion lui saisit le bras.

— C'est lui qui vous a...

— Je lui ai dit que le retour du roi n'était pas d'actualité à Vichy et qu'il fallait éviter de former nos cadets dans cette idée. Du Vair m'a fait arrêter. J'ai été interrogé, frappé, torturé. Et il m'a enfermé plusieurs jours dans un cachot noir et humide !

— Il est dément ?

— Je crois bien que oui, monsieur le secrétaire d'État. Du Vair est entré en contact avec le comte de Paris.

— Je m'attends au pire...

— Ils ont décidé de marcher sur Vichy pour déposer Laval et restaurer la monarchie ! Quant à la Milice, il prévoit de l'épurer. Il crie sur les toits que notre état-major ne comporte que des fascistes païens, et des jouisseurs proxénètes !

Marion fit la moue :

— Sur ce dernier point...

Dans les heures qui suivirent, l'état-major de la Milice décida de relever le directeur d'Uriage de son commandement. Mais du Vair refusa de se soumettre. Il se barricada dans son château avec ses stagiaires. Interloqué, Darnand rassembla une colonne de 200 miliciens et décida de faire route vers Uriage.

Lorsque Paul Marion apprit le départ imminent de Darnand pour l'Isère, il se précipita à l'hôtel Moderne, pour se joindre au cortège – trop tard. Il se rendit alors au bureau de Laval mais le chef du gouvernement était absent de Vichy.

Finalement, c'est Darnand lui-même qui téléphona au secrétaire général à l'Information :

— Monsieur Marion ? Ici du Guesclin ! Je vous appelle pour vous informer qu'à la suite du siège du château d'Uriage, l'ennemi s'est rendu.

— Nom de Dieu, Joseph, que s'est-il passé ?

— Lorsque je suis arrivé avec mes 200 miliciens, ce névropathe de du Vair s'était retranché dans le château. Nous l'avons sommé de se rendre, mais il est resté cadenassé dans sa forteresse. Et comme je n'ai jamais assiégé de château fort...

— Alors ?

— On a fabriqué un bélier. On a trouvé de longues échelles comme au Moyen Âge. Et puis heureusement, Tomasi, le chef du service de sécurité d'Uriage, a sagement fait ouvrir les portes pour éviter une effusion de sang. Dès que mes hommes sont entrés dans le château, les stagiaires ont sauté par les fenêtres.

— Des morts ?

— Aucun.

— Et du Vair ?

— Lorsque j'ai ordonné qu'on l'arrête, le vieux foutraque a éclaté de rire. Puis il s'est rendu en beuglant : « Vive le Roi ! » Mes hommes ont mis plus d'une heure à décrocher tous les crucifix des murs... Il y avait des portraits de Charette et de tous les généraux chouans ! Je vais purger l'organisation de tous ces calotins.

— Et Savenières ?

— Je l'ai muté dans le Vercors au milieu des maquis communistes. À l'heure qu'il est, ce gobe-mouches a d'autres préoccupations !

Marion raccrocha satisfait. La Milice venait de connaître sa petite Nuit des Longs Couteaux. À une différence près : en 1934, les éléments les plus révolutionnaires avaient été éliminés du parti nazi. À Uriage, neuf ans plus tard, c'était l'inverse : les éléments nationaux-socialistes avaient terrassé les miliciens conservateurs.

7. Juin 1943

LA TENTATION

Le message avait été envoyé à Londres par Jean Moulin lui-même : « Darnand ex-cagoulard chef de la Milice est disposé rallier Forces françaises combattantes étant dégoûté de Vichy. Vous laisse soin examiner si ce ralliement exceptionnel peut servir négociations actuelles. »

Au mois de juin 1943, l'homme qui s'était promis d'éradiquer jusqu'au dernier des « terroristes » avait pris contact avec la Résistance[17].

À Londres, Maurice Duclos, un ancien cagoulard parti rejoindre de Gaulle en juin 1940, avait dit à son ami Groussard :

— Darnand te connaît bien. S'il a vraiment décidé de rejoindre la Résistance, c'est avec toi qu'il prendra contact.

Quelques jours plus tard, le colonel Groussard avait appris qu'un certain Jo cherchait à le rencontrer discrètement. Dans une petite maison aux volets clos, située à la périphérie de Zurich, il attendait ce mystérieux visiteur. Installé sur un fauteuil au centre d'une grande cuisine, Groussard fumait une cigarette en relisant le dernier message que lui avait transmis un de ses agents en Suisse : « Nous emmènerons Jo dans la planque de Zurich, demain matin à 11 heures. Nous donnerons quatre coups de sonnette. »

Jo était-il Joseph Darnand ? Groussard n'était plus certain de rien, mais il lui sembla que quinze ans plus tôt, alors qu'il était jeune militant à l'Action française, Darnand se faisait parfois appeler Jo. C'était maigre. Groussard savait aussi que, par les temps qui couraient, de nombreux collabos retournaient leur veste pour éviter l'inéluctable perspective du peloton d'exécution. « Il leur reste une année de prospérité. Peut-être deux. Après ce sera l'infamie, puis la mort. Ils essayent d'assurer leurs arrières. » Cette propension à changer de camp l'excédait. S'il avait été collabo, Groussard l'aurait été à fond, sans fard, sans détour, sans nuance. Pourtant il ne pouvait se résoudre à exclure l'hypothèse que Darnand, s'il s'agissait bien de lui, fût sincère. S'il existait une chance infime que le secrétaire général de la Milice ne mente pas, c'était à lui et à lui seul de le déterminer. Groussard était le résistant qui connaissait le mieux Darnand : il avait été membre de la Cagoule, comme lui. Mais à la différence de Jo, il avait choisi la clandestinité. Et pas en juin 1943.

Trois ans plus tôt, Groussard avait été nommé inspecteur des services de la Sûreté nationale par le gouvernement de Vichy. Profitant de ses fonctions officielles, il avait créé une officine baptisée « Centre d'information et d'études ». Une couverture pour camoufler un réseau de renseignement antiallemand qui menait des actions d'espionnage et de contre-espionnage dans la France occupée.

Dès 1940, Groussard avait recruté Darnand. Une réputation impeccable. Il lui avait confié la création, à Nice, de groupes de Protection qui pourraient se retourner contre l'occupant nazi, le jour venu. Ces réseaux de résistance étaient en train de se déployer lorsque, le 13 décembre 1940, Groussard avait été arrêté. Avec d'anciens cagoulards, il venait d'emprisonner Laval, qu'il jugeait trop favorable aux Allemands. Le régime nazi avait désavoué ce mini putsch, et avait immédiatement fait libérer Laval. Mais les groupes de Protection furent dissous, et l'avenir de Groussard compromis. En janvier 1941, lors d'un dernier voyage à Nice, il demanda à Darnand de le suivre dans la Résistance.

— Je vous demande de sélectionner les meilleurs légionnaires du département et de les former à la lutte armée contre les Allemands, afin de préparer la reconquête.

Enthousiaste, Darnand lui avait répondu par un salut militaire :

— À vos ordres ! Je m'y attelle tout de suite.

Groussard avait dû refréner les ardeurs du Niçois.

— Du calme, Jo. N'allez pas tout foutre en l'air en jouant les matamores. J'ai besoin d'un homme discret et pas d'un va-t-en-guerre. Pour l'instant on recrute. Demain, on agira. Entendu ?

— Comptez sur moi, Georges !

— Bien. Quand je vous reverrai, ce sera pour vous confier une première mission. En attendant, je vous demande de me donner votre parole d'honneur que je puis compter sur votre fidélité à la cause que nous soutenons contre l'Allemagne.

Sans la moindre hésitation, Darnand lui avait donné sa parole. Après cet entretien, les deux hommes ne s'étaient jamais revus. Peu de temps après, Groussard s'était enfui en Suisse pour y poursuivre son action contre l'Allemagne. Désormais, il dirigeait à Zurich plusieurs réseaux de résistance extérieure, en contact étroit avec les services secrets britanniques.

En attendant son visiteur dans sa planque suisse, Groussard feuilleta une dernière fois le dossier secret du chef de la Milice. Ce n'était pas la première fois qu'il prenait contact avec la Résistance. Un an plus tôt, en 1942, Darnand avait rencontré un des chefs de l'Armée secrète, le colonel Duboin. Il lui avait carrément proposé de fournir à la Résistance des dépôts d'armes italiennes cachés en Haute-Provence à l'époque de la Cagoule. Duboin avait même organisé le transfert de Darnand à Londres. Un peu roublard, Jo avait expliqué à Duboin :

— Je suis comme les Français : pétaino-gaulliste. Pétain, le bouclier ; de Gaulle, le glaive !

Mais Darnand n'avait pas donné suite... Nice, Duboin, et maintenant Zurich : cette prise de contact avec la Résistance était donc la troisième.

Les fiches de renseignement sur Darnand étaient nombreuses et complètes. Groussard les avait lues plusieurs fois. Il connaissait la vie de Joseph dans les moindres détails : ses déplacements, ses amours, ses rapports tumultueux avec René Bousquet, Pétain, Laval... Il savait Darnand méprisé par les politiques de la IIIe République recyclés à Vichy. Le Bressan était même devenu mélancolique. Dans leurs rapports, les informateurs écrivaient « dépressif ». Les espions de Groussard rapportaient de curieuses informations : « Darnand ne se rend plus aux enterrements des miliciens abattus par les maquis, préférant se faire représenter. » Ou bien : « Darnand affirme partout qu'il se sent coupable de la mort de ses miliciens car il n'a pas pu obtenir de Laval l'autorisation de leur fournir des armes. » Ou encore : « Darnand parle souvent du coup de main de Forbach en 1940 et de son jeune ami Robert Adriant qui a pris la tête d'un maquis dans l'arrière-pays niçois. »

Groussard savait que Darnand quémandait des armes aux boches pour ses miliciens. Une quête ingrate et humiliante pour l'ancien héros de 14. Pendant combien de temps Darnand allait-il se complaire dans cette attitude servile ? Même de fervents pétainistes faisaient machine arrière. Récemment, les Allemands avaient déporté le colonel de La Rocque. En 1940, l'ancien patron des Croix-de-Feu avait appelé à soutenir Pétain, mais très vite il avait rejeté la collaboration et les lois antijuives, déclarant : « Les juifs naturalisés depuis plusieurs générations appartiennent en principe, et de droit, à la grande famille civique. » Jacques Doriot avait répondu : « Par son action pro-juive, de La Rocque cherche à entraver la tâche que s'est fixée le maréchal Pétain. » Pendant deux ans et demi à Vichy, l'ancien patron des Croix-de-Feu avait exigé la suppression de la L.V.F. et de la Milice. Finalement, il avait été déporté. « J'ignore si Darnand suivra son exemple, pensa Groussard, mais ce de La Rocque qu'on présentait comme un leader fasciste avant-guerre méritera une étoile dans le firmament de la Résistance quand nous aurons eu la peau du dernier nazi. » Groussard avait été antisémite avant-guerre. Comme Darnand. Mais aujourd'hui, à l'instar de De La Rocque, il n'admettait pas l'antisémitisme d'État. Le port de l'étoile jaune était une infamie qu'il vomissait. Darnand ressentait-il la même nausée ?

Peu avant 11 heures, les quatre coups de sonnette retentirent. Groussard observa son visiteur par l'entrebâillement d'un volet. Il était grand, mince, les cheveux châtain clair. Ce n'était pas Darnand, mais il ouvrit tout de même.

— Bonjour, monsieur...

— Bonjour... Je m'appelle Louis Guillaume. Je suis ici sur ordre de Joseph Darnand, secrétaire général de la Milice française.

Le chef du contre-espionnage de la résistance française sourit devant tant de naïveté. Il connaissait le visage de chaque dirigeant de la Milice. L'homme qui était face à lui ne s'appelait pas Louis Guillaume, mais Pierre Cance. Il était le premier adjoint du chef de la Milice. Groussard ne l'avait jamais rencontré, mais il avait vu plusieurs fois son visage sur des photographies prises à Vichy par ses agents. L'accent méridional de son hôte confirma les soupçons de Groussard : Cance était biterrois.

— Je suis venu vous dire que j'ai été mandaté par Joseph Darnand afin d'établir des contacts avec la Résistance.

— Qu'est-ce qui a motivé cette soudaine décision ?

— Mon chef considère que le régime de Vichy se fourvoie dans la collaboration et qu'il a cessé de défendre les intérêts du pays. Il estime que le seul moyen de reconquérir l'indépendance de la France est de rejoindre la Résistance.

— Pourquoi maintenant ?

— Je crois que le débarquement allié en Afrique du Nord a changé beaucoup de choses pour lui. Malgré ces années, Darnand est resté viscéralement antiallemand. Lorsqu'il voit que les armées de la France libre remportent des victoires contre les Allemands, ça touche son patriotisme. Quand il a appris au printemps que les Français libres avaient défait l'Afrikakorps, cela l'a réjoui. Même réaction quand Rommel a dû abandonner 200 000 prisonniers en Tunisie ou quand le général Giraud et ses hommes sont entrés triomphalement dans Tunis. J'ai le sentiment qu'il veut renouer avec la gloire militaire qu'il a connue durant la Grande Guerre.

Groussard saisit l'adjoint de Darnand par le bras et l'appela par son véritable nom :

— Écoutez-moi bien, monsieur Cance. Vous direz à Darnand qu'il est aussi imprévisible que décevant. J'attendais le secrétaire général de la Milice. Il se défile et m'envoie son adjoint ! Cet adjoint se présente chez moi, chef du contre-espionnage de la

Résistance, sous une fausse identité. Et pire, il vient me parler de sa passion nouvelle pour la Résistance en portant la francisque au revers de sa veste. Avouez qu'il y a de quoi décourager.

Sans se démonter, le Biterrois répondit :

— Je connais une demi-douzaine de fonctionnaires de Vichy, décorés de la francisque par le maréchal Pétain, qui ont été arrêtés et déportés par les Allemands pour faits de résistance.

— Sans doute, répondit Groussard, mais votre intérêt soudain pour le maquis ne me dit rien de bon. L'Allemagne perd sur tous les fronts. Demain elle sera vaincue. Sauver sa peau n'est pas une raison suffisante pour entrer en Résistance. Cependant, je considère que le ralliement du chef de la Milice à la France libre entraînerait vers la clandestinité d'autres Français égarés dans le pétainisme… C'est la raison pour laquelle je ne vous mets pas dehors.

Cance annonça alors à son hôte que Joseph Darnand était en train de patienter dans un hôtel de Genève :

— Un mot de votre part, et il vient vous voir.

Groussard lui fit une proposition :

— Monsieur Cance, je vais me retirer dans la pièce voisine. Et je vais rédiger deux lettres pour Darnand. Vous allez m'attendre ici. Quand elles seront prêtes, vous les lui porterez et j'attendrai sa réponse.

Groussard s'enferma près d'une demi-heure dans son bureau, puis il remit les courriers à Pierre Cance.

Son visiteur parti, le colonel s'allongea quelques instants et ferma les yeux. L'information transmise à Londres par Jean Moulin était vraie. Cette fois, Darnand semblait décidé à franchir le pas. Gagné par la lassitude, miné par les défaites du Reich, il était prêt à détruire l'ouvrage qu'il avait patiemment édifié.

Trois heures et demie plus tard, Cance déboula en trombe dans le hall du grand hôtel de Genève. Darnand l'attendait seul devant une suze-cassis :

— Joseph ! Il sait qui je suis, nom de Dieu !

— Comment ça, mon Pierrot ?

— Je lui ai donné le nom d'un copain qui jouait au rugby à Béziers, comme tu m'as dit. Mais au bout de deux minutes, il m'a appelé Pierre Cance. Il savait qui j'étais.

— Comment s'est passée l'entrevue ?

— Il m'a donné deux lettres. Tiens, lis-les. Je crois qu'il est d'accord pour te voir[18].

Darnand décacheta la première enveloppe que lui tendait son adjoint.

À l'attention de Joseph Darnand, chef de la Milice française.

Il y a une dizaine de jours, les Alliés ont débarqué en Sicile. Le régime fasciste ne pourra pas se maintenir,

privant l'Allemagne de son meilleur allié. Confron-
tés désormais à deux fronts en Europe, je ne vois pas
comment les Allemands pourraient renverser la vapeur
et empêcher un débarquement allié en France. Cela
prendra peut-être deux ou trois ans, mais les nazis
seront chassés de France et avec eux tombera le régime
de Vichy. C'est une certitude.

Ceci posé, j'en viens maintenant à votre proposition.
La dernière fois que nous nous sommes vus, c'était en
janvier 1941. Je vous avais alors demandé de recruter
des hommes afin de nous préparer à la reprise du com-
bat contre les occupants et vous m'aviez donné votre
parole d'honneur que vous vous appliqueriez à tout faire
pour poursuivre la lutte contre les Allemands. Or vous
n'avez pas respecté votre promesse et vous vous êtes peu
à peu compromis dans la collaboration. Pourquoi ? Avez-
vous été obnubilé par la lutte anticommuniste au point
d'en avoir oublié la priorité des priorités : la libération
nationale ? J'ai autant de haine que vous pour le bol-
chévisme et peut-être même davantage. Il n'empêche que
ce ne sont pas les hordes staliniennes qui occupent actuel-
lement notre pays. Hélas, j'en viens parfois à me deman-
der si votre dérive vers la collaboration n'a pas été
dictée par des motifs un peu moins avouables que la
seule lutte anticommuniste : l'esprit d'aventure, une sym-
pathie naturelle pour les régimes de l'Axe, la faiblesse,
la facilité, l'intérêt personnel ou que sais-je… Mais l'heure
n'est pas aux leçons de morale. Bien que vous m'ayez

humainement déçu, je suis prêt à vous laisser une ultime chance de vous racheter. Nous sommes aujourd'hui le 14 juillet 1943 et c'est un anniversaire que je n'ai pas oublié. Il ne s'agit pas de celui de la prise de la Bastille mais d'un autre, plus récent, et tout aussi important, que vous-même vous n'avez pas pu oublier puisque vous y avez directement participé. Ce jour-là, Darnand, vous avez sauvé la France et tous les patriotes ont une dette envers vous. Même si en écrivant cette lettre, je vous l'avoue, je ne parviens pas à croire en la totale sincérité de votre démarche, il m'est impossible de refuser la main que vous me tendez. Si vous tenez vraiment à prendre part à la lutte contre le nazisme et à participer avec nous à la libération de la France, vous devez préalablement recopier et signer le second papier qui accompagne cette missive puis me le renvoyer dans les plus brefs délais. Si vous refusez de le faire, alors nos pourparlers prendront définitivement fin. Dans le cas contraire, un rendez-vous sera prochainement organisé pour que nous mettions au point nos modalités d'action.

Darnand ouvrit la seconde enveloppe et en tira une lettre sur laquelle Groussard avait simplement écrit cette phrase :

Je, soussigné Joseph Darnand, m'engage à servir sous les ordres du colonel Groussard contre les Allemands et à lui obéir en toutes circonstances.

Durant quelques jours, Groussard attendit la réponse de Darnand[19]. En vain. Au bout d'une semaine, il envoya le message suivant à Londres : « Fin des négociations avec Darnand qui a préféré renoncer après un premier contact. »

Que signifiait la volte-face de Darnand ? Groussard imagina que Joseph était trop lié au destin de ses miliciens pour les abandonner. Trop empêtré dans l'aventure de la collaboration pour faire demi-tour. Bien qu'antiallemand, Darnand avait plus de sympathie pour le fascisme et le national-socialisme que pour cette Résistance, qui s'acharnait à défendre la IIIe République honnie.

Le Bressan venait de rater sa dernière porte de sortie. Qu'importe, la veille, le général de Gaulle avait tranché :

— Non, vraiment, messieurs, nous ne serions pas crédibles si nous nous mettions en tête d'accueillir ici ce genre d'aventuriers[20]. Dites à Moulin et à nos agents en Suisse qu'il est trop tard pour Darnand.

8. Juillet 1943

LE SS FRANÇAIS

La jovialité et la bonhomie de Gottlob Berger étaient feintes. En réalité, l'Obergruppenführer SS Berger était un homme froid, un fervent nazi. Depuis deux ans, le général répétait à ses hommes : « La question de savoir s'il est juste ou injuste de liquider les juifs ne suscite pas de débat. Ils doivent, d'une manière ou d'une autre, disparaître de la surface de la Terre. » L'ancien instituteur de quarante-sept ans venait d'être choisi par Himmler pour le seconder. Depuis quelques mois, il multipliait les allers-retours entre Berlin et les centres de formation de la SS car le Reichsführer-SS lui avait demandé d'accélérer le recrutement dans l'ordre noir.

Ce jour de juillet 1943, Gottlob Berger se trouvait dans la petite ville bavaroise de Bad Tölz, près de

Munich, lorsqu'il fut interrompu par l'arrivée d'un visiteur. Berger reconnut immédiatement ce général SS au crâne rasé et aux lunettes métalliques : Carl Oberg, chef supérieur de la SS et de la police en France. Berger salua amicalement son hôte et lui proposa un verre de vieux kirsch.

— Pourquoi avoir fait ce long voyage, Oberg ? lui demanda-t-il.

— Je souhaite vous faire part d'une idée. Comme je vous l'ai indiqué dans mon câble, Joseph Darnand m'a rendu visite à Paris. Il est venu réclamer des armes pour ses miliciens. Ses hommes doivent se défendre contre des terroristes.

— Je sais, je sais…

— Il faut le comprendre… Les partisans abattent ses miliciens comme des quilles.

Embarrassé, Berger avala son verre de kirsch cul sec.

— Darnand n'a qu'à s'adresser à Laval. C'est lui son patron, pas vous !

— Quand Darnand est venu réclamer des armes pour ses francs-gardes, Laval lui a répondu de s'adresser aux autorités allemandes.

— Bon… Et que comptez-vous faire ? Fournir des armes à ces Français ? demanda Berger, agacé. Vous savez que c'est risqué. Ils peuvent les retourner un jour contre nous. La Milice est un ramassis de revanchards de la Première Guerre mondiale. Croix-de-Feu et compagnie.

Oberg savait cela. Mais il avait une tendresse toute particulière pour ce Darnand qui s'efforçait depuis des mois de créer un corps d'élite français sur le modèle de la SS. Une pâle imitation certes. Mais il lui semblait plus opportun d'encourager les vocations que de les réduire à néant.

— *Herr General*, dit-il. Dès que les miliciens ont pu se procurer quelques armes, ces derniers mois, ils ont été beaucoup plus efficaces que la police de Vichy...

Oberg s'interrompit quelques secondes, puis se leva d'un coup. Le chef des SS en France affichait un petit sourire :

— Voilà la raison de ma présence ici. J'ai dit d'accord à Darnand pour armer la Milice. Mais j'ai exigé en échange une preuve de loyauté.

Berger écarquilla les yeux.

— Une preuve ?

— J'ai demandé à Darnand de devenir SS.

Le responsable du recrutement de la Waffen SS resta muet un court instant. Puis il avala à son tour le verre de kirsch cul sec et planta ses yeux dans ceux d'Oberg. :

— La SS contre des armes, dites-vous ?

— Oui, *Herr General.*

— Excellent, Oberg !

165

Le marché ne pouvait que réjouir Gottlob Berger. Il devait satisfaire Himmler et accélérer les recrutements dans la Waffen SS pour combler les lourdes pertes sur le front de l'Est. Certes, il venait d'enrôler des dizaines de milliers de volontaires étrangers. Mais l'ambition du général ne se réduisait pas à colmater les brèches : il entendait faire de la Waffen SS, à l'origine un corps d'élite nazi et germanique, une véritable légion européenne. Depuis qu'il avait pris les choses en main, le nombre de Waffen SS avait été multiplié par quatre. Désormais les Allemands se battaient aux côtés de SS de l'Europe entière.

Mais les Français n'étaient pas nombreux dans les divisions SS. Comme beaucoup de chefs nazis, le général Berger n'éprouvait aucune sympathie pour ce peuple irresponsable, inorganisé et voué à la disparition. Pour Berger, tout ce qui entrait en contact avec la culture française se trouvait *de facto* contaminé. À commencer par les Alsaciens, « un peuple de cochons » qui, selon lui, n'attendait que le débarquement allié. Il parlait d'ailleurs de déporter les Alsaciens en Russie... N'empêche, en ces temps difficiles, il n'était plus question de faire la fine bouche. Il fallait tout tenter pour intégrer ces miliciens dans la Waffen SS.

Le 22 juillet 1943, Berger obtint de Laval un décret autorisant les Français à s'engager dans la

Waffen SS. Restait à convaincre Darnand. Berger invita le chef de la Milice à un séjour d'études en Allemagne. Malgré sa francophobie maladive, Berger déploya des efforts considérables pour comprendre ce Français. Après tout, Darnand se battait pour faire exister sa petite troupe de 25 000 hommes. Ça lui parlait... Disposant d'un bon prétexte pour quitter l'atmosphère pesante de Vichy, Darnand accepta l'invitation. Jacques Doriot et Marcel Déat furent également conviés. La SS installa les Français à Berlin, à l'hôtel Adlon, près de la porte de Brandebourg. Ils furent reçus deux jours plus tard au SS-Junkerschule de Bad Tölz, le centre de formation des officiers de la Waffen-SS.

Berger se fichait bien de Doriot et Déat. Il chargea ses adjoints de les promener dans le centre de formation pour mieux concentrer son attention sur Darnand. À la différence de l'austère général Oberg, Berger abandonna le discours vainqueur/vaincu. Il opta pour la rhétorique moins humiliante du soldat qui s'adresse à un autre soldat, d'égal à égal. Le colosse froid devint un gaillard jovial. Il proposa à son hôte une dégustation de ses meilleurs kirschs. Et les deux hommes ne tardèrent pas à se découvrir des points communs. L'un et l'autre avaient été chefs de corps franc durant la Première Guerre mondiale ; ils avaient récolté de prestigieuses décorations, participé à des livraisons clandestines d'armes au profit d'organisations secrètes après la guerre. Darnand à la Cagoule, et Berger à la Reichswehr noire. Doucement, Berger avança ses pions. En confiance...

Vint ensuite la visite de l'école de Bad-Tölz où étaient formés les futurs officiers de la Waffen SS. Berger ne lésina pas pour impressionner Darnand :

— Mon cher Joseph, nos cadets doivent répondre à des exigences physiques strictes avant d'être admis à l'École. Par exemple, tous les officiers de la Waffen-SS doivent mesurer au minimum 1,78 mètre. Et 1,80 mètre pour ceux de la Leibstandarte. Les candidats doivent prouver leur « qualité raciale », cotée selon une échelle de cinq degrés, leur ascendance aryenne depuis 1800 pour les hommes du rang et 1750 pour les officiers. Ils doivent attester de l'absence de maladies mentales ou héréditaires dans leur famille. Je dois tout de même vous avouer que la guerre totale que nous menons m'a conduit à assouplir ces règles.

— Parlez-moi de leur formation, réclama Darnand.

— Cela va des exercices militaires à l'étude de *Mein Kampf*, répondit l'officier supérieur. Ceux qui sortent de Bad Tölz valent trois officiers britanniques et dix officiers russes ! Nous leur apprenons la tactique militaire, le combat, le maniement des armes, la lecture de cartes, la tactique des chars, l'entretien des véhicules, le génie sanitaire, la compréhension de l'actualité... et une solide formation idéologique. Nous en faisons de bons anticommunistes et de bons antisémites. Quand ils sortent d'ici, ils connaissent même l'Étiquette et les bonnes manières à table ! Mais surtout, ils ne discutent jamais un ordre !

D'un regard panoramique, Darnand embrassa le vaste site :

— Vos équipements, c'est autre chose que notre école de la Milice ! Un stade de football, une piste d'athlétisme, des bâtiments réservés à la boxe, à la gymnastique, une piscine chauffée, des saunas...

— Monsieur Darnand, il fallait au moins ça pour les meilleurs soldats du monde !

Darnand s'intéressa à l'internationalisation de l'Ordre noir. Berger attendait ce moment :

— Aujourd'hui, 50 pour cent des SS sont étrangers. Et l'année prochaine, les trois quarts seront non germaniques ! Hollandais, Belges, Hongrois, Finlandais, Ukrainiens, Baltes, Espagnols, Italiens, Indiens, Bosniaques, Albanais.

— Des musulmans albanais ? interrogea Darnand.

Berger éclata d'un rire sonore :

— Oui, mon cher Darnand. Il sera difficile aux musulmans bosniaques de la division Handschar ou aux Albanais de la division Skanderbeg de prouver leur ascendance aryenne depuis 1800... Mais

Himmler a tenu à ce qu'ils aient un imam dans chaque bataillon.

Berger continua en flattant Darnand sur la valeur guerrière des soldats français. Il cita opportunément cette phrase prononcée par Hitler un an plus tôt, après la bataille de Bir Hakeim : « Les Français sont, après nous, les meilleurs soldats de toute l'Europe. » En fin psychologue, Berger déplora :

— C'est un véritable gâchis que vos miliciens, qui forment l'élite des soldats français, en soient réduits à de simples missions de police et de maintien de l'ordre alors que nous avons engagé une lutte à mort contre le bolchevisme. Il est temps que les Français se battent avec nous.

Darnand entendit mais ne broncha pas. Berger s'enhardit :

— L'unité française que je vais créer ne sera pas, contrairement à la L.V.F., un simple régiment de la Wehrmacht. Ce sera une armée française, commandée par des officiers français ! Elle sera le noyau de la future armée française, intégrée dans la légion européenne.

Cette fois Darnand parut ébranlé. Berger enfonça le clou.

— La L.V.F. est peuplée d'incapables soumis à l'influence de Jacques Doriot. J'ai une bien meilleure opinion des miliciens. Si vos hommes intégraient en masse la Waffen SS, vous seriez considéré par

Hitler comme le fer de lance de la collaboration. Vous auriez les mains libres pour étendre la Milice en zone Nord, supplanter cette pauvre L.V.F. et reléguer Doriot au second plan.

Quelques semaines plus tôt, alors que Darnand avait été autorisé à venir présenter la Milice en zone Nord, il avait tenu meeting à Paris, salle Wagram. La réunion s'était achevée par une bagarre entre miliciens et membres des autres partis collabora-tionnistes : les collabos du Nord n'appréciant pas que ceux du Sud viennent marcher sur leurs plates-bandes. Berger avait eu vent de cet incident et en jouait avec habileté.

Mais le séjour touristique en terre nationale-socialiste n'en était qu'à ses prémices. Il restait encore de nombreuses étapes : l'école des cadres de Neustettin, le dépôt polonais de la L.V.F., des manœuvres militaires de la SS à Leipzig… Quelques instants avant le départ de la délégation, le général Gottlob Berger prit Darnand à part – ce qui ne manqua pas d'exciter la jalousie de Jacques Doriot.

— Cher Joseph, avant de partir, je vous demande de bien réfléchir. Quelle serait votre position si je créais une unité française de la Waffen SS ?

Darnand attendait la question :

— Cher Gottlob, vous savez désormais que je suis un homme d'honneur. Laissez-moi réfléchir à tout cela. Je vous promets une réponse à l'issue de mon séjour en Allemagne.

Mais trois jours plus tard, Darnand rentra à Paris sans avoir donné de réponse à Berger. Le général SS ne désarma pas. À la mi-août, un nouveau rendez-vous fut pris à Bad Tölz, entre le général SS et le chef de la Milice. Cette fois Darnand vint avec des réponses :

— J'ai soumis votre proposition aux chefs de la Milice. Ils s'y sont montrés favorables. Certains sont même prêts à s'engager. D'ici octobre, nous vous enverrons 200 de nos meilleurs hommes. Je compte moi-même intégrer la Waffen SS et partir sur le front de l'Est.

— Votre décision a-t-elle suscité des remous à Vichy ?

— René Bousquet, le chef de la police, m'a assuré que l'Allemagne allait perdre la guerre... Je lui ai répondu que cette possibilité ne m'effleurait pas l'esprit.

Gottlob Berger annonça à Darnand qu'il allait le nommer commandant. Toutefois, avant d'entrer de plein droit dans l'ordre noir, Darnand devait se soumettre à une ultime démarche : le serment à Adolf Hitler. « C'est notre règlement ! » sourit Berger. Peu exalté par cette perspective, Darnand protesta :

— J'ai déjà prêté serment au maréchal Pétain...

Berger contra l'argument :

— Ce n'est pas incompatible. Pour un étranger, le serment au Führer a uniquement une valeur militaire. Votre serment vous liera sur le front de l'Est au Führer, tandis qu'en France vous demeurerez lié à votre Maréchal.

Finalement, Darnand accepta... du bout des lèvres. Le général SS avait gagné.

Gottlob Berger n'oublierait jamais cette journée d'août 1943. À Paris, rue de Lille, l'ambassade d'Allemagne avait été bouclée. À l'intérieur, dans un bureau du premier étage, Berger plastronnait, en grand uniforme d'apparat, accompagné d'une douzaine d'officiers nazis. Au centre de la pièce, un homme vêtu d'une vareuse *feldgrau* était l'objet de toutes les attentions. Sur la plaque de son ceinturon, on pouvait lire la devise SS inscrite en lettres gothiques : « *Meine Ehre heisst Treue.* » « Mon honneur s'appelle fidélité. » L'homme leva sa main droite, le majeur et l'index pointés vers le haut. Il semblait nerveux, mal à l'aise. Il prononça d'une voix hésitante les trois phrases qui composaient le serment à Hitler :

— *Je te jure, Adolf Hitler, Führer germanique et réformateur de l'Europe, d'être fidèle et brave. Je jure de t'obéir à toi et aux chefs que tu m'auras désignés, jusqu'à la mort. Que Dieu me vienne en aide.*

Le rituel achevé, Joseph Darnand quitta en catimini l'ambassade d'Allemagne, laissant Gottlob Berger savourer sa victoire : un ancien adversaire de l'Allemagne, héros de la Grande Guerre, l'un des trois seuls Français, avec Clemenceau et Foch, à s'être vu décerner le titre « d'Artisan de la Victoire », venait de revêtir l'uniforme allemand pour prêter serment à Hitler. Par son geste, Joseph Darnand soumettait la Milice au Führer. Ce qui comptait désormais le plus pour l'Obergruppenführer SS, c'étaient ces milliers de miliciens, pour certains anciens ennemis héréditaires de l'Allemagne, qui allaient se battre dans l'enfer russe, et tenter de colmater le désastre de Stalingrad.

Sitôt sorti de l'ambassade, Darnand enfonça sa tête dans son cou, veillant à ce que personne ne le reconnaisse dans la rue. Il s'engouffra dans sa Citroën. Il fit arrêter sa voiture dans une petite rue calme et, tant bien que mal, sur la banquette arrière, ôta sa vareuse de SS pour enfiler sa tunique bleu foncé de milicien. Une fois l'opération terminée, il lança un peu gêné à Ambroise, son chauffeur :

— Inutile de repasser au bureau, on rentre à Vichy.

9. Septembre 1943

PETITE TENTATIVE DE PUTSCH

— Monsieur Howard, ceci n'est pas une interview, nous sommes d'accord ?

— Oui, monsieur Déat. Je recueille des informations pour un article sur la collaboration franco-allemande, c'est tout.

— Ah, la collaboration… Elle se porte mal, jeune homme, car le maréchal Pétain est un vieux bourgeois qui mène une politique conservatrice. Tout le contraire d'un révolutionnaire. Au fond, il est l'antithèse d'Hitler et c'est bien triste…

Assis à son bureau, sous une photo le représentant en train de serrer la main de Goering en uniforme de la Luftwaffe, Marcel Déat tendit un verre rempli d'un breuvage brun à son hôte.

— C'est bien triste, mais je n'ai pas de glace à vous offrir, monsieur Howard.

Au deuxième étage du quotidien ultra collaborationniste *L'Œuvre*, rue Louis-le-Grand à Paris, Déat se préparait à jouer à son sport favori : dénigrer le Maréchal. C'était Otto Abetz qui avait sournoisement donné l'idée à ce correspondant de presse américain de rencontrer Déat. Une façon de montrer à Pétain et au monde entier, qu'à Paris, certains Français réclamaient un renforcement de la collaboration franco-allemande.

En avalant sa première gorgée de Dubonnet tiède, Ronald Howard grimaça un peu.

— Ne le prenez pas mal, mais je vais en rester là avec votre boisson nationale.

Boudiné dans un costume de toile beige, le cheveu plaqué en arrière, Déat contemplait cet Américain. Il n'a pas vingt-cinq ans, songeait-il. Que connaît-il de la complexité française ? Encore un Américain qui va coller son manichéisme de western sur le marigot parisien : les gentils cowboys et les méchants Indiens. Les gentils gaullistes cachés dans les caves, les méchants collabos qui dégustent du champagne avec les boches... Sans doute pense-t-il que je hais de Gaulle. C'est un peu vrai. Mais je ne l'ai pas toujours détesté. Sait-il seulement qu'avant la guerre j'avais sympathisé avec lui ? Sait-il qu'il disait de moi : « Déat a un grand talent et une haute valeur. Patience, on le verra aller très haut. »

Pendant que Déat sirotait son verre de suze-cassis sous le bruyant ventilateur qui brinquebalait à l'aplomb des deux hommes, Howard, noyé au fond d'un grand fauteuil en cuir aux ressorts fatigués, griffonnait son cahier de notes. Pour lui, ce portrait critique de Pétain par un des acteurs de la collaboration était un joli coup. « S'il me lâche encore des amabilités sur le Maréchal, pensa-t-il, je pourrai peut-être titrer : *A French Nazi defy Pétain.* »

— Quand je vous dis que Pétain est un petit-bourgeois, c'est bien entendu une hyperbole. Je voulais faire comprendre à un Américain ma position à l'égard de la politique sans ambitions menée par certains éléments réactionnaires à Vichy. C'est une politique de petit épicier. Vous comprenez ce que je veux dire, monsieur Howard ?

— Politique d'épicier... Pas vraiment, monsieur Déat ?

— Bon, évitez de retranscrire les expressions « politique de petit épicier » et « petit-bourgeois » dans votre article... Ce serait insultant pour un maréchal de France. Même si c'est exact.

Puis haussant le ton :

— Vous me comprenez, monsieur Howard ?

— J'essaie, monsieur Déat. Alors pour vous, Pétain doit changer de politique ?

— Il doit mettre en place le socialisme européen avec Hitler. D'après vous, monsieur Howard, qui a créé la politique de collaboration ? La droite bourgeoise ? Bien sûr que non ! C'est moi. Je suis l'inventeur du terme « collaborationnisme ». Et pourtant, il y a quelques années, j'étais le rival de Léon Blum pour la direction de la S.F.I.O. !

— Vous êtes une exception de gauche, monsieur Déat !

— Une exception ? Laval vient de la gauche, comme Doriot, comme moi et comme tous ceux qui réclament une politique de collaboration audacieuse avec l'Allemagne. René Belin, le ministre du Travail de Vichy, est un ancien dirigeant de la C.G.T. Max Bonnafous, le ministre de l'Agriculture et du Ravitaillement, était candidat du Front populaire aux législatives de 1936. Paul Marion, secrétaire général à l'Information et à la Propagande, a fait partie du comité central du Parti communiste et du Komintern à Moscou. Et après avoir été communiste, il a été socialiste ! Et la nouvelle étoile montante de Vichy, François Chasseigne ? Le commissaire général chargé du S.T.O. Chacun sait qu'il sera ministre dans quelques mois... Eh bien Chasseigne est l'ancien patron des jeunes communistes, et maintenant il est membre des amis de la Waffen SS, comme moi ! La vraie collaboration est un projet de gauche, monsieur Howard, auquel la droite conservatrice ne comprend rien !

— Justement...

Howard se plongea dans ses notes. Tourna les pages de son carnet, puis prit une grande respiration :

— Monsieur Déat, il y a tout juste dix ans, en 1933, vous étiez le principal détracteur d'Hitler. Tout au long des années 1930, vous avez pourfendu l'antisémitisme. On ne compte plus vos interventions aux réunions antinazies de la Ligue contre l'antisémitisme. Vous avez participé en novembre 1935 à une réunion de protestation contre les lois de Nuremberg. Vous avez commencé votre exposé par cette phrase : « Nous sommes un peuple de métis. » Invoquant Hegel, Fichte, Kant, Goethe et Schiller, vous avez souhaité que l'humanisme allemand ressuscite. Vous avez même assumé votre sionisme au comité France-Palestine et au Comité de défense des droits des Israélites en Europe centrale et orientale. Dans les années 1930, vous étiez considéré comme le plus farouche apposant à l'antisémitisme. Vous faisiez des conférences pour expliquer aux Français le danger de *Mein Kampf.* À tel point que la Ligue contre l'antisémitisme appela à voter pour vous aux élections de 1936[21] ! Et aujourd'hui, monsieur Déat, vous êtes membre de la Milice et adhérent des Amis de la SS... C'est incompréhensible !

— Monsieur Howard, ce que vous avez dit est vrai. Mais j'ai accepté cet échange informel pour parler des réactionnaires qui ont confisqué le pouvoir à Vichy et non pour évoquer le statut des juifs. Sachez simplement pour votre gouverne que les juifs auront une place dans la nouvelle Europe. Personne ne le nie. Ni M. Hitler, ni moi, ni même le maréchal Pétain qui a dit au grand rabbin de France : « Retournez cultiver la terre, et vous, les juifs, vous n'aurez plus de problèmes. »

— Ainsi donc, vous avez conservé vos convictions de gauche ?

— Monsieur Howard, je m'interroge : avez-vous préparé sérieusement cet entretien ? Avez-vous lu le programme de mon parti, le Rassemblement national populaire que j'ai créé et que je dirige depuis 1941 ? Le R.N.P. défend le principe du suffrage universel, l'école publique, une ligne anticléricale à l'opposé de celle de Pétain, et le maintien des bustes de Marianne dans les mairies.

— Vous voulez aussi un parti unique, comme en Allemagne...

— Oui, ce parti unique serait le fer de lance d'une révolution nationale-socialiste. Malheureusement le Maréchal ne m'a pas suivi... Mais cela fait des années que j'écris cela dans mes éditoriaux dans *L'Œuvre,* monsieur Howard... Les avez-vous seulement lus ?

— Certains, monsieur Déat... Pour en revenir aux lois antijuives...

— Monsieur Howard... Cet entretien est terminé. La conférence de rédaction de *L'Œuvre* commence. De plus je dois écrire l'éditorial de demain. Au revoir, monsieur Howard.

L'air content de lui, Marcel Déat suivit du regard le jeune correspondant de presse qui ramassait ses affaires et quittait son bureau, l'air dépité. Déat défit ses lacets, ôta ses chaussures, et s'allongea sur un long canapé de velours beige en face de son bureau.

— J'espère que Pétain comprendra cette fois, soupira-t-il.

Les huit premiers mois de l'année ne lui avaient apporté que des revers. Pétain refusait de voir ce doctrinaire, complètement gagné à la cause nazie, s'installer à Vichy. Il le haïssait. L'été 1943 s'achevait sans que Déat ait réussi à imposer son projet de parti unique. Il avait pourtant multiplié les négociations avec ses frères ennemis : le P.P.F. de Jacques Doriot, le Parti franciste de Marcel Bucard ou encore avec le journal collabo *Je suis partout*. Mais aucun accord n'avait pu aboutir. Dans la constellation collaborationniste parisienne chacun se méfiait du voisin. Et tout le monde redoutait que cette unification ne renforce le concurrent. À quoi bon se battre ? Malgré son expérience ministérielle en 1936, malgré sa longue carrière parlementaire, Déat végétait.

« Si seulement les Allemands pouvaient contraindre Pétain de me nommer... »

Peu à peu, l'idée fit son chemin dans l'esprit de l'ancien dauphin de Léon Blum : « C'est Hitler lui-même qui doit m'imposer à Laval et Pétain. Je dois lui faire comprendre que je suis le seul à pouvoir conduire sa politique en France. » Déat prit rendez-vous avec plusieurs membres de l'état-major SS à Paris. Chaque fois, il leur tint le même discours :

— Mon général. Pouvez-vous me promettre de transmettre un document très important à Adolf Hitler ?

— Bien sûr, *Herr* Déat. De quoi s'agit-il ?

— D'un plan secret pour l'aider...

Démontrer la mauvaise volonté de Pétain et Laval et proposer à Hitler un plan de relance pour la France : telle était l'idée de Marcel Déat. Pour renforcer son projet, il avait besoin de l'appui d'un champion de la cause franco-allemande, d'une autorité incontestable. Mais qui ? Aucun membre du gouvernement ne s'associerait à un réquisitoire contre Laval. Quant aux autres chefs collabos, il ne fallait pas y songer : la concurrence était trop féroce. Et Darnand ? On le disait en demande de reconnaissance : depuis des mois il multipliait les séjours à Paris pour réclamer l'extension de la Milice dans le Nord.

Déat l'invita au Grand Rex. Le célèbre cinéma parisien avait été transformé en *Soldatenkino*, un immense complexe cinématographique pour soldats allemands. On y projetait des films de propagande ayant reçu l'imprimatur de la Wehrmacht. L'entrevue Déat-Darnand se passa mal. Déat tenta de faire entrer Joseph et sa secrétaire Suzanne dans une salle bondée de soldats allemands. Darnand fit demi-tour et revint vers sa voiture :

— Jamais ! Plutôt crever que de regarder un film boche au milieu de 300 fridolins !

Déat le rattrapa :

— Je ne comprends pas… Vous êtes un des leurs, Joseph. Un SS !

Darnand ne répondit pas. Il releva le col de son pardessus, fit signe à Ambroise et s'engouffra avec sa secrétaire dans la Delahaye noire, sans saluer Déat.

— Ce type est fou, fulmina Darnand. Avant-guerre il pourfendait les boches et il bouffe maintenant à la table des généraux nazis ! Il était le successeur de Blum et il vomit les juifs. Il était ministre et il crache sur la IIIe République ! Il était de gauche, et il est nazi ! Il était antiboche et il leur court au train ! Il est agrégé de philosophie et il joue les ouvriers socialistes ! Comment s'entendre avec ce caméléon, Suzanne ! Si j'avais croisé Déat il y a douze ans quand j'étais à l'Action française, je l'aurais bastonné et jeté à la Seine !

Finalement, les autorités d'Occupation provoquèrent un nouveau rendez-vous. Cette fois-ci, Déat prépara minutieusement la rencontre. Pour ne plus heurter Darnand, il mit sa germanophilie sous l'éteignoir :

— Je suis comme vous Darnand : un soldat. En août 1914, je n'étais qu'un simple appelé, et j'ai fini capitaine en 1918.

Darnand n'était pas dupe de l'entreprise de séduction :

— Vous avez bien de la chance. Moi, j'étais trop jeune... Ou trop con. Ils n'ont pas voulu que je devienne officier.

— Écoutez, Darnand. Vous ne m'aimez pas et je le regrette. Mais passez outre ce sentiment. Nous devons agir, vous et moi. La mollesse de Laval est une insulte à l'idéal de la collaboration !

Déat avait pris le temps de circonscrire la psychologie de Darnand : un orgueilleux, mal à l'aise à Vichy, dont les aspirations politiques ne demandaient qu'à être révélées. Il lui promit un brillant avenir au sein d'un futur gouvernement composé d'hommes neufs.

— Que croyez-vous ? Que ce franc-maçon de Laval va vous appeler au gouvernement... Allons, Darnand, ne rêvez pas. C'est à nous de prendre le pouvoir !

Le chef du R.N.P. jouait avec l'orgueil de Darnand en lui confiant son regret de le voir végéter à la tête d'une Milice qui n'était même pas armée. Darnand fut flatté. Les deux factieux de la collaboration programmèrent des réunions de travail. En quinze jours ils rédigèrent un manifeste à l'attention de Berlin. Ils s'agrégèrent au passage trois autres cosignataires : le patron de presse collabo Jean Luchaire, Noël de Tissot, l'un des chefs de la Milice, et Georges Guilbaud, un proche de Doriot.

— Du menu fretin pour le Reich, commenta Déat.

— Bah, ne soyez pas méprisant. Trois signatures en plus, c'est toujours mieux qu'un coup de pied au cul, rétorqua Darnand.

Intitulé « Plan de redressement français », ce texte dactylographié de 21 pages, fut adressé le 17 septembre 1943 à Hitler, à Himmler et Goebbels. Dans le plus grand secret : Pétain et Laval ne devaient rien savoir.

C'était un manifeste nazi français ou, à tout le moins, un plaidoyer ultra-collaborationniste. On pouvait y lire que « le redressement français ne serait possible qu'en cas de victoire allemande ». On y assurait que les Français « croyaient désormais à une probable défaite du Reich », et que les maquisards bénéficiaient du soutien des « neuf dixièmes de la population ». Les auteurs alertaient également les chefs du Reich sur les difficultés rencontrées par la Milice et les partis collaborationnistes pour recruter des membres : « Sur 36 millions de Français, il n'y en a pas 50 000 décidés à risquer leurs vies et leurs biens pour la collaboration [...]. La qualité suppléera au nombre. Les 0,14 pour cent de Français en question se sentent tout à fait capables de faire marcher à la schlague les 99,86 pour cent. Mais il leur faut des armes et il leur faut s'unir. »

Les signataires du manifeste ne faisaient pas mystère de la cause première de l'échec de la collaboration : le gouvernement de Vichy. Sans scrupules, le duo Déat-Darnand alla jusqu'à décrire aux autorités allemandes ce qu'il conviendrait de faire au cas où Pétain tenterait de s'opposer à leur nouveau programme national-socialiste : l'écarter du pouvoir.

Très vite, Pierre Laval entendit parler de ce plan. Qui était l'auteur de la fuite ? Un Allemand ? Darnand ? Déat s'en moquait : pour lui, la fin du purgatoire était proche. Un officier SS basé à Paris, agent du général Gottlob Berger, lui confia que le texte avait suscité un grand intérêt en Allemagne. Déat appela Darnand :

— Hitler a lu notre lettre ! Mon plan fonctionne ! Préparez vos cartons, mon cher Joseph, on rentre au gouvernement !

Sûr de son fait, il déclara le 26 septembre 1943 lors du congrès des Jeunes militants du R.N.P. : « J'exige maintenant la constitution d'un nouveau gouvernement ouvert aux véritables tenants de la collaboration. » Il demandait à Pétain d'appeler les ultras à Vichy, lui en tête. Darnand surenchérit. Le 6 novembre 1943, tôt le matin, Déat tomba en arrêt devant *Combats*, l'organe de la Milice. Au milieu des articles de François Chalais, de Pierre Mac Orlan et de Colette, Darnand signait une tribune. Un appel solennel pour l'enrôlement des miliciens dans la Waffen-SS. Déat s'étrangla devant son café. Il venait d'être doublé par plus collabo que lui :

— Ce petit cagoulard se prend pour le Hitler français...

Dans *Combats*, le chef de la Milice annonçait que la France et l'Europe étaient menacées d'être « asservies par le judaïsme triomphant ou détruites par le bolchevisme ». Il déclarait : « Le seul moyen d'empêcher cette catastrophe est de mener la lutte avec les Allemands sur les champs de bataille européens, c'est-à-dire en Russie, en rejoignant la Waffen SS. » Déat fut assommé. Bien sûr, Darnand avait été fait Waffen-SS pendant l'été et avait prêté serment à Hitler, « mais de là à lancer un grand appel pour que des Français aillent combattre dans la SS... »

Le temps passait, et le téléphone de Déat ne sonnait pas. Le 29 novembre enfin, à 9 heures du matin, il reçut un appel du Haut Commandement : un officier allemand, proche du général Oberg, le colonel Heinrich Baumer, l'invitait à déjeuner. Juste avant midi, Déat attrapa son chapeau, son écharpe à carreaux, et traversa la salle de rédaction de *L'Œuvre* en lançant aux journalistes en conférence :

— Messieurs, je crois bien que je passerai Noël dans une jolie petite ville thermale d'Auvergne !

Assez curieusement, le repas se déroula au palais de l'Élysée. Pour ne pas provoquer de réaction patriotique chez les Français, les occupants avaient décidé en 1940 de ne pas installer d'administration allemande dans ce sanctuaire national. Cependant, occasionnellement, les hommes du Reich y organisaient de discrets déjeuners ou des rencontres.

Ce jour-là, Baumer avait plus d'une heure de retard. Mais Déat était prêt à attendre dix heures s'il fallait. On l'installa dans le salon d'argent où une table avait été dressée. Déat sourit en voyant l'argenterie joliment disposée sur la nappe blanche. Ça faisait des années que l'ancien ministre de la IIIe n'avait pas vu les fourchettes de l'ancien président Lebrun. Pour la première fois depuis longtemps, Déat était d'humeur enjouée. Après tout, Baumer allait lui annoncer que Pétain le voulait au gouvernement. De quel ministère allait-il hériter ?

Le Waffen SS finit par arriver sous une pluie battante.

— Je suis désolé, *Herr* Déat. Le général Oberg m'a envoyé avant-hier à Nice pour assister à un meeting de Joseph Darnand.

— Un meeting de la Milice ?

— L'appel de Darnand pour s'engager dans la SS a causé la démission de nombreux miliciens antiallemands. Alors pour enrayer l'épidémie, votre ami a monté une série de conférences dans le pays.

— Ah, et il y avait du monde pour l'écouter ? demanda Déat, inquiet.

— Le palais des Fêtes était plein... Plus d'un millier de personnes.

— Ah.

— C'était formidable. Philippe Henriot était si bon que j'ai vu des hommes pleurer dans les premiers rangs, monsieur Déat ! C'était... wagnérien !

— Et qu'a dit Darnand ?

— Vous auriez été surpris. C'était un nouveau Darnand. Il a été très dur avec la finance et les industriels qui réalisent des bénéfices alors que tant d'hommes meurent sur le front. Et puis il a annoncé que plusieurs chefs miliciens s'étaient engagés dans la Waffen SS pour combattre les bolcheviques et qu'il s'apprêtait à faire de même.

— Darnand, Darnand... On dirait que c'est votre nouveau Führer ! s'exclama l'ancien ministre en colère.

Stupéfié par la remarque, le colonel Baumer rétorqua sèchement :

— Darnand est en première ligne. Nous devons tous le soutenir. Je vous rappelle qu'il y a une semaine, le capitaine Jacquemin, chef de la Milice en Haute-Savoie, a été abattu par des terroristes. Et depuis le mois d'avril, 33 miliciens ont été assassinés dans toute la France. Heureusement, Darnand vient d'obtenir d'Oberg une cinquantaine de mitraillettes pour la franc-garde.

— Bien, grogna Déat... Et comment cela s'est-il terminé, mon colonel ?

— Darnand a dit qu'avec les armes, les représailles seraient à la hauteur des crimes des gaullocommunistes ! Vous auriez vu ça, il a été... Comment dites-vous déjà ? Lyrique !

Déat se pencha alors lentement vers le colonel Baumer, et d'un air entendu lui glissa :

— Des nouvelles de mon ministère ?

— Oh, monsieur Déat, le Maréchal a dit oui à l'entrée de Darnand au gouvernement. Mais pour vous, malheureusement, toujours rien... Une prochaine fois peut-être !

10. Décembre 1943

DARNAND AU GOUVERNEMENT

Pierre Laval tempêtait en arpentant son bureau. Recroquevillé sur un fauteuil, son collaborateur n'en menait pas large.

— Guénier, je vous le signe : ce n'est pas la Résistance qui a assassiné Sarraut, c'est Darnand !

André Guénier, c'était le vieil ami, le témoin des débuts difficiles. Voilà vingt ans que Laval était maire d'Aubervilliers. Vingt ans que Guénier dirigeait la ville pour le compte de son mentor. Parfois il se déplaçait à Vichy pour parler des dossiers urgents avec le chef du gouvernement. Comme cette semaine-là.

— C'est Darnand, j'en suis certain ! C'est lui !

Laval grillait cigarette sur cigarette. Des Balto, sa marque préférée – un mélange de tabacs blonds américains fabriqué en France. Entre deux cigarettes, le président du Conseil humectait nerveusement ses grosses lèvres violacées. La cendre maculait sa veste, son bureau, ses dossiers... Il portait un de ses éternels costumes croisés à rayures. Gris le jour, bleu marine la nuit. Sur sa chemise crème, il arborait une cravate blanche. Laval avait adopté ce code vestimentaire en 1914, lorsqu'il avait été élu pour la première fois député d'Aubervilliers. À trente et un ans, il s'était retrouvé benjamin des 103 députés socialistes à l'Assemblée nationale. Aristide Briand lui avait donné ce conseil :

— Faites-vous remarquer dans votre tenue. Un détail attaché à votre personne, dont on puisse se souvenir.

Laval avait choisi la cravate blanche.

Ce 3 décembre 1943, il venait d'apprendre l'assassinat de Maurice Sarraut, le propriétaire de *La Dépêche* de Toulouse. La veille au soir, quatre hommes avaient tendu un piège au patron de presse après qu'il avait quitté le siège du journal. Planqué à quelques mètres de la villa de Sarraut, le quatuor n'avait laissé aucune chance à sa victime. Quand la voiture s'était immobilisée devant le portail de la propriété, un membre du groupe avait vidé son chargeur de mitraillette sur lui. Sarraut n'avait pas eu le temps de se coucher sur la banquette du véhicule, seul son chauffeur s'en était sorti, blessé. Maurice

Sarraut, lui, avait succombé quelques minutes plus tard dans les bras de son frère, Albert, ancien ministre de l'Intérieur de la IIIe République. Maurice était pourtant loin d'être un intime de Laval. Ancien parlementaire, membre influent du Parti radical et proche des milieux francs-maçons, il avait rallié timidement le maréchal Pétain en 1940. Et surtout, depuis plusieurs mois, il était devenu un élément central dans la nouvelle stratégie de Pierre Laval.

Dissimulé par les épaisses volutes de fumée, Guénier se décida à prendre la parole :

— Appelons Darnand et voyons ce qu'il nous répondra...

— Il niera, répondit Laval sur un ton agacé. Si ses miliciens assassinaient Pétain sous les yeux du gouvernement, il nierait encore !

— Bon... Il va falloir trouver un autre ténor modéré pour rejoindre votre gouvernement.

— Ça va pas être simple, grimaça Laval... Maintenant les modérés vont fuir Vichy comme la vérole. Ces faisans de miliciens ont ruiné des mois de diplomatie.

— Comment allez-vous amadouer Roosevelt ?

— Les choses se feront naturellement, Guénier. Quand ils seront ici, les Américains auront tellement peur des rouges qu'ils me confieront la responsabilité de la transition.

— Mais cette fois, il y a de Gaulle, risqua Guénier.

Laval marqua un bref arrêt.

— C'est vrai... De Gaulle, c'est une possibilité... Mais rien de certain. Pourquoi a-t-il fallu qu'il nous dénigre à ce point ! Ce n'est pas de ma bouche que sont partis les paroles de haine, les appels au meurtre. C'est de Gaulle qui est cause de tout le mal. Je lui ai toujours laissé faire son boulot. S'il avait eu la moindre intelligence politique, il m'aurait laissé faire le mien. Il importait que la France soit couverte sur les deux tableaux. Mais il n'a rien compris. Et pour recruter une clientèle qui ne venait pas, il n'a pas hésité, par les appels quotidiens de radio Londres, à creuser un fossé infranchissable entre les Français[22]...

— Les Américains ne voudront jamais d'un type qui s'est exilé à Londres, se rassura Guénier. Vous êtes en place à Vichy. Pas de Gaulle. Jouez la modération et les Américains viendront vous manger dans la main !

— Je m'y emploie, mon cher André, je m'y emploie... J'ai demandé la réintégration des fonctionnaires radicaux-socialistes et francs-maçons qui avaient été renvoyés. Tu vois, ça change à Vichy !... Donne-moi du feu !

Guénier s'empara de la boîte d'allumettes qui se trouvait sous les yeux de Laval. Pendant trois secondes, Laval arrêta sa chorégraphie et se pencha avec avidité vers la petite flamme que lui tendait le fidèle Guénier, puis il reprit son ballet : huit pas dans la largeur, dix dans la longueur. Son ami tenta de détendre l'atmosphère :

— J'espère que ça finira par porter ses fruits. Sinon, vous ne fumerez jamais de Lucky Strike...

Le chef du gouvernement n'entendit pas la plaisanterie.

— Sarraut était mon meilleur ambassadeur. Son assassinat va me forcer à tout recommencer. Un travail de longue haleine parti en fumée à cause d'un groupe de salopards. Mais j'aurai leur peau !

Guénier s'inquiéta :

— Et si les Allemands avaient compris notre double jeu ? Et s'ils avaient fait assassiner Sarraut pour nous dire : « On n'ouvre pas Vichy aux modérés » ?

À ces mots Laval arrêta ses allées et venues. Il plaqua ses deux mains sur son bureau et pencha son buste vers Guénier, sans rien dire. La mèche grise, peignée vers la gauche, glissa sur le front. On eût dit, devant le teint basané, un malade atteint de jaunisse. Mais non, ce nez busqué, ces yeux noirs étonnamment bridés, cette peau bistrée, en un mot cette trogne de mongol, Laval l'avait héritée de sa mère, Claudine, une robuste paysanne de Châteldon.

— Oui… Hitler est derrière tout ça ! Depuis des semaines, il me presse de remanier le gouvernement dans un sens encore plus favorable à l'Allemagne. Il veut que je congédie Bousquet, mon secrétaire général à la Police ! Il le trouve mou. Il dit que les maquis prolifèrent à cause de lui ! Mais je ne toucherai pas à Bousquet. C'est Maurice Sarraut qui me l'a envoyé. Limoger Bousquet, ce serait tuer Sarraut une seconde fois.

Le jour même, René Bousquet lança une enquête. Rapidement on arrêta l'assassin de Sarraut. Il s'agissait de Maurice Dousset, un membre de la L.V.F. Les trois autres étaient des miliciens toulousains. Il apparut vite que la Milice avait eu l'idée de ce meurtre. Elle avait obtenu l'accord tacite des nazis. Un des chefs du quatuor, Henri Frossard, fut mis sous les verrous. Mais l'homme fut vite libéré, sur ordre des Allemands. Désormais, les ultras complotaient ouvertement contre Laval.

Le 18 décembre 1943, ce dernier fut convoqué à Paris par le général Carl Oberg. « Ça sent mauvais, pressentit le chef du gouvernement. Dans le meilleur des cas, il va m'avoiner, dans le pire, me destituer. » Vers 6 heures du matin, le chauffeur du président, Jacques Boudot, vint garer la Delahaye noire devant la résidence des Laval. Boudot était un Auvergnat d'Abrest, un village situé à quelques kilomètres de

Châteldon : « Nous sommes forcément cousins lui et moi, songeait souvent Laval. Ce n'est pas celui-là qui m'assassinera ! » Boudot conduisait la Delahaye depuis 1940, la voiture vedette du parc automobile de la France collaborationniste. Carrossée et blindée par Chapron, elle pesait 3 tonnes et demie et était dotée d'un réservoir de 100 litres. Au volant de ce monstre, Boudot réalisa, un jour de 1943, une performance inégalée : un Paris-Vichy en moins de 3 h 15.

Ce matin, en s'engouffrant dans la limousine, Laval était morose. La perspective de se faire imposer un remaniement ministériel par un général SS ne l'enchantait guère.

— Qu'est-ce que c'est que cette odeur, Boudot. Vous avez dormi avec une cocotte dans ma voiture ?

— Non, j'ai appliqué les produits que Mme la présidente m'a donnés pour faire partir l'odeur de tabac.

Assis sur l'extrême bord de la banquette, Laval s'agrippa à l'anse qui pendait sur la droite. C'était sa manière de voyager. Souvent, après quelques minutes, il se laissait glisser en arrière sans lâcher la poignée. Baudot en profitait pour appuyer sur l'accélérateur. Un craquement d'allumette l'avertissait que le patron était réveillé. Laval pouvait fumer jusqu'à trois paquets de Balto sur un simple trajet. Cette fois, le chef du gouvernement dormit jusqu'à

Paris, et Baudot dut le secouer pour le tirer de sa torpeur.

— Ah, déjà arrivé chez le boucher de Paris...

Oberg, le chef de la police et des SS en France, n'avait pas vraiment une réputation d'ange. Surtout depuis qu'il avait affiché sa célèbre ordonnance sur les murs de la capitale :

J'ai constaté que ce sont souvent les proches parents d'auteurs d'attentats qui les ont aidés [...]. En conséquence, j'annonce les peines suivantes :

1. Tous les proches parents masculins, les beaux-frères et cousins des fauteurs de troubles au-dessus de l'âge de dix-huit ans seront fusillés.

2. Toutes les femmes parentes au même degré seront condamnées aux travaux forcés.

3. Les enfants de toutes les personnes ci-dessus âgés de moins de dix-huit ans seront confiés à une maison de redressement.

En arrivant dans le bureau du SS-Gruppenführer Carl Oberg, Laval découvrit l'objet de la convocation. Il avait vu juste :

— Monsieur Laval, après plusieurs avertissements, notre Führer vous adresse aujourd'hui un ultimatum pour que vous réorganisiez, sans délai, votre gouvernement dans un sens acceptable pour notre pays. Comme vous le savez, nous exigeons en premier lieu le remplacement de René Bousquet. C'est un homme estimable mais qui manque d'autorité et de fermeté. Les maquis se multiplient et nous ne pouvons pas nous permettre de négliger la sécurité du pays alors que les Alliés préparent un débarquement. Qui comptez-vous mettre à sa place ?

Laval était venu avec des propositions. Sans conviction, il avança ses pions en prenant soin de mettre le Maréchal en première ligne :

— Le maréchal Pétain m'a suggéré trois noms : le général Bridoux, l'amiral Esteva et l'amiral Platon.

— Cela ne nous convient pas. Nous recherchons un homme à poigne. Et à ce sujet le Führer a un nom à vous proposer.

— Je vous écoute, mon général.

— Joseph Darnand. C'est un homme sûr, un spécialiste du maintien de l'ordre. Il sait se faire obéir. Notre Führer tient personnellement à ce qu'il fasse partie de votre prochain gouvernement, de même que Philippe Henriot et Marcel Déat. Il est entendu que ce nouveau gouvernement devra recevoir l'appui du maréchal Pétain.

Darnand... À l'heure où Laval cherchait des ministres de centre gauche, Hitler lui imposait un ancien déménageur, ultra-collaborationniste de surcroît.

— Si je refuse de nommer Darnand, dit-il à Guénier, les Allemands se débarrasseront de moi et

confieront la France à un ultra, ou pire, un Gaulei-
ter, comme ils l'ont fait en Pologne.

Depuis peu, Hitler avait encore réduit la petite
liberté d'action qu'avait conservée le gouvernement
français : les nouvelles lois devaient être soumises
à l'approbation du Reich. Laval savait qu'il allait
devenir plus impopulaire encore. Il se remémora un
bref échange avec le général Weygand :

— Monsieur Laval, vous avez contre vous
95 pour cent des Français, lui avait dit l'ancien
commandant en chef de l'armée française.

Sûr de lui, il avait répondu :

— Dites plutôt 98 pour cent, mais je ferai leur
bonheur malgré eux.

En ce mois de décembre 1943, pour la première
fois dans sa vie politique, Laval n'était plus certain
de faire le bonheur des Français.

De retour à Vichy, il tenta de faire bonne figure
devant ses proches :

— Il est préférable que le maintien de l'ordre
soit assuré par les Français pour limiter les exactions.
Grâce à Darnand, nous allons utiliser la force de
frappe de la Milice et en faire la garde prétorienne
du régime. Ces derniers mois, la police, la gendarmerie et la garde mobile, montraient de moins en
moins de zèle dans la lutte contre les communistes
et les gaullistes. Un tel laxisme ne sera pas reproché

à la Milice car les terroristes flinguent les leurs tous les jours.

Un mois plus tôt, pour la première fois, les Allemands avaient fourni à la Milice quelques fusils et mitrailleuses pris aux maquis ou récupérés dans les parachutages alliés.

Que faire de Darnand ? Le personnage ne plaisait guère au chef du gouvernement. Laval répugnait à nommer à un ministère régalien ce militaire belliciste, ancien membre de la Cagoule, sans aucune expérience gouvernementale et qui, cinq ans plus tôt, croupissait en prison. Et puis il y avait ce serment à Hitler. Guénier fit remarquer à son patron :

— Un SS au gouvernement : c'est pas avec ça qu'on va appâter les Américains.

Chaque matin, Laval repoussait le coup de téléphone qu'il devait donner à Darnand. « Le nommer, c'est condamner ma politique à l'indignité nationale », répétait-il à Guénier. Darnand attendait son heure. Il venait juste de recevoir le feu vert des autorités allemandes pour étendre la Milice en zone Nord. Ses hommes s'étaient installés dans l'ancien siège du Parti communiste français, au carrefour de Châteaudun, dans le 9e arrondissement de Paris.

Le 19 décembre 1943, Laval décida d'envoyer à Paris plusieurs espions assister au grand meeting des ultras de la collaboration. Il était prévu que Darnand prenne la parole.

Le rassemblement était organisé au Vél' d'Hiv, là où dix-huit mois plus tôt, des milliers de juifs avaient été entassés avant d'être déportés à Auschwitz-Birkenau. Il avait pour thème : « La Waffen-SS dans le combat contre le bolchevisme ». Dès le lendemain matin, Laval trouva sur son bureau le compte rendu détaillé de la soirée. Il ne put réprimer un sourire de satisfaction : ses informateurs, rentrés à Vichy dans la nuit, n'avaient pas chômé. Laval ajusta ses lunettes d'écaille, alluma une cigarette et se plongea dans la lecture.

La foule est nombreuse et exaltée. Entre 1 000 et 1 200 personnes. Pour chauffer l'atmosphère, les organisateurs demandent à l'éditorialiste Philippe Henriot de prendre la parole en premier. Henriot fustige les bolcheviques, les Anglo-Saxons, les juifs, les francs-maçons, les gaullistes. Il prétend aussi que Vichy n'a plus les moyens de mener une politique indépendante de Berlin. Il est très applaudi quand il dit : « Il est dangereux de faire la coquette quand on a perdu sa dot. »

Marcel Déat monte ensuite à la tribune. Il se lance dans une diatribe contre les attentistes de Vichy. Il est applaudi à tout rompre. En l'absence de Doriot, retenu en Allemagne, le Parti populaire français est représenté par Jean Hérold-Paquis, l'éditorialiste de Radio-Paris.

Lui aussi est très applaudi quand il dit : « On ne discute pas avec les ennemis de la patrie, on les abat. » Il termine son discours par : « L'Angleterre, comme Carthage, sera détruite. » À cet instant il y a eu dans la salle come une vague de délire, les gens crient « à mort de Gaulle ! » et « à mort Churchill ! »... Cependant, l'intervention de Joseph Darnand a constitué le clou du spectacle. Sous une immense banderole portant le slogan « Bolchevisme = Massacre », le chef de la Milice a martelé que l'avenir de l'Europe était en train de se jouer à l'Est et qu'il était nécessaire pour triompher du bolchevisme que la France se dote d'un gouvernement résolu à pratiquer une véritable politique de collaboration avec l'Allemagne. Il a terminé son discours en annonçant que la Milice était désormais implantée partout en France et qu'elle allait disposer d'armes pour abattre les bolcheviques. Le chef de la Milice a été ovationné. À la fin de son allocution, tout le Vél' d'Hiv s'est levé et la foule criait : « Darnand, au gouvernement ! »

Le lendemain du meeting, Laval convoqua Darnand à Vichy. Après les banalités d'usage, le chef du gouvernement annonça à son visiteur d'une voix sèche :

— Je ne vais pas y aller par quatre chemins. D'ailleurs vous connaissez la raison de cette entrevue. Je dois me séparer de René Bousquet. Acceptez-vous de le remplacer ? Avant que vous me répondiez, je dois vous faire savoir que votre entrée au gouvernement ne résulte en aucune façon de ma volonté mais de celle des Allemands.

Darnand resta silencieux. Puis il se lança :

— Au cours de ces derniers jours, j'ai énormément réfléchi. Mes proches m'ont déconseillé d'accepter le secrétariat général au Maintien de l'ordre et leurs arguments sont pertinents : je vais être obligé d'ordonner des opérations policières dictées par les Allemands et sans le moindre recul. Quoi que je fasse, je serai blâmé. La Milice en pâtira et je risque de perdre toute mon autorité. Je serai vu comme le larbin des Allemands.

Ces confidences inattendues déconcertèrent Laval. Comment imaginer que Darnand refuserait les ors de l'État français ? Comment ce personnage emblématique de la collaboration pouvait-il songer à se dérober dans un moment pareil ? Laval alluma une Balto, et commença son ballet, huit pas en largeur, dix en longueur. Il redoutait que les nazis lui fassent endosser la défection de Darnand lorsque son visiteur reprit son monologue :

— Monsieur le président du Conseil, je pense souvent aux périls auxquels j'ai fait face dans ma vie. En particulier cette mission en 1918, au cours de laquelle j'ai risqué ma vie et dont le succès m'a rendu célèbre. Depuis ce jour-là, j'ai toujours su que j'avais un destin : sauver la France. Aujourd'hui, malgré les difficultés qui vont peser sur moi, je n'ai pas le droit de me soustraire à mon devoir... Par conséquent, j'accepte d'entrer au gouvernement.

Le lendemain, le maréchal Pétain approuva. Il déclara à Ménétrel, son secrétaire particulier : « J'ai une véritable estime pour Darnand. Si tous les soldats français s'étaient battus comme lui, voici quatre ans, nous n'aurions jamais eu la débâcle. La seule crainte que j'ai, c'est que, par ses choix politiques, il ne se soit fait des ennemis mortels dans la police et dans l'administration. Lorsque les Allemands m'ont appris qu'ils voulaient le nommer au Maintien de l'ordre, je l'ai aussitôt convoqué et lui ai rappelé à cet égard ce que j'avais fait lors des mutineries de 1917, lui conseillant vivement de procéder à quelques exécutions spectaculaires afin de faire des exemples. Il n'y a rien de mieux pour ramener l'ordre. »

Le 30 décembre 1943, la radio annonça l'arrivée de deux miliciens au gouvernement : Joseph Darnand et Philippe Henriot. Laval s'arrangea pour que Darnand soit nommé secrétaire général – et non secrétaire d'État –, afin qu'il ne siège pas au conseil des ministres. Lorsque Darnand débarqua avec ses hommes à l'hôtel Thermal, son prédécesseur, René Bousquet, avait vidé son bureau et

brûlé les documents confidentiels. Ordre de Laval :
rien ne devait tomber entre les mains des miliciens.
Bousquet avait même veillé à remplacer le personnel, dactylos et plantons compris. La passation de
pouvoir eut lieu le 1er janvier 1944. *Combats* titra :
« Bonne année, Miliciens ! »

Quatre jours plus tard, le SS-Obergruppenführer
Karl Oberg convoqua une réunion à Paris pour offi-
cialiser le nouvel organigramme. Laval et Darnand
y participèrent, ainsi que l'adjoint d'Oberg, le jeune
SS-Standartenführer Helmut Knochen. Après avoir
salué ses hôtes, Oberg se débarrassa de ses petites
lunettes rondes et commença à lire :

— Les attributions et les pouvoirs du secrétariat
général au Maintien de l'ordre ont été redéfinis.
Désormais, M. Darnand commandera et contrô-
lera l'ensemble des services qui assurent la sécurité
publique et la sûreté intérieure de l'État...

Oberg parlait mal français. Il avait surtout un
fort accent germanique qui le rendait inintelligible.
Il s'interrompit et demanda à Knochen de lire la
liste des nouveaux services placés sous la direction
de Darnand. D'une voix qu'il voulut agréable,
Knochen s'exécuta :

— La police nationale, la préfecture de police de
Paris, la gendarmerie, la Garde, les Groupes mobiles
de réserve, les services pénitentiaires, les sapeurs-
pompiers...

Laval n'en revenait pas... Il murmura : « Et pourquoi pas les gardes champêtres ? » Malgré les réticences du président du Conseil, Joseph Darnand venait d'être propulsé deuxième personnage du gouvernement, juste derrière lui....

Darnand fit remarquer à Laval que la Milice peinait à recruter. Sa Balto au coin des lèvres, ce dernier proposa :

— Je vais m'arranger pour que vos hommes puissent recruter dans nos prisons. Dans les prochains jours, lorsqu'un trafiquant, un voleur ou un escroc sera arrêté, les policiers lui laisseront le choix : la prison ou la Milice...

Le lendemain, la Delahaye noire de Laval se stationna dès potron-minet devant l'hôtel du Parc. Il faisait encore nuit et, à l'exception des habituels plantons, le siège du pouvoir vichyssois semblait endormi. Pierre Laval était ronchon. Taraudé par son estomac, il n'avait pas trouvé le sommeil pendant le voyage Paris-Vichy. Arrivé à son bureau, il n'eut pas le temps de poser son chapeau. André Guénier entra en trombe :

— Ils ont assassiné Victor Basch, le président de la Ligue des droits de l'homme, et sa femme, Hélène. Des octogénaires !

— Qui a fait ça ? interrogea Laval.

— Joseph Lécussan, le chef de la Milice à Lyon. Et un de ses adjoints, Paul Touvier. Cette fois, il n'y aura même pas besoin d'enquête. Ils ont laissé un écriteau sur les lieux du crime : « Terreur contre terreur. Ce juif paye de sa vie l'assassinat d'un National. À bas de Gaulle-Giraud. Vive la France. »

Le chef du gouvernement resta prostré, au milieu de son bureau, son pardessus sur le dos, son chapeau sur la tête. Guénier reprit :

— Vous devez réagir avec vigueur, Pierre. Soit Darnand est derrière tout ça, ce qui signifie qu'à peine installé, il vient vous défier à Vichy. Soit les chefs locaux de la Milice sont devenus incontrôlables.

Laval s'assit.

— Je ne peux pas croire que Darnand ait fait exécuter les Basch comme cadeau d'arrivée dans mon équipe gouvernementale. Il a dû apprendre la nouvelle ce matin, comme moi. Quant à dire que ses miliciens lyonnais sont devenus « incontrôlables », c'est faux ! Ils sont simplement passés sous le contrôle local de la SS ! D'ailleurs, je suis certain qu'à Lyon, Lécussan a réussi à débusquer les Basch grâce aux renseignements fournis par le SIPO-SD de Knochen. Pour une fois que la politique de collaboration porte ses fruits...

Laval s'enfonça dans son vieux canapé vert. Les yeux gonflés et le front luisant, il entreprit de feuilleter l'hebdomadaire *Je suis partout*. Après quelques instants, il secoua la tête de dépit. Il venait de prendre connaissance de la deuxième mauvaise nouvelle de la matinée : l'entretien accordé par Darnand à la presse. Une interview fleuve du nouveau secrétaire général au Maintien de l'ordre, réalisée par un journaliste vedette de la collaboration : Pierre-Antoine Cousteau[23].

— Mais, pourquoi parle-t-il aux journalistes sans mon autorisation ? Guénier ?

Guénier ne répondit pas. Laval alluma une énième Balto et se mit à lire à voix haute l'interview de son subalterne :

Les équipes de tueurs qui assassinent nos militants sont moins nombreuses que ne l'affirme la propagande anglo-américaine et soviétique. Mais les complicités sont grandes : ravitailleurs du maquis, commerçants qui hébergent gratuitement les meurtriers, bourgeois apeurés qui ferment les volets quand on tue et qui refusent de témoigner contre les assassins, fonctionnaires enfin, qui n'osent punir par crainte des représailles.

Le chef du gouvernement laissa glisser par terre l'exemplaire de *Je suis partout*.

— Il faut que je dise à Darnand de fermer sa gueule, soupira-t-il. Il va nous foutre tout le monde à dos avec ses appels à la délation.

Pierre Laval oubliait sans doute que cinq jours plus tôt, il s'était écrié devant une foule de miliciens extatiques : « La démocratie, c'est l'antichambre du bolchevisme ! »

À peine installé dans ses nouveaux bureaux, Darnand s'immergea dans le travail. Profitant de l'arrivée de la Milice en zone Nord, il fit nommer ses hommes dans les administrations parisiennes : les renseignements généraux, la direction des prisons et des camps d'internement... À Vichy, il confia la direction opérationnelle de la Milice à son ami, Francis Bout de l'An : « À vous la Milice, à moi la France ! » lui lança-t-il. Darnand avait une grande mission à mener : le maintien de l'ordre et la sécurité intérieure de la zone Sud. Un vent nouveau souffla sur l'hôtel Thermal. Le zèle devint la règle.

À compter de ce jour, Darnand s'installa à Vichy de façon permanente et cessa de faire des aller-retours à Nice. Il devint mélancolique et solitaire. Félix lui manquait. Le café de Lyon lui manquait. Douaumont et la clique des anciens de l'Action française lui manquaient. Un mois à peine après son installation, il écrivit à sa femme :

Mon Antoinette,

Ici, rien à voir avec Nice. Dans les réunions, je croise souvent des gens que je combattais avant-guerre. C'est à croire que je suis le seul national de tout Vichy, avec le Maréchal bien sûr ! J'aurais tort de me plaindre, ces gens sont plutôt courtois avec moi. J'ai même sympathisé avec deux ou trois d'entre eux. Mais au fond, ils me déplaisent. Comment peut-on avoir été proche de Blum et faire l'éloge de l'Allemagne d'Hitler ? Je préfère déjeuner avec mes miliciens dans les auberges du coin. Avec eux, la discussion est franche et sincère. Car je le sais, l'entourage de Laval ne m'aime guère. Ces gens viennent du grand monde, moi de nulle part. Ils ont toujours aimé les boches, moi je les ai toujours haïs. Ils ont fait leurs classes au palais Bourbon, moi dans la boue du Mont-sans-Nom. Je crois qu'au fond, je n'ai rien à faire ici.

11. Mars 1944

LES BONS AMIS DE MONSIEUR JOSEPH

— Plus vite, Ambroise, plus vite !

Arc-bouté sur le grand volant en bakélite de la Citroën Traction avant, le jeune chauffeur ne quittait pas la route du regard.

— Monsieur Max, on frise déjà les 70 kilomètres heure... Et la Haute-Savoie, c'est pire que des montagnes russes ! Si j'accélère encore dans la descente, les freins lâcheront au prochain virage.

La Citroën dévalait la petite route, les deux bonbonnes de gazogène fixées sur le toit, accentuant le déport dans les courbes. Les pneumatiques ne crissaient plus, ils chantaient. Il faisait pourtant un froid glacial. Le jour se levait sans brume, sans vent, et les grands sapins ombrageux déployaient leurs silhouettes inquiétantes. À deux reprises déjà, M. Max avait fait arrêter la voiture pour vomir.

— Seigneur, je suis sûr que ça a bougé, droit devant dans le fossé, siffla le dénommé Max.

Lassé des angoisses de son patron, Ambroise ne prenait plus la peine de répondre. Par chance, la route était sèche en ce mois de mars 1944. Pas de verglas, pas de neige. Enveloppé dans sa grande pelisse de cuir fauve, Max Knipping essayait tant bien que mal d'anticiper les embardées de la Citroën. À la fin, il se vautra carrément pour éviter de rouler d'un côté à l'autre de la banquette.

— Ambroise.

— Monsieur Max ?

— Je n'ai jamais dégueulé de ma vie. Ni quand j'étais gosse, ni aux commandes de mon Nieuport en 14-18. Ni dans l'Aéropostale... Même pas en 1940 dans mon Dewoitine, face à la Luftwaffe. Tu m'entends bien, Ambroise ?

— Oui, monsieur Max.

— Tu as fait dégueuler un héros des deux guerres, Ambroise ! Décoré de la croix de guerre 1914-1918, et de la Croix de guerre 1939-1940 ! Alors écoute-moi bien, canaille : cet épisode reste entre nous. Tu me comprends ?

Sans quitter la route des yeux, Ambroise esquissa un sourire – il lui manquait deux dents. Il savait pertinemment que M. Max n'avait pas vomi à cause de sa conduite… mais parce qu'il était mort de trouille.

— Ne craignez rien, monsieur Max. Personne ne saura jamais que vous êtes un émotif.

— Roule, fripouille !

Ce que redoutait Max Knipping, le représentant de Darnand en zone Nord, c'était l'embuscade. Depuis quelques mois, les FTP frappaient presque tous les jours. À Vichy, les mauvaises langues prétendaient que seuls trois pays résistaient encore aux nazis en Europe : la Yougoslavie, la Grèce… et la Haute-Savoie ! Dans la région d'Annecy, les résistants multipliaient les coups d'éclat, exécutant ici un haut fonctionnaire de Vichy, mitraillant là un groupe de miliciens. Les maquisards étaient partout : Petit-Bornand, Thorens, Usillon, Évires, la Dent du Cruet… Depuis son poste d'observation, et malgré sa position couchée, Knipping scrutait la route et les fossés. Quand il croyait deviner un mouvement, une silhouette qui bougeait, il criait :

— Plus vite, bordel !

Max attendait la rafale fatale. Tant de miliciens avaient déjà péri, victimes du petit pistolet mitrailleur Sten des FTP : Garrido, Varlet, Champy… « Si ça se trouve, une taupe que je connais a déjà informé les terroristes de ma venue. Sans compter que Darnand m'a demandé de le remplacer à la dernière minute ! Il est possible que des FTP attendent ma voiture un peu plus bas, pensant faire la peau à Darnand... Et c'est moi qu'ils vont trouver au bout de leur mitraillette, à la sortie d'un virage en épingle à cheveux. »

Les « terroristes » étaient nombreux dans les parages. Près de 1 500 soldats bien armés, disait-on, et regroupés dans un maquis dont la seule évocation provoquait l'agacement des généraux allemands : les Glières. Le plus redoutable maquis du pays.

La population les croyait retranchés sur leur plateau isolé. Mais Knipping avait lu des rapports de police : la nuit, des petits groupes sortaient et multipliaient les expéditions punitives dans les environs. Les résistants mettaient à profit le haut relief de la région pour mener de spectaculaires opérations de guérilla contre les forces régulières de Vichy. On avait découvert récemment, dans le village du Petit-Bornand, les cadavres de huit policiers français, abattus d'une balle dans la nuque par des maquis FTP. Darnand, qui venait juste d'entrer au gouvernement, avait été chargé par Laval de mettre fin à ce désordre. Laval lui avait ordonné d'agir en douceur, pour éviter que les Allemands n'aient à intervenir.

Darnand avait confié la direction des opérations au colonel de gendarmerie Georges Lelong, un homme acquis à Pétain. Lelong disposait d'une troupe régulière d'environ 700 hommes : des gendarmes, des gardes et des groupes mobiles de réserve.

Dès qu'ils avaient aperçu les forces de l'ordre grimper les petits chemins abrupts de leur montagne, les maquisards s'étaient cadenassés dans l'inexpugnable plateau des Glières. Situé à une quinzaine de kilomètres à l'est d'Annecy, à 1 500 mètres d'altitude, ce long couloir aux flancs évasés était accessible par cinq petits sentiers pentus, impraticables en hiver. L'approvisionnement en armes et munitions était assuré par des parachutages alliés. Bien sûr, Lelong était parvenu à encercler le repaire des résistants, mais après un mois d'escarmouches, il avait dû se rendre à l'évidence : il n'était pas en mesure de démanteler le maquis. Darnand avait fait venir un millier de miliciens supplémentaires en appui, espérant faire basculer la situation. Mais entre ses hommes et les gendarmes, une profonde mésentente s'était installée, rendant toute opération commune impossible.

Quand, en contrebas de la route, Knipping aperçut enfin les premières maisons d'Annecy, il dit à Ambroise :

— Ralentis, tu vas finir par nous foutre au fossé !

Ambroise grommela, puis s'exécuta. Désormais, il faisait grand jour. Knipping reprit une position plus digne à l'arrière de la Citroën. Il ôta sa pelisse, remit ses cheveux en ordre, réajusta sa cravate et son uniforme de milicien. Il était là pour mener une mission de médiation entre gendarmes et miliciens, il devait en imposer.

Le QG de la gendarmerie se trouvait à la villa des Romains, à Annecy. Le colonel Lelong était un homme à la carrure athlétique, disposition qui contrastait étonnamment avec sa voix douce. Knipping fut reçu dans un petit bureau sombre et austère.

— Mon colonel, je suis venu vous dire que Joseph Darnand, nommé secrétaire général au Maintien de l'ordre en remplacement de René Bousquet, a refusé votre démission. Il vous ordonne de rester en Haute-Savoie jusqu'à ce que le maquis des Glières soit réduit à néant.

Sur les conseils de Darnand, Knipping avait pris une intonation toute particulière en évoquant Bousquet. Il fallait que Lelong comprenne qu'il avait désormais un nouveau chef. Et que le départ de Bousquet marquait l'avènement d'une nouvelle autorité avec laquelle on ne transigeait pas. Lelong ne manifesta aucune réaction : il connaissait par avance la décision de Darnand. Knipping ajouta :

— M. Darnand vous fait également savoir que c'est bien vous, et pas la Milice, qui êtes le seul maître des opérations. Ici, tout le monde doit obéir à vos ordres.

Cette fois, un pâle sourire se dessina sur les lèvres de Lelong.

— Vous voulez dire que je dirigerai les opérations contre le maquis des Glières ? Darnand est d'accord ?

— C'est lui qui l'exige, s'exclama, goguenard, l'ancien pilote.

— Ah, je respire... Vous remercierez M. Darnand parce que sur le terrain, vous n'imaginez pas comme ses miliciens m'en font voir. Ils se foutent bien de Pétain et des Français. Ils se prennent pour des supplétifs de la SS. Un vrai cauchemar.

Oubliant que son interlocuteur portait l'uniforme de la Milice, l'officier de gendarmerie se livra à un lourd réquisitoire contre les miliciens que Darnand avait dépêchés pour sécuriser la région.

— Les rapports entre mes gendarmes et les miliciens sont exécrables. Mes hommes sont des professionnels, et bien que la perspective de devoir ouvrir le feu sur leurs compatriotes leur déplaise, ils sont prêts à obéir si on leur en donne l'ordre. Les miliciens sont très différents. Ils se prennent pour une troupe au-dessus des lois. La SS, je vous dis ! Ils veulent à tout prix aller flinguer du maquisard. Cela nous gêne beaucoup. Nous sommes là pour ramener l'ordre, pas pour éliminer des Français !

Knipping s'attendait à ce couplet larmoyant. Il mourait d'envie de gifler ce pleutre. Mais il se força à prendre un air compréhensif.

— Ce que vous me décrivez sur le comportement des miliciens locaux est inacceptable. Je vous promets de voir leur chef et de le sanctionner avec sévérité.

Se sentant encouragé par son interlocuteur, le colonel Lelong poursuivit :

— Ce n'est pas tout, monsieur Knipping. Vos miliciens sont aussi des voleurs. Ils rackettent les habitants dans la région. Ils font des descentes chez les gens, les menacent de les exécuter et leur dérobent de l'argent, des bijoux, des effets personnels... Je ne vous surprendrai pas en vous disant qu'il est hors de question que je cautionne de telles pratiques. C'est d'ailleurs la raison pour laquelle j'avais envoyé ma démission à M. Darnand.

Knipping fut un peu gêné. Il allait devoir jouer les indignés. Bien sûr, il avait eu connaissance de ces pratiques qui ternissaient l'image, déjà écornée, de la Milice. Lelong ne lui apprenait rien. Il décida de feindre le dégoût :

— Ces histoires me font vomir. Si j'avais les coupables devant moi, je leur casserais la gueule avant de les faire traduire devant une cour martiale ! C'est à cause de ces salauds que l'image du Maréchal se dégrade dans le pays.

Las, Knipping s'apprêtait à prendre congé lorsque Lelong, décidément très en verve, le retint :

— Attendez, ce n'est pas tout ! Il faut que je vous parle du 17 février dernier à Thonon. Mes gendarmes avaient refusé d'accompagner des miliciens pour une série de perquisitions à Thonon. Du coup, les miliciens ont tout simplement arrêté mes gendarmes, mitraillette au poing et l'opération s'est transformée en pillage organisé.

— Qu'est-ce que c'est encore que cette histoire ? Vous plaisantez ?

— Vous n'avez qu'à demander confirmation à Joseph Darnand. Il se trouvait à Thonon ce jour-là avec moi pour une inspection. C'est même grâce à lui que j'ai pu obtenir la libération de mes gendarmes.

Max Knipping n'avait nul besoin de demander confirmation. Il avait beau jouer l'interloqué, il savait tout. Darnand lui avait rapporté cet épisode tragi-comique, déplorant amèrement l'attitude des miliciens. Pour autant, il n'avait pas demandé de sanction contre ses hommes.

Knipping prit vite congé, craignant une nouvelle révélation de Lelong. En quittant la gendarmerie, il lui répéta une nouvelle fois qu'il allait avoir une franche explication avec les miliciens et leur chef.

Il débarqua le lendemain à l'École hôtelière de Thonon où la Milice avait établi son poste de commandement. Une fois la Citroën stationnée, il baissa la vitre arrière.

— Vaugelas ! Ohé, Vaugelas ?

Prévenu par les miliciens en faction, Jean de Vaugelas rappliqua, tout à sa joie de voir Max.

— Mon vieux brigand ! Mais qu'est-ce que tu fous dans ta bagnole ! Sors de là, j'ai une bonne chartreuse de Tarragone dans mon bureau !

Puis, s'approchant de la vitre de la traction :

— Mais qu'est-ce que je vois là, Max ! Tu n'es pas seul ? Tu es venu avec des membres de ton cabinet !

Après avoir imité le bruit d'un roulement de tambour, Knipping prit un ton solennel :

— Jean, voici Régine de la Drôme, et Renée du Loir-et-Cher !

Au moment où il les présentait les deux femmes sur la banquette arrière de la voiture, Max leur soupesa les seins, ce qui provoqua l'hilarité des deux filles.

— Pour les femmes, dit-il à Vaugelas en aparté, Ambroise est meilleur qu'un chien truffier. Il m'a débusqué ces deux tapins à Lyon hier soir ! Il les a subtilisées à deux officiers allemands, radins et méprisants. Ça les change ! Hein, mesdemoiselles, que vous en aviez votre claque des boches ?

— Oh, que oui, monsieur Max, répondit l'une d'elles. Ils sont bien polis les boches, mais ennuyeux ! Jamais une espièglerie ! Si j'avais pu choisir, j'aurais préféré que la France soit occupée par des étrangers plus joyeux. Des Argentins, ou même des Italiens. Il paraît qu'ils racontent bien les histoires, les Italiens !

— Vous auriez voulu une armée de Fernandel ! pouffa Knipping.

Max et Vaugelas s'embrassèrent comme deux copains de régiment.

— Donne-moi des nouvelles fraîches du patron, réclama Vaugelas.

— Je crois qu'il s'ennuie à Vichy. Il est comme… mélancolique.

— Trouve-lui une fille !

— Il semblerait que depuis peu il s'intéresse à sa secrétaire, Suzanne.

— Il est trop sentimental, ça le tuera ! s'esclaffa Vaugelas.

Les deux hommes pénétrèrent dans les locaux de la Milice, suivis de leurs cocottes et d'une poignée de miliciens.

— Bon, s'exclama Knipping, tu me fais visiter, et après je t'emmène déjeuner à mon hôtel avec nos deux adjointes !

Après avoir vérifié les stocks d'armes et salué les miliciens qui se trouvaient dans les étages, les deux hommes s'enfermèrent quelques minutes dans le bureau de Vaugelas, pour échanger sur la situation locale.

— Ton Lelong est un con international ! s'écria Knipping. Je crois qu'il est plus nuisible à lui seul que tout le maquis des Glières !

Vaugelas rit à gorge déployée :

— Tu comprends mieux mon calvaire quotidien. Ce pisse-froid est un mouchard, un mou, une lopette, et il est à deux doigts de passer dans le camp adverse ! Avec lui, les maquisards ont la belle vie ! Là-haut, c'est bal musette et flonflons tous les soirs !

Cette fois, pas de voussoiement, pas de formules de politesse. Knipping n'évoqua même pas la question du comportement des miliciens et il ne fit aucune réprimande au chef local de la Milice comme il l'avait promis à Lelong. La discussion ne porta finalement que sur la hiérarchie de commandement et Knipping fit passer les consignes de Darnand :

— Le chef refuse que tu désobéisses à Lelong. Il est catégorique. Tu restes sous ses ordres, quoi qu'il décide !

— Vous le regretterez, maugréa Vaugelas. En une nuit, nous pourrions écraser cette poche. Au lieu de ça, Lelong propose de faire venir des médecins aux Glières !

Un simple examen des rapports de force locaux avait achevé de convaincre l'ancien as de l'aviation qu'une opération contre le maquis, sans l'appui de la Luftwaffe, serait vouée à l'échec : les troupes régulières de Vichy ne disposaient ni d'artillerie ni

224

d'avions. D'ailleurs, dès le lendemain matin, Knipping et Ambroise entamèrent une visite des unités cantonnées autour des Glières. Le moral était au plus bas : gendarmes français et gardes mobiles ne croyaient pas non plus au succès d'une opération. Et la plupart répugnaient à devoir se battre contre d'autres Français.

Quarante-huit heures plus tard, Max Knipping obtint, grâce à Lelong, un rendez-vous secret avec l'un des chefs du maquis, le capitaine Maurice Anjot. Cet ancien chasseur alpin avait consenti à rencontrer l'émissaire de Darnand s'il obtenait l'engagement de repartir librement. « Anjot acceptera peut-être de se rendre, s'était dit Knipping, face à la menace d'une action militaire concertée Miliciens-Gendarmes-SS. » Bien sûr, lors de l'entretien, Knipping jouerait cette carte, mais au fond de lui, il connaissait la détermination de ces gaullistes, alliés de circonstance des rouges – ce qu'il ne s'expliquait pas –, prêts au sacrifice de leur vie pour rétablir la vieille démocrassouille. « Quelle bande d'abrutis, pensa Knipping. Mourir pour le Komintern, les 200 familles et le déserteur de Gaulle : faut vraiment être à court d'inspiration. » Mais Anjot était un sacré combattant. D'emblée il plut à Max.

— Pourquoi nous attaquer ? lui dit-il. Nous n'en voulons qu'aux Allemands. Ne mêlez pas vos gars à tout ça.

Le milicien et le résistant évoquèrent la situation de la France et les perspectives que ne manquerait pas d'offrir la fin de l'occupation allemande. Étonnamment, Knipping constata qu'il était souvent d'accord avec le chef du maquis des Glières. Anjot – de son nom de guerre « Bayard » – était un homme froid et distant. Son calme glacé de héros hollywoodien, son masque hiératique, ébranlèrent Knipping qui pensa même que cet homme aurait fait un bon chef milicien. À la fin des échanges, le maquisard délivra un message pour Darnand :

— Dites à Vichy que les résistants des Glières n'ont qu'un ennemi : le boche. La guerre sera finie dans quelques mois, restez en dehors de tout ça.

— Vous êtes coincés là-haut, rétorqua Max. Vous ne recevrez jamais de renforts. Même les maquis des alentours vous abandonnent. Tout le monde sait que vous avez des désertions et que vos gars sont démoralisés. Si vous nous laissez faire, nous ne condamnerons que les communistes. Pour les autres, on s'arrangera... Je rentre à Vichy rencontrer Darnand. En attendant mon retour, nous ne tenterons rien contre vous.

Comme Darnand et Lelong, Knipping pensait qu'il existait deux types de résistants : d'un côté les communistes, des terroristes irrécupérables ; de l'autre les gaullistes, des patriotes égarés, manipulés par les Anglais mais que l'on pouvait ramener dans le droit chemin. Knipping résolut de ne rien décider avant d'avoir eu un entretien avec Darnand. Il regagna Vichy le jour même. Cette fois, Régine et Renée faisaient partie du voyage. À la demande de Knipping, Gombert leur avait aménagé une chambre au QG de la Milice.

Le lendemain, dans les bureaux du ministère, Max fut accueilli par Suzanne Charasse, celle que Gombert surnommait « la poule à Jo » en prenant un accent pointu de titi parisien.

— Max, dit-elle à voix basse, je te préviens, Joseph est furibard.

— Mais… Suzanne… J'ai mal fait quelque chose ?

— Je crois que la rencontre avec le chef des maquisards est mal passée…

La gueulante de Darnand fut en effet mémorable :

— Un moratoire ! Tu rencontres le chef de ces terroristes et tu leur offres la paix des braves ! Alors que je te désigne pour aller nettoyer cet abcès, tu leur donnes du temps pour qu'ils se refassent une petite santé. Délégué au Maintien de l'ordre, tu parles ! Délégué au Maintien des Glières, oui ! Quand je pense à tous les miliciens que ces ordures ont assassinés !

Déstabilisé, Knipping essaya d'atténuer la colère du patron :

— Donner l'assaut aurait été suicidaire. Ils sont près de 1 500 là-haut ! Il paraît que Churchill leur a parachuté des tonnes d'armes au début du mois !

— Et alors ! rétorqua Darnand, nos hommes doivent faire face. Ils ont des skis, des armes, et le soutien des Groupes mobiles de réserve et des gendarmes...

— Joseph... Nos gars n'ont jamais été confrontés à une mission comme celle-là, surtout en haute montagne. Pour eux, c'est la défaite assurée.

Pendant quelques secondes, Knipping eut le sentiment que l'argument avait fait mouche. Finalement, après avoir tiré sur sa pipe, le chef de la Milice mit un terme à l'échange :

— Le général Oberg m'a prévenu : si nous ne sommes pas capables de démanteler le maquis, ce sont les Allemands qui s'en chargeront.

Le 23 mars 1944, Knipping et Ambroise retournèrent à Annecy. Cette fois les routes étaient sûres : il y avait des patrouilles allemandes partout. Comme Darnand l'avait prophétisé, les troupes du Reich avaient pris la décision d'éradiquer le maquis des Glières. L'assaut était imminent et une grande réunion avait été organisée au QG de la gendarmerie, dans la salle qui jouxtait le bureau du colonel Lelong. Objectif : mettre au point les derniers détails de l'opération. Outre Knipping et Lelong, étaient présents le général Karl Pflaum, chef de la Wehrmacht à Grenoble, Darnand, Jean de Vaugelas, et quelques officiers allemands et français. Jo avait sa tête des mauvais jours. « Il va leur faire son petit chantage habituel », pensa Max, qui était familier des méthodes du patron. Darnand avait deux priorités : faire participer la Milice à ce coup de main et éviter que trop de résistants gaullistes ne soient exécutés. En fin négociateur, il commença par menacer les chefs allemands :

— Je vous le dis tout net ! Je ne veux pas être associé à l'anéantissement brutal d'un maquis dont beaucoup de membres ne sont pas communistes ! Ces hommes n'ont commis ni exactions ni actes de sabotages. De plus, une intervention allemande serait très mal perçue dans le département. Je vous rappelle qu'en dehors des Glières la Haute-Savoie est désormais sous contrôle des forces du Maintien de l'ordre.

Le général Pflaum ne tenait pas à ce que les Français retirent leurs hommes du secteur. Il expliqua en détachant bien ses mots :

— Messieurs, je vous rappelle que l'assaut contre le maquis a été expressément ordonné par Berlin. Il est désormais trop tard pour l'annuler. D'ailleurs…

Darnand l'interrompit :

— D'accord pour faire participer les forces françaises, mais sous certaines conditions. Primo : la Wehrmacht ne se livrera à aucune exaction. Deuzio : seuls les Français intercepteront les maquisards fuyant le plateau. Tertio : les Allemands devront remettre au colonel Lelong tous les prisonniers capturés sur le plateau pour qu'ils soient jugés par des tribunaux français.

Ces conditions furent immédiatement acceptées par Pflaum. Darnand obtint même qu'une unité de la Milice s'adjoigne à la Wehrmacht durant l'attaque, afin de s'assurer du bon comportement des soldats du Reich. La réunion achevée, Vaugelas, enthousiaste, confia à Knipping : « Joseph a été épatant. Il aurait fallu que beaucoup de Français assistent à cette réunion. »

Le conseil de guerre terminé, Knipping se rendit à Paris. Il était encore dans la capitale lorsque, le 27 mars, Darnand lui téléphona :

— Ça y est, lui dit-il d'un ton satisfait. Le maquis des Glières est tombé la nuit dernière...

— Je sais, Joseph, tout Paris en parle... Donne-moi des détails !

— Ça s'est joué à deux : les Allemands et nos miliciens, souligna Darnand. Pour commencer, la 157e division allemande a donné l'assaut par Petit-Bornand et Entremont. Une unité bavaroise stationnée à Grenoble. Ils ont d'abord bombardé avec leurs derniers Heinkel 111 pour disloquer les positions des maquisards. Puis les alpins bavarois ont escaladé et surpris Anjot et ses gars. Ils ont fait une percée vers Monthiévret. Nos miliciens bouclaient l'ouest du plateau. Les gendarmes n'ont pas participé au combat. Les boches ne voulaient pas travailler avec ces trouillards. Vers 22 heures, les maquisards ont été obligés d'abandonner le plateau. Ils sont descendus dans le noir, dans la glace, de la neige jusqu'à la taille, des crevasses partout. Beaucoup sont morts dans des chutes. Les autres se sont rendus. Une section a réussi à tromper nos gars. Ils ont filé...

— Et Anjot ? demanda Knipping.

— Dans la nature aussi. Mais on le retrouvera. Sur le terrain, nos miliciens ont bien travaillé. Ils se sont parfaitement entendus avec les boches. Une complémentarité exemplaire ! C'est bon signe pour l'avenir.

— Combien étaient-ils là-haut ?

— Cet abruti de Lelong était mal renseigné. Ils étaient quelques centaines et pas 1 500 comme il le prétendait. Les forces engagées pour l'assaut étaient disproportionnées. Mais seul le résultat compte. Nous avons eu peu de pertes alors que le maquis a été décimé : plus de 100 morts et environ

170 prisonniers. Tout ça a redonné un peu de fierté à nos miliciens.

— Et les prisonniers ?

Un silence répondit à Knipping.

— Jo ?

— Là, on a un problème, Max... Les Allemands ne nous ont pas remis les prisonniers. Ils veulent des représailles. Des exécutions massives. Je leur ai dit que je m'y opposais totalement, en vertu de l'accord passé avec Pflaum. Mais c'est tendu...

— Alors ?

— Je vais insister. Les rassurer en leur disant que les prisonniers iront en cour martiale. Mais je me débrouillerai pour qu'ils soient traduits individuellement. Ça nous permettra de faire un tri. Il paraît qu'il y avait plein de rouges espagnols là-haut. Les staliniens et les Espagnols seront passés par les armes. Pour les autres, on fera traîner en longueur et on les enverra au S.T.O.

Dès le lendemain, l'éditorialiste collabo Philippe Henriot se rendit en Haute-Savoie pour Radio Paris. Il souhaitait être « au plus près du terrain » pour enregistrer ses billets quotidiens.

Les camions embarquent par fournées des résistants qui se rendent en foule, déclama-t-il dans sa première chronique. *Car la fin de cette aventure tragique, déguisée en épopée par les menteurs de Londres, c'est la capitulation à un rythme accéléré des bandes qui, pendant des mois, ont terrorisé le pays. Je les ai vus, Français et étrangers mêlés, armée secrète et FTP confondus. Je les ai vus arriver sans armes. Car le trait dominant de cette capitulation, c'est que tous les hommes ont été lâchés par leur chef au premier assaut mené contre eux et qu'eux-mêmes ont lâché leurs armes pour fuir plus vite...*

Bien sûr, la presse collabo passa sous silence la participation des unités allemandes à l'opération des Glières... Partout en France, on parla d'un maquis démantelé par les forces de Maintien de l'ordre. Ainsi tronquée, l'information était plutôt gratifiante pour Darnand, et peu glorieuse pour les combattants de l'ombre. Pourtant, les unités allemandes continuèrent la traque des maquisards en fuite. Beaucoup furent retrouvés. Anjot fut tué en essayant de franchir un barrage allemand.

Darnand fit le voyage à Paris pour savourer sa victoire. Pendant les fêtes de Pâques, il déménagea sa famille dans un immeuble cossu du 16e arrondissement, 6 rue Octave-Feuillet. Son fils, Philippe, avait été contraint d'interrompre sa seconde à Nice. Grâce aux relations de son père, il intégra le lycée Janson-de-Sailly en cours d'année scolaire. Hélas, en ce printemps 1944, Darnand était un patronyme difficile à porter. Certains élèves réservèrent un accueil glacial à Philippe. Les insultes fusèrent pendant les cours. Redoutant des incidents plus graves, le proviseur demanda à Philippe Darnand de renoncer à se rendre au lycée. À compter de ce jour, sa mère Antoinette et lui durent s'astreindre à une existence de reclus[24].

Qu'importe, le moral de Joseph était au plus haut : il avait démontré l'utilité de la Milice aux Allemands. Après le démantèlement des Glières, plus personne n'osa prétendre que la Milice était une organisation de boy-scouts. Darnand rêvait de créer une armée d'élite depuis l'époque du S.O.L. Elle était là. Bien sûr, ses 25 000 miliciens n'étaient qu'une goutte d'eau au milieu des millions de combattants qui s'étripaient sur tous les fronts de la Seconde Guerre mondiale. Mais une étape importante avait été franchie. Darnand était convaincu d'avoir retrouvé sa baraka de 14-18.

— Ma petite Nette, dit-il à sa femme, Dieu aime les miliciens !

De nouveaux décrets pris par Pierre Laval permettaient désormais à l'organisation de court-circuiter la haute administration et de s'affranchir de la tutelle des préfets. La Milice n'avait plus besoin d'autorisations administratives pour intervenir où et quand elle le souhaitait. Darnand avait les mains libres. Pour la première fois depuis l'été 1940, il pouvait se consacrer à ce qu'il affectionnait : les opérations de terrain, au milieu de ses hommes, mitraillette au poing. Ses virées s'achevaient souvent par des soirées entre miliciens. Le butin saisi au jour le jour améliorait l'ordinaire : grands vins, vieux cognacs, charcuterie fine... Après leur journée, Darnand et Knipping partageaient souvent une pipe et un bon vermouth. Quand il était grisé par l'alcool, Darnand s'épanchait. Il parlait de Suzanne Charasse, cette jeune femme de vingt ans, à qui il ne pouvait offrir que quelques soirées par mois. Il racontait aussi ses amours tumultueuses avec une jolie veuve lyonnaise. Knipping écoutait sagement le patron en sirotant son verre. Mais il trouvait étrange cet homme mûr, qui vivait des transports amoureux d'adolescent...

Certes, ces dernières semaines, quelques dizaines d'escrocs avaient préféré s'engager dans la Milice plutôt qu'aller croupir en prison. Mais la Milice peinait toujours à recruter. Le 22 avril 1944, Knipping retrouva Darnand à Vichy pour plancher sur les slogans de la prochaine campagne d'adhésions. En arrivant à l'hôtel Thermal, Knipping trouva Darnand en compagnie de son adjoint, Francis Bout de l'An. Assis derrière son bureau, le chef de la Milice était raide et mal à l'aise :

— Georges Carus sort juste de ce bureau. En tant que chef du service des effectifs de la Milice, je l'avais chargé d'enquêter sur la mort d'un milicien dans le Rhône : Mathès. Tu te souviens de Mathès ?

— Ben oui, sourit Knipping en haussant les épaules. Il a été tué d'une rafale de mitraillette par un autre milicien.

— Ouais, répondit Darnand, l'air soupçonneux. Les miliciens lyonnais avaient évoqué un « regrettable accident », mais comme de vilaines rumeurs circulaient sur ton ami Lécussan, le chef de la Milice dans le Rhône, j'ai demandé à Carus de mener une enquête. Or le rapport qu'il vient de laisser sur mon bureau est accablant. Les miliciens de Lécussan torturent des Français pour leur soutirer leurs biens et leur argent. Le rapport de Carus décrit une escouade de miliciens cupides, qui se fichent bien du Maréchal, uniquement mus par l'appât du gain. Une mafia qui assassine, rançonne, se livre à des trafics. Tu savais ça, toi ?

Knipping s'agita sur son fauteuil.

— Bah, Joseph, c'est pas nouveau. On a toujours su qu'il y avait des petits trafics à Lyon. Et que les miliciens récupéraient de temps en temps un bien juif. Quant à Lécussan, on savait depuis longtemps qu'il n'était pas adhérent d'honneur à la Ligue contre l'antisémitisme !

Knipping éclata de rire au nez du patron. Mais ni Bout de l'An ni Darnand ne bronchèrent. Un vrai camouflet. Qu'importe, Knipping aimait bien

Lécussan et il n'était pas disposé à laisser son ami se faire sanctionner sans broncher.

— Oh, Patron ! On se calme ! insista-il. Lécussan est antisémite, comme nous tous ! Ne soyons pas hypocrites. Jusqu'à présent, ça ne dérangeait personne que les Français récupèrent les biens des juifs. Et soudainement, il faudrait jouer les vierges effarouchées parce que Laval t'a engueulé. Enfin, Joseph…

Darnand coupa court :

— Ça suffit ! Emprisonner des juifs, récupérer leurs avoirs, ça n'est pas les assassiner ! Un peu de mesure ! Lécussan est un ancien camarade de la Cagoule et un bon soldat. Je le respecte. Mais compte tenu des critiques qu'essuie la Milice, je ne peux pas fermer les yeux. Aussi, je relève immédiatement Lécussan de ses fonctions et je le mets au trou au château des Brosses. Je veillerai à ce qu'il soit bien traité. Mais il va falloir songer à épurer la Milice car cette réputation de nid de crapules commence à nous coller à la peau. Merci, messieurs !

En flânant dans les rues de Vichy, Knipping ne put réprimer un étrange malaise. Lui qui avait prévu de passer deux jours dans la ville lumière de la collaboration, s'empressa d'aller chercher Ambroise à la terrasse du Petit Solognot.

— Paie ta note, Ambroise, on rentre à Paris.

— Mais patron, je viens de commander mes œufs mimosa !

— Ta gueule ! On rentre.

En marchant vers la Citroën, Knipping rasait les murs. Lécussan en taule pour si peu… Lui, un fidèle de Darnand, un vieux compagnon de la Cagoule : « Si la Milice commence à embastiller ses meilleurs éléments, c'est la fin ! » Au regard de cette nouvelle doctrine, Max savait bien qu'il présentait, lui aussi, un curriculum vitae litigieux : lorsqu'il dirigeait la Milice de Marseille, il avait piloté personnellement tous les trafics de la ville, transformant ses miliciens en parfaits voyous du milieu marseillais. Il avait torturé, et fait torturer par ses adjoints, des dizaines de juifs dans le seul but de leur extorquer des biens ou de l'argent. Mais à cette époque, personne n'avait trouvé à redire. Knipping avait poursuivi son petit commerce partout où Darnand l'avait muté. À tel point qu'à Paris, ses rackets lui avaient valu des mises en garde de la part des Allemands.

Après un voyage de plus de sept heures, Max Knipping arriva enfin à Paris. Il faisait nuit noire. Porte d'Orléans, une unité allemande faisait mouvement. Précédés de quelques Panzers, de lourds camions camouflés de la Wehrmacht évacuaient des archives, du matériel, et ces auxiliaires féminines que les Français appelaient les « souris grises ». Knipping essaya de se rassurer : « Si le patron veut emprisonner toutes les fripouilles qu'il a eu tant de mal à recruter, il n'est pas sorti des ronces... Pour purger la Milice, il faudrait virer un milicien sur deux ! Les Allemands ne l'autoriseront jamais. Ils ont trop besoin de nous pour combattre les maquis. » Lorsque Ambroise déposa Max au bas de son appartement parisien, Knipping salua le SS en faction devant la porte de son immeuble.

— *Guten Tag !*
— *Guten Tag, Herr Kommandant.*

« Bah, se dit-il, je me fais du mouron pour rien. Que peut Darnand contre un type qui connaît tous les SS de Paris ? »

Le débarquement du 6 juin 1944 n'inquiéta pas vraiment Darnand. Le ministre tenta même d'entretenir l'idée surréaliste d'une neutralité de la Milice et de Vichy. Il envoya une circulaire aux responsables régionaux du maintien de l'ordre, les priant de ne pas se mêler du conflit entre Alliés et Allemands... Curieusement, Darnand fut beaucoup plus ébranlé par l'assassinat du fanal de la geste collaborationniste, « la voix d'or » du Maréchalisme : le chroniqueur radio Philippe Henriot.

Le 2 juillet 1944, la France collabo se retrouva sur le parvis de Notre-Dame de Paris pour dire adieu à ce journaliste devenu secrétaire d'État à l'Information et à la Propagande. Il pleuvait dru ce jour-là. Muni de faux papiers de miliciens, un commando de résistants s'était introduit au ministère de l'Information, 10 rue de Solferino, et avait abattu l'éditorialiste sous les yeux de son épouse. Le lendemain de sa mort, la Propaganda-Abteilung avait couvert les murs de Paris d'un portrait d'Henriot proclamant : « Il disait la vérité. Ils l'ont tué. » L'annonce de sa mort déclencha des représailles sanglantes. À Mâcon, un groupe de miliciens, commandé par le chef Clavier, abattit sommairement sept hommes suspectés d'être proches de la Résistance.

À l'issue de la cérémonie, Darnand entraîna Knipping à l'écart. Jo venait de se faire remonter les bretelles à Vichy :

— Laval m'a ordonné d'arrêter Clavier et de le faire enfermer au fort Montluc à Lyon. Il veut que je mette de l'ordre dans la maison. Il faut empêcher les vengeances isolées : ça nuit au mouvement.

— Bonjour, *Herr* Darnand !

Abrités sous leurs parapluies, Knipping et Darnand virent fondre sur eux une silhouette familière : Knochen. En 1941, cet officier SS avait organisé une série d'attentats contre des synagogues parisiennes. Le zélé Knochen avait d'ailleurs été promu Obersturmbannführer à l'âge de trente ans...

Darnand prit une mine réjouie :

— Bonjour, mon colonel !

— Je suis venu vous informer qu'Hitler va remettre à la France trois de vos anciens dirigeants détenus en Allemagne : Léon Blum, Paul Reynaud et Georges Mandel... M. Laval verra ce qu'il en fera. Nous vous contacterons dans les prochains jours pour organiser les transferts.

Sur ces mots, l'officier SS claqua les talons, laissant les deux miliciens sur le trottoir. De rage, Darnand enfonça son béret :

— Quel petit con ! Il ne faut pas que ces trois lascars reviennent en France, nos miliciens les flingueraient. Et c'est moi qu'on accuserait ! Il faut répondre aux Allemands que nous ne pouvons pas garantir leur sécurité.

Trois jours plus tard, Knochen téléphona à Knipping :

— Georges Mandel vient d'arriver en France.

Max protesta mollement, mais l'Allemand invoqua un ordre d'Hitler. Les Allemands n'avaient pas choisi Mandel par hasard : résistant de la première heure, plusieurs fois ministre, il avait été réformé durant la Première Guerre mondiale. La presse d'extrême droite s'en était donné à cœur joie. Détail non négligeable : le vrai nom de Georges Mandel était Rothschild. Et qu'importe s'il n'était pas apparenté aux riches banquiers, ce politicien de centre droit était la cible idéale pour les miliciens.

Mandel à Paris ? Cette perspective rendait Darnand nerveux. Il multiplia les mises en garde :

— Max, tu t'occupes de Mandel. Pas de carabistouilles. Ce qui s'est passé avec Zay ne doit pas se reproduire. Tu me comprends, hein ?

— Pas de problème, patron.

En 1940, Jean Zay, ancien ministre du Front populaire, dont le père était juif, avait été arrêté par le régime de Vichy et incarcéré à la prison de Riom. Mais après quatre années à l'ombre, Zay avait subitement été transféré en région parisienne, en juin 1944, « pour des raisons de sécurité ». Sur le trajet vers Paris, les miliciens escortant l'ancien ministre avaient prétendu avoir été attaqués par des résistants. À en croire leur témoignage, Zay s'était volatilisé. Personne ne croyait à cette histoire. À commencer par Laval qu'on avait entendu dire : « Ces salauds de miliciens me cachent quelque chose. »

Knipping, lui, connaissait la vérité. Un haut gradé de la Milice, Jean Degans, lui avait tout balancé. Jean Zay avait été liquidé par la Milice pendant son trajet. Son corps avait ensuite été enterré. Degans avait même plaisanté : « Pour faire disparaître un prisonnier encombrant, rien de mieux que le coup du transfert en voiture. »

Une heure après l'arrivée de Mandel à la Santé, Max déboula accompagné de quelques jolis poupons de la Milice : Jean Mansuy, un ancien de la pègre, Georges Néroni, déjà impliqué dans une affaire de « traite des blanches », Pierre Lambert, qui avait trempé dans plusieurs meurtres... Knipping signa la levée d'écrou de Mandel et assista au départ de l'ancien ministre vers Vichy, escorté par deux voitures de miliciens.

Dans la soirée, il reçut un appel du commissariat de police de Versailles : des miliciens venaient de déposer le corps de Georges Mandel criblé de balles. L'escorte était tombée dans une embuscade, en forêt de Fontainebleau... Le lendemain matin, Laval appela Knipping chez Fernand de Brinon, ambassadeur de Vichy à Paris, et le couvrit d'injures :

— Espèce de salopard, nous savons tous que vos hommes ont flingué Mandel !

Penaud, Knipping invoqua la responsabilité de l'occupant :

— J'ai supplié les Allemands de le garder chez eux. Ils n'ont rien voulu savoir.

— Cessez vos entrechats ! Je vous accuse, vous et votre clique de miliciens, d'avoir assassiné Mandel, comme vous avez abattu Jean Zay au mois de juin !

Brinon essaya de temporiser en avançant que les Allemands étaient satisfaits de la mort de Mandel. Mais rien ne sembla calmer l'Auvergnat qui convoqua Darnand à Vichy. Deux jours plus tard, Joseph réunit ses lieutenants à l'hôtel Thermal et leur passa un savon homérique :

— Qu'est-ce que c'est que ces conneries ? À Mâcon, Clavier fusille sept Français. Jean Zay disparaît étrangement ! Mandel aussi ! Il va falloir arrêter tout de suite ces vendettas !

Knipping fit le dos rond et laissa passer la crise : « Que peut Darnand contre moi ? J'ai tissé tant de liens avec les Allemands... »

Au début de l'été 1944, au terme d'un énième déménagement, Darnand installa son administration et sa famille dans le vaste hôtel Menier, près du parc Monceau, à Paris. Dès le mois d'août, chaque Français comprit que la Libération du pays était inéluctable. Antoinette pesta : elle allait à nouveau devoir faire ses valises.

— Où vas-tu nous emmener cette fois, Joseph ? À Vichy ? À Nice ? Au Pérou ?

Darnand se gratta le ventre, mimant un joueur de guitare.

— On va prendre notre roulotte et partir sur les routes de France... Comme des Tziganes !

— Oui, c'est ça. Et je jouerai des castagnettes...

La crânerie de son mari ne rassura pas Antoinette. S'ils restaient à Paris, les Darnand seraient sans doute arrêtés ou exécutés avant l'automne.

Antoinette rassembla quelques affaires. Darnand lui avait autorisé trois cartons, pas un de plus. Joseph, lui, se rendit à Vichy pour réunir les chefs de la Milice. Malgré la situation chaotique, on avait pris soin de pavoiser l'hôtel Thermal. De grands étendards frappés de la lettre gamma avaient été tendus sur la façade du bâtiment et sur les murs de la grande salle du premier étage. Il régnait une atmosphère de fin de règne. On était sans nouvelles de certains lieutenants de Darnand. Avaient-ils été arrêtés en se rendant à la réunion ? Avaient-ils renoncé à traverser la France alors que les forces alliées gagnaient du terrain et que les maquis se déchaînaient ? Avaient-ils simplement déserté la Milice ? Une fois les miliciens installés, Darnand fit son apparition. Il semblait bouleversé.

— Messieurs, dit-il, le maréchal Pétain vient de m'adresser un réquisitoire contre la Milice. Une lettre dans laquelle il dénonce les mauvais rapports de l'organisation avec les administrations de notre pays. Il accuse la Milice d'outrepasser illégalement ses pouvoirs et de priver les préfets de tout contrôle sur la police. Il prétend que nous menaçons régulièrement gendarmes et policiers avec nos armes...

Dans la salle, les miliciens protestèrent :

— Qu'il vienne sur le terrain, le Maréchal ! C'est pas avec ses préfets et ses gendarmes qu'il va rétablir l'ordre !

— Ce n'est pas tout, reprit Darnand. Pétain affirme que nous discréditons son action politique en livrant trop de Français à la Gestapo. Et que la Milice s'est rendue plus détestable aux yeux des Français que les occupants ! Pétain a dressé une liste de ce qu'il nous reproche : incendies de fermes, vols, arrestations illégales, bavures, tortures, exécutions sommaires, les assassinats de Mandel et de Zay.

Cette fois, chose inédite, on hua Pétain.

— Depuis le débarquement allié, le vieux est devenu gaulliste !

L'œil rougi, la voix embuée d'émotion, Darnand poursuivit :

— Le Maréchal compare nos méthodes à celles des bolcheviques. On n'est peut-être pas des saints, mais nous comparer aux commissaires politiques de Staline, c'est infâme.

La déception et le désarroi du patron étaient tellement palpables que les chefs de la Milice ne s'autorisèrent aucun commentaire.

— Le Maréchal m'enjoint donc d'épurer la Milice de ses éléments criminels afin que notre organisation ne laisse pas dans l'Histoire de France, je cite Pétain, « la tache la plus honteuse de la période troublée que nous traversons ».

Darnand s'interrompit quelques instants. En ce mois d'août, les gros ventilos du ministère étaient en panne et les miliciens transpiraient en silence. Knipping regarda ses chaussures : « Même le vieux nous a lâchés », pensa-t-il. Darnand posa sur la table la longue lettre de récriminations du Maréchal.

— Pendant quatre ans, reprit-il, Pétain n'a cessé de me féliciter. Et aujourd'hui, parce que les Américains sont aux portes de Paris, il commence à me dire que je serai la tache de l'Histoire de France. Il aurait pu s'y prendre plus tôt.

Dans les jours qui suivirent, Darnand ordonna la condamnation à mort de son vieil ami Jean Chardonneau, un chef milicien, responsable d'une effroyable tuerie à Limoges ayant coûté la vie à une vingtaine de personnes. Darnand releva aussi de son commandement Raoul Dagostini, un ancien de la L.V.F., déjà condamné à mort par les Allemands pour des atrocités commises sur le front de l'Est. Dagostini avait ordonné une impressionnante série d'exactions lors des démantèlements des maquis des Glières et du Vercors. Knipping ironisa : « Dire qu'un mois plus tôt, Dagostini était cité à l'Ordre de la Nation… » Quant à Joseph Lécussan, qui avait été mis à l'amende en avril, sa détention au château de Brosses ne dura que trois semaines. Envoyé dans le Cher, il s'autoproclama sous-préfet et participa à l'assassinat d'une dizaine de juifs à Saint-Amand-Montrond. En réalité, Darnand se fichait bien du nettoyage de son organisation. Une seule question se posait à lui : qu'allaient devenir ses hommes après la victoire alliée ? Depuis peu, on abattait des miliciens dans la rue, sans sommation. Il arrivait même que des familles de miliciens soient prises à partie. On les insultait, on les frappait, on les emprisonnait. Il fallait fuir vers les zones sous contrôle allemand.

Après l'annonce d'un nouveau débarquement allié en Provence, les chefs de la Milice abandonnèrent la capitale. Le 17 août 1944, dans la matinée, un cortège de huit voitures banalisées quitta Paris en direction de l'Est. Il emportait Max Knipping, Joseph Darnand, leurs principaux collaborateurs et une équipe du service de sécurité. Après plus de deux heures de route, la colonne atteignit Reims, la ville qui avait vu naître Knipping, cinquante-deux ans plus tôt. Sur les murs de la maison de ses parents, dans la banlieue de la ville, le milicien put lire ce message fraîchement peint : « Miliciens, assassins, abattez-les comme des chiens ! »

12. Août 1944

La rencontre avec Hitler

Ce 25 août 1944, alors que les forces alliées entraient dans Paris, le comte Fernand de Brinon pénétrait dans la « *Wolfsschanze* », la fameuse « Tanière du loup », le quartier général d'Adolf Hitler, situé près de Rastenburg en Prusse orientale. Rares étaient les Français à avoir été invités dans ce sanctuaire du IIIᵉ Reich. Dans le dédale de bunkers, construit en pleine forêt, Brinon attendait patiemment quatre personnalités de la collaboration. Il sourit en contemplant cette cathédrale de béton :
— Quand je quitterai cet endroit, je serai chef de l'État français !
Le premier à le rejoindre fut Jacques Doriot, le chef du Parti populaire français. Brinon détestait

Doriot. Et Doriot vomissait Brinon. Un monde séparait l'aristocrate à l'ambition dévorante de la grande gueule de la collaboration. « Brinon est un milord ennuyeux et Doriot, c'est Jean Valjean sans Cosette », aurait dit Laval... N'empêche que Brinon passait ses soirées parisiennes à dénigrer ce tribun replet et dodu : « Tout est gras chez lui, son humour de garçon de café, les verres de ses lunettes, son double menton, ses joues luisantes et surtout son cul, moulé dans son uniforme allemand de la L.V.F. » Brinon, ambassadeur de Vichy à Paris et Doriot, patron du plus grand parti collabo de France, évitaient de se croiser depuis des mois. Pourtant, ce 25 août, Brinon vint à la rencontre de Doriot et s'adressa à lui avec une chaleur si bien feinte qu'on eût cru les retrouvailles de vieux amis. Cette comédie dans laquelle excellait Brinon ne prit fin qu'avec l'arrivée de trois autres figures de la collaboration, venues spécialement par avion de Fribourg-en-Brisgau : Joseph Darnand, Marcel Déat et Paul Marion. Ils étaient précédés d'Otto Abetz, qui était encore, quelques heures plus tôt, ambassadeur du Reich en France. Brinon reconnut Darnand de loin : béret, uniforme de la Milice. Il se précipita vers lui, ignorant les deux autres :

— Joseph, je n'avais plus de nouvelles. Je pensais que vous aviez été arrêté.

Le milicien sembla touché par cette sollicitude :

— Non, tout va bien, j'ai pu passer en Allemagne avec ma femme et mon fils. Mais je suis inquiet du sort de mes hommes. Certains ont pu atteindre Nancy, Saint-Dié, ou Belfort. Mais d'autres ont été massacrés. À Annecy, ils ont fusillé Yvan Barbaroux et 75 miliciens. Il paraît qu'au Grand-Bornand ils ont liquidé mes jeunes recrues de l'école d'Uriage.

— On fera passer vos miliciens en Allemagne. Et puis Hitler nous attribuera des logements et des bureaux. Il nous donnera des moyens. Ce sera à notre tour de résister et nous finirons par envoyer cette crapule de De Gaulle au poteau d'exécution !

Brinon se conduisait en vrai chef de délégation, ce qui impressionna Abetz. De ses quatre rivaux, Darnand était celui qu'il redoutait le plus : « Je ne sais pas ce qu'il lui trouve, mais Hitler l'adore. » Les cinq Français connaissaient tous la raison pour laquelle ils avaient été convoqués par les dirigeants du Reich. Au cours des deux derniers mois, la majeure partie du territoire français avait été libérée par les Alliés. Et de Gaulle avait succédé à Pétain. Pour échapper à l'épuration, les principaux partisans de la collaboration s'étaient réfugiés vers l'est, à Nancy puis à Belfort, des villes encore tenues par les Allemands. Mais Pétain et Laval avaient fait savoir qu'ils refuseraient de diriger un nouveau gouvernement, contraignant les Allemands à trouver un nouveau chef d'État parmi les ultras de la collaboration. Bien que son allégeance à l'égard de l'Allemagne fût sans faille, Brinon savait qu'il manquait de charisme. Pour mettre toutes les chances de son côté, il n'avait pas hésité à affirmer que Pétain l'avait « verbalement » adoubé pour lui succéder. Ce qui fit dire à Jacques Doriot : « Ainsi Pétain aurait choisi comme fils spirituel un type qu'il n'a même pas décoré de la francisque ? »

— Au fait, vous saluerez la comtesse de Brinon de ma part, mon cher Fernand.

Brinon se retourna brusquement : le gros Doriot le narguait du regard. Deux SS l'escortaient en portant ses lourdes valises. Brinon devint écarlate. Il savait que, derrière la petite politesse de Doriot, se cachait une épouvantable perfidie. Fernand de Brinon avait un point faible : sa femme était juive, ce qui n'était pas un atout quand on s'apprêtait à rencontrer Hitler. Brinon fusilla Doriot du regard, en priant pour qu'il ne porte pas ce détail à la connaissance d'Adolf Hitler. L'ancien ambassadeur de Vichy à Paris avait épousé Rachel Franck, une jolie jeune femme, issue de la grande bourgeoisie juive belge, cousine de l'essayiste Emmanuel Berl, juif lui aussi, apparenté à Proust et Bergson. Rachel était une femme d'esprit. Avant la guerre, elle était l'amie de Léon Blum et de Pierre Drieu La Rochelle. Mais cela faisait quatre ans qu'elle ne sortait plus. Officiellement, Rachel Franck s'appelait Lisette de

Brinon. Mais son ascendance juive était un secret de polichinelle à Vichy... Au début, Brinon s'en moquait. En 1940, il tenta de rassurer Lisette à propos de l'antisémitisme de Pétain.

— Le Maréchal ne déteste pas les juifs ! Il a même dit : « Un juif n'est jamais responsable de ses origines. Un franc-maçon l'est toujours de ses choix. » Il prend des décisions limitatives pour être agréable aux Allemands, c'est tout ! Rien ne va changer pour toi ! Seuls les juifs étrangers peuvent être inquiétés...

Quatre ans plus tard, les choses avaient bien changé. En cet été 1944, Brinon n'avait aucune idée précise de la folie exterminatrice du IIIᵉ Reich mais il connaissait l'existence d'Auschwitz. S'il ignorait tout du Zyklon B et de la sophistication des processus mis en œuvre pour liquider des millions de juifs en un temps record, il connaissait l'existence de camps de concentration où des juifs venus par trains entiers de toute l'Europe mouraient dans des proportions qui inquiétaient les chancelleries alliées. Mais comme beaucoup à Vichy, Brinon feignait de croire que Pétain avait acheté la tranquillité des juifs français en donnant aux nazis des juifs étrangers et apatrides. Toutefois, pour protéger sa femme et pour demeurer fréquentable dans le milieu collabo, il avait bien fait les choses : Lisette s'était convertie au catholicisme et avait été déclarée « aryenne d'honneur ». Elle bénéficiait des clauses de sauve-garde inclues dans l'article 8 du statut des juifs. Philippe Pétain avait lui-même offert ce statut à quelques-unes de ses protégées.

N'empêche que si Doriot mouchardait au Füh-rer...

Qui Hitler choisirait-il ? Darnand le combat-tant ? Doriot l'idéologue ? Brinon le politique ? Au lendemain de la Première Guerre mondiale, Brinon avait été l'un des premiers à s'insurger contre la sévérité des réparations imposées à l'Alle-magne. Il avait rejoint le camp pacifiste du radical-socialiste Édouard Daladier. Plus de dix ans avant l'avènement d'Hitler, il prônait déjà une alliance franco-allemande. Hitler savait cela. Joachim von Ribbentrop, son ministre des Affaires étrangères, lui avait souvent raconté qu'un soir de 1932, à Paris, il avait sympathisé avec ce jeune Français distingué. Grâce à Ribbentrop, Hitler avait réservé à Brinon sa première interview de chancelier dans la presse française ! Depuis, Brinon avait rencontré Hitler de nombreuses fois...

Au cœur de la forêt prussienne, Joachim von Ribbentrop et Otto Abetz devaient maintenant s'en-tretenir avec chacun des cinq Français pour choisir le futur chef du gouvernement français en exil. Pour

Brinon, l'heure était venue de convaincre. Quelques jours plus tôt, il avait rédigé des fiches résumant les points faibles de ses concurrents. Enfoncé dans un fauteuil de cuir fauve, au milieu du grand salon d'attente de la « *Wolfsschanze* », il relut ses notes à voix haute : « Hitler ne peut pas confier la France à Darnand. Il vient des milieux nationalistes et anti-allemands. Beaucoup de ses anciens amis de l'Action française sont contre l'Allemagne : Georges Groussard, Georges Loustanau-Lacau et Maurice Duclos qui a créé le premier réseau de résistance français. Excellent, ça ! » Quand un passage lui déplaisait, ou lui semblait incomplet, Brinon griffonnait nerveusement son carnet de moleskine sur un coin de table. Puis, infatigable, il reprenait, soulignant, raturant, arrachant une page, puis déclamant comme s'il répétait une pièce de théâtre : « N'oubliez pas, *mein Führer*, que voici quelques semaines, le maréchal Pétain a publiquement désavoué la Milice et mis fin aux ambitions politiques de Darnand... »

Brinon sourit. Son petit exposé était au point.

Après Darnand, il se pencha sur le cas de Paul Marion : « Aucune envergure. Hitler ne s'attardera pas une minute sur son cas. » Marcel Déat n'était guère plus dangereux. « Il est froid comme un commissaire politique soviétique. Avec lui, Hitler bâillera au bout de deux minutes. »

Non, après Darnand, le seul qui inquiétait vraiment le comte Fernand de Brinon, c'était Jacques Doriot. Hitler l'appréciait depuis des années. Doriot avait participé en 1941 à la création de la L.V.F., cette légion de combattants français qui préférait l'uniforme du Reich au maquis... Il était lui-même parti combattre sur le front de l'Est sous l'uniforme allemand. Décoré de la Croix-de-Fer, il avait remplacé Brinon dans le cœur de Ribbentrop.

Ce fut dans cette ambiance de complot que se déroulèrent les entretiens entre les ultras de la collaboration et les autorités du Reich. Restait cependant l'épreuve la plus déterminante : l'entretien avec Adolf Hitler. Un moment historique pour cette camarilla de nazis hexagonaux. Les cinq Français furent amenés dans une forêt de bouleaux où stationnait le train spécial du Führer. On les installa dans un wagon aménagé. Hitler tardait, leur dit-on, à cause d'une conférence militaire. Les Français furent palpés et leurs serviettes fouillées. Des dispositions inflexibles, conséquences de l'attentat survenu contre le Führer à peine un mois plus tôt. Finalement, on les fit descendre du train. La réunion se tiendrait dans la salle de conférences du bunker.

Assis dans un fauteuil, l'air grave, Hitler attendait. Il était entouré d'un groupe d'officiers, et de quelques civils parmi lesquels son traducteur et son médecin. Il ne put se lever pour accueillir Brinon, Darnand et les autres. Mais du fond de son fauteuil, il les invita à prendre place autour de lui. Une de ses mains tremblait anormalement. Sans plus de préambules, Hitler commença un discours solennel, s'interrompant toutes les deux ou trois minutes pour laisser le temps à son traducteur de se dépêtrer de ses interminables locutions. Il rappela d'abord son pacifisme et revint sur les conditions qui l'avaient obligé à faire la guerre en 1939. Puis son visage s'éclaira et rajeunit : « Je dispose d'armes secrètes dont les V1 et les V2 ne vous donnent qu'une faible idée. Grâce à ces armes, je reprendrai l'offensive. Je jetterai les Anglo-Saxons à la mer. Ce sera terrible parce que cela se passera sur le corps de votre pays. J'en demande pardon, à vous, messieurs, à la France et à Dieu[25] ! » Après une vingtaine de minutes le Führer s'arrêta net. Il avait fini. Il fallut se rendre à l'évidence : Hitler était devenu un vieil homme et son charme magnétique n'opérait plus. Il avait de la salive blanche à la commissure des lèvres, et son cou amaigri semblait nager dans son col de chemise. Il réussit cependant à quitter son fauteuil grâce à l'aide de son médecin. Son regard s'éclaircit lorsqu'il s'avança vers Doriot. Il lui posa la main sur l'épaule et le félicita pour son engagement sur le front de l'Est. Puis il se tourna vers Darnand et prononça quelques mots d'allemand que le milicien ne comprit pas. Après quelques secondes, le traducteur répéta sur un ton monocorde :

— Depuis longtemps déjà, on me dit du bien de vos miliciens. Vous pouvez être fier de votre armée !

Impressionné par l'homme auquel il avait prêté serment un an plus tôt, Darnand bredouilla :

— Je vous remercie, mon Führer.

Mais comme les autres Français, Darnand était déçu. « Il nous a donné à serrer une main molle, pensa-t-il. Et ça a été fini. Un homme usé. Toute une affaire pour se lever de son fauteuil. Le maréchal Pétain est bien plus leste que lui[26] ! »

Brinon n'eut pas le loisir d'apostropher le chancelier allemand comme il l'avait prévu : Hitler le regarda à peine et ne lui adressa pas la parole. Le comte serra rageusement son petit carnet de moleskine entre ses doigts.

Les Français étaient sur le point de quitter la « *Wolfsschanze* » lorsqu'on leur annonça que les Allemands avaient fait leur choix... Doriot prenait la tête du gouvernement français en exil, mais en attendant la constitution de sa nouvelle équipe, Brinon était chargé de l'intérim. Le comte quitta la Tanière du loup avec le titre provisoire mais ronflant de « chef de la délégation chargée de la direction de l'Administration française en territoire français sous occupation allemande ». En d'autres termes, chef du gouvernement provisoire. Gonflé de fierté, il regarda Doriot s'éloigner vers l'aérodrome : « Pauvre Jacques… Il n'est pas près de récupérer la place ! »

Le 4 septembre, le comte de Brinon revint à Belfort en compagnie de Joseph Darnand. Les deux hommes étaient attendus par Francis Bout de l'An. Le petit milicien à lunettes rondes n'avait pas de bonnes nouvelles.

— En comptant leurs familles, les miliciens sont environ 10 000, massés dans les dernières poches qui résistent à l'avance alliée. La population les déteste. Il faut faire quelque chose ou bien ils vont se faire assassiner.

En observant le petit groupe de miliciens hirsutes et dépenaillés qui suivaient Bout de l'An, Darnand répondit calmement :

— Francis, avant la fin de la semaine, nos miliciens et leurs familles dormiront en Allemagne. Je m'y engage.

Durant les trois jours qui suivirent, Brinon forma sa délégation gouvernementale. Comme si la France de la collaboration vivait toujours, il reconduisit trois anciens ministres de Vichy : le général Bridoux aux Affaires militaires, Marcel Déat au Travail et à la Solidarité sociale et Joseph Darnand à l'Intérieur. Sa délégation constituée, Brinon fut informé par les autorités allemandes que le Reich avait mis le château de Sigmaringen, en Bade-Wurtemberg, à disposition des exilés français. Près d'un millier de collaborateurs fuyant la France libérée prirent leurs quartiers dans cette propriété des Hohenzollern. Pétain et Laval s'y trouvaient déjà depuis quelques jours. L'un et l'autre vivaient reclus dans leurs appartements. La posture idéale pour jouer les otages du Reich. Afin de maintenir l'illusion de l'État, Brinon fit hisser le drapeau tricolore au sommet du château.

— Vous êtes un peu le nouveau de Gaulle, lui dit Darnand moqueur. Mais au lieu d'être l'hôte de Churchill, vous êtes le prisonnier d'Hitler.

Brinon répondit :

— La différence avec de Gaulle, c'est que je n'attendrai pas quatre années avant de revenir à Paris. Vous verrez, Joseph, avant l'été prochain nous dînerons chez Maxim's, et nos limousines frappées des couleurs de l'État français attendront rue Royale en double file !

Finalement, de nombreux miliciens réussirent à passer en zone sous contrôle allemand. Les nazis leur attribuèrent un bien curieux cantonnement : le camp de concentration de Natzwiller-Struthof, en Alsace. Puis, après quelques semaines, on regroupa les hommes de Darnand en Allemagne, dans une caserne d'Ulm proche de Sigmaringen. Les Français se tenaient mal. Brinon reçut de nombreuses plaintes de la population locale, offusquée de voir ces soldats patibulaires et mal rasés déambuler toute la journée dans les rues d'Ulm, cigarette au bec et béret sur la tête. Les miliciens profitaient de l'absence des hommes dans les foyers allemands pour flirter avec les petites gretchen, chaparder, et même réquisitionner le peu de nourriture qui s'y trouvait.

Un milicien gersois, surnommé « Billy », s'installa même dans une maison bourgeoise, avec une veuve, ses deux filles et ses cousines. Là, il mena une vie de parfait polygame pendant plusieurs semaines, jusqu'à ce que des policiers allemands le ramènent manu militari à son camp. On demanda des comptes à Darnand, mais la situation militaire du Reich avait changé.

— Mes miliciens ne doivent des comptes à personne, râla-t-il. Surtout pas à des chleuhs qui sont en train de se prendre des raclées sur tous les champs de bataille !

Il est vrai que la petite armée réduite à 6 000 hommes disposait d'un impressionnant trésor de guerre. Ce qui restait de la Milice française ne dépendait pas du bon vouloir des Allemands. Un luxe rare…

Un matin, dans la longue galerie portugaise du château de Sigmaringen, Brinon prit Darnand à l'écart :

— Joseph, comment faites-vous ? L'Allemagne est en plein chaos, le peuple est affamé, et la Milice a de l'essence à profusion pour ses camions, du tabac à foison, et des réserves d'argent inépuisables…

Sans ciller Darnand expliqua :

— C'est assez simple, Fernand. Lorsque nous étions à Belfort, juste avant de partir en Allemagne, je me suis présenté avec un groupe de miliciens au garage Bousquet. Nous nous sommes fait remettre 1 500 litres d'essence appartenant à la ville et réservés à la défense passive, ainsi que des bidons d'huile et de l'outillage de réparation. Pendant ce temps, un autre groupe a pénétré dans l'entrepôt des tabacs et a saisi plus de 2 tonnes de cigarettes et cigares.

— Et ces braves Français n'ont pas protesté ? questionna Brinon.

— Le patron de l'entrepôt de tabac nous a dit que la Milice s'était plus mal comportée avec lui que les Allemands en 1940…

— Et votre trésor de guerre, l'avez-vous constitué de la même manière ?

— Pendant notre fuite vers l'Allemagne, j'ai envoyé une cinquantaine de miliciens à la succursale de la Banque de France de Belfort. Pendant que les uns barraient les extrémités de la rue, les autres ont grimpé par-dessus la grille d'entrée. Le directeur de la succursale nous a remis la somme de 300 millions de francs et des centaines de pièces d'or… Voilà, il n'y a pas plus simple, Fernand !

« Un braquage à main armée, ils sont complètement fous ! » songea Brinon en quittant son nouveau ministre.

Qu'allaient devenir les milliers de miliciens entassés à Ulm ? En ce mois d'octobre 1944, Heinrich Himmler regardait cette petite troupe avec convoitise. Son projet de division SS française était sur le point d'aboutir. Il n'avait plus qu'à y intégrer les miliciens. À Berlin, certains préféraient que ces Français aillent travailler dans les usines du Reich.

Darnand partit vingt-quatre heures dans le nord de l'Allemagne pour négocier l'avenir de ses hommes. Himmler le reçut dans son QG de Birkenwald, à une trentaine de kilomètres de la Tanière du loup. Darnand rentra triomphal à Sigmaringen. Il était près de minuit lorsqu'il se rendit dans l'appartement de Brinon et trouva le comte en pyjama :

— Pardonnez-moi cette irruption bien tardive. Mais je devais vous voir : Himmler m'a dit une chose à peine pensable. Lui, le patron de la SS, m'a affirmé que, si nous avions disposé de plus de temps, la Milice aurait pu devenir l'équivalent français de la SS.

Pas dupe de la flagornerie, Brinon réclama la suite.

— Bon, et que vous a-t-il dit d'autre ?

— Il m'a confirmé l'existence d'armes secrètes qui allaient renverser le cours de la guerre.

— Je veux dire, que vous a-t-il dit à propos de de vos 6 000 miliciens ?

— Il m'a fait la proposition suivante : un tiers des miliciens à « la Charlemagne[27] ». Un deuxième tiers dans les usines allemandes. Quant au troisième tiers, il sera maintenu dans la franc-garde, dans le camp du Heuberg, à Sigmaringen, et restera à disposition du gouvernement français. Les épouses et les enfants des miliciens seront regroupés au camp de Siessen, tout près d'ici.

— Vous avez refusé, bien sûr ? s'amusa Brinon.

— Non, après réflexion, j'ai fini par accepter car Himmler m'a assuré que les Français ne porteront pas les insignes SS sur le col, mais un écusson tricolore. D'autre part, il m'a promis que la division Charlemagne restera sous commandement français, avec un aumônier français. D'ailleurs, je partirai avec mes hommes sur le front de l'Est.

Une division française de la SS ! Brinon était aux anges. Il décida de nommer Darnand « commissaire à l'Organisation des forces militaires françaises ». Un nouveau titre vide de sens… Du coup, on missionna des miliciens recruteurs pour aller débusquer des vocations en Allemagne où les Français n'avaient jamais été aussi nombreux : 670 000 hommes réquisitionnés pour le S.T.O., 70 000 volontaires, et 1,5 million de prisonniers de guerre « transformés » en agriculteurs, manœuvres, ouvriers. Au total, environ 2,2 millions de ressortissants français…

Au cœur de l'automne 1944, le IIIe Reich avait perdu de son attractivité et la SS suscitait moins de vocations que l'année précédente. Le 23 octobre, Darnand venait juste de rentrer des obsèques de Rommel où il s'était rendu en uniforme de Sturmbannführer. Cette fois, le milicien s'était affranchi de ses ultimes scrupules. La perspective de mener le combat au sein d'une unité SS française sembla lui apporter une énergie nouvelle. Face au manque de volontaires, Darnand ordonna l'inscription de force à la division SS Charlemagne de tous les miliciens capables de porter une arme. Il précisa que ceux qui tenteraient d'échapper à l'enrôlement seraient arrêtés. Pour se prémunir de toute mutinerie, Darnand procéda à plusieurs arrestations et remania entièrement son état-major. Il écarta l'ancien chef des effectifs, Georges Carus, trop modéré. Pour le punir, il le muta chef de la franc-garde – avec l'explosion de la Milice, ce groupe d'élite était devenu le rebut de l'organisation.

Le 1er novembre 1944 fut un jour de fête à Sigmaringen. Le chef du gouvernement en exil traversa l'immense château dans une élégante redingote noire. Il se rendait à la sauterie organisée par Darnand en l'honneur de la Milice. Jo n'avait pas lésiné sur les moyens : banquet gargantuesque, spectacle de pantomime, artistes venus tout spécialement de Berlin... Brinon se doutait que les frais engendrés par cette réception, plutôt incongrue en cette période difficile, ne manqueraient pas de susciter des critiques acerbes de Jacques Doriot. Mais ce soir l'événement était solennel : sur les 4 000 miliciens candidats à la Waffen SS, 2 500 avaient réussi les épreuves de sélection. Dès le lendemain, ils partiraient pour le camp de Wildflecken en Bavière, dernière étape avant la Russie. Et Darnand commanderait le détachement.

Perplexe, Brinon tenta de raisonner son ministre :

— Joseph, je ne vous comprends pas. Vous voulez vraiment passer l'hiver sur le front russe ? Cette affaire va mal se terminer... Vous savez bien...

— Vous pourriez être étonné par la Charlemagne, rétorqua Darnand avec un grand sourire. Demain je quitte le bal des hypocrites et je pars commander mes hommes, sur le front de l'Est. Je vous laisse manœuvrer dans cet infect marigot. Moi, je pars au grand air !

Brinon se croyait débarrassé de « ce fou de Darnand » lorsque, quelques jours plus tard, un de ses collaborateurs pénétra en trombe dans son bureau.

— Attention ! Darnand déboule ! Tous aux abris, il est hors de lui !

Brinon croyait Darnand sur le front russe. Incrédule, il vit le chef de la Milice s'engouffrer dans son bureau. Il était hâve. Décomposé. Il s'assit sur une chaise et lança à Brinon :

— Les Allemands ne sont pas nos amis.

Brinon resta sans voix.

— Pardon ? demanda-t-il d'un ton faussement dégagé.

— Ils ne veulent plus de moi à la Charlemagne. Seuls mes hommes les intéressent...

Dans une grande confusion, le chef de la Milice expliqua qu'il était arrivé au camp de Wildflecken, vêtu de son uniforme de SS, pour prendre son commandement. À l'entrée du camp, les sentinelles l'avaient arrêté puis conduit au bureau du général Kruckenberg.

— Ce salaud de Kruckenberg s'est confondu en excuses. Il m'a invité à dîner dans sa villa avec tous les égards dévolus à un secrétaire d'État. C'est là qu'il m'a annoncé qu'il n'était pas question que je reçoive un commandement dans la Charlemagne, ni même que j'y serve. Ordre d'Himmler : pas de politiques dans la Waffen-SS, pour éviter les querelles idéologiques. D'ailleurs, Doriot lui aussi a été refoulé.

Dans les couloirs de Sigmaringen, Darnand ne décolérait pas : « M'empêcher de me battre aux côtés de mes hommes, moi qui les ai engagés dans cette voie... Qui leur ai promis qu'ils ne porteraient jamais l'uniforme allemand.... Qui leur ai juré de mourir avec eux. Que de mensonges ! »

Dans les jours qui suivirent, Darnand tenta de rejoindre le front de l'Est, en intégrant la division SS belge « Wallonie », animée par Léon Degrelle. Une nouvelle fois, les Allemands l'en empêchèrent. Il se mura alors dans ses appartements de Sigmaringen. À la différence de Brinon, parfaitement exercé à la vie de cour, Darnand détestait ce Versailles de la collaboration, véritable petit village en sursis, où des centaines de courtisans déchus s'agitaient et où tout le monde surveillait tout le monde. Chaque jour, il rendait visite à ses hommes : les 500 miliciens qui lui restaient. Ceux qui avaient été refusés par la Waffen-SS et les usines allemandes. Il les appelait « mes petits vieux ». Une escouade de bras cassés qui assurait encore les services administratifs et la garde d'honneur du château.

Lorsque, à la fin du mois de décembre, les Allemands lancèrent dans les Ardennes une offensive de la dernière chance contre les Alliés, Brinon et les exilés de Sigmaringen exultèrent, persuadés que la reconquête du pays était pour bientôt. Darnand fut le seul à ne pas se montrer enthousiaste. Brinon le lui reprocha :

— Monsieur le ministre, je vous demande de faire semblant de croire dans une victoire allemande...

Joseph répondit, désabusé :

— Je ne suis plus ministre que de la peau de mes fesses.

— Monsieur le ministre, avait insisté Brinon. Dans quelques semaines, notre gouvernement en exil fera son retour à Paris. Où souhaitez-vous que j'installe votre administration ? Voulez-vous l'hôtel Beauvau, il est à deux pas de Matignon ?

Durant l'hiver 1944-1945, les familles de miliciens demeurés au camp de Siessen, près de Sigmaringen, interpellèrent les services de Brinon. Le cantonnement était touché par une recrudescence d'épidémies. Plusieurs centaines de femmes, d'enfants et de vieillards y vivaient dans des conditions précaires, aggravées par les corvées épuisantes imposées par Darnand. Entre décembre et février, une cinquantaine d'enfants périrent, victimes de privations et de maladies. L'écrivain Louis-Ferdinand Céline, lui aussi réfugié à Sigmaringen, protesta contre leur abandon. Antoinette Darnand passa ses journées à prodiguer des soins rudimentaires aux petits malades. Brinon pria Darnand de remédier à cette situation, mais le chef de la Milice ne fit rien pour aider les familles de ses miliciens : « Qu'ils se taisent, leur sort est plus enviable que celui des Allemands. »

À la fin du mois de janvier 1945, il fut évident que la bataille des Ardennes n'aboutirait pas au renversement espéré par le dernier carré de la collaboration. Les Alliés avaient repoussé l'armée allemande au-delà de ses positions d'origine.

Le huis clos pathétique de Sigmaringen se poursuivit encore des mois. Brinon réussit à se maintenir à la tête de ce gouvernement fantoche, s'obstinant à signer des arrêtés ministériels inapplicables. À quatre-vingt-huit ans, Philippe Pétain continua sa vie de reclus volontaire au septième étage du château, refusant toujours de reconnaître la légitimité de la délégation Brinon. Pierre Laval, installé à l'étage d'honneur, dans la chambre du Kaiser Guillaume II, prépara son procès en fumant des cigarettes allemandes. Il autorisa Lucette Almenzor, professeur de danse et épouse de Louis-Ferdinand Céline, à venir danser dans le vaste salon qui jouxtait sa chambre. Laval essaya aussi d'apprendre l'allemand, mais son professeur lui demanda de renoncer tant il était peu doué. Au même étage, au milieu des moulures, du stuc et du marbre, les ministres inutiles continuèrent de faire des réunions inutiles : Jean Bichelonne, ministre de la Production industrielle, Maurice Gabolde, garde des Sceaux, Pierre Mathé, secrétaire d'État à l'Agriculture, Abel Bonnard, ministre de l'Éducation nationale...

Jacques Doriot, qui aurait dû succéder à Brinon, mourut mystérieusement le 23 février 1945. Son véhicule fut mitraillé par deux avions de chasse non identifiés, alors qu'il circulait dans un petit village allemand. Blessé, Doriot tenta de quitter sa voiture, mais une rafale le frappa mortellement lors d'un second passage.

Quant à Déat, il abandonna Sigmaringen, préférant voyager dans le Reich en décomposition, à la recherche du vrai socialisme européen.

Au début du mois de mars 1945, Brinon reçut la visite de Darnand :

— Je m'emmerde ici, lui annonça-t-il. Je vais partir en Italie avec mes clochards de la Milice.

Brinon répondit simplement :

— Vous allez nous manquer, monsieur le ministre.

13. Printemps 1945

LE DERNIER COMBAT

En cette matinée brumeuse de mars 1945, un curieux détachement militaire quitta le camp d'Heuberg, dans le Bade-Wurtemberg. Si les véhicules de transport de troupe étaient allemands, les soldats n'avaient rien de germaniques. Vêtus d'un uniforme bleu marine, ils portaient une cravate noire et un béret basque. De loin, on pouvait les confondre avec des chasseurs alpins français, si ce n'était cet insigne métallique fixé au revers des boutonnières et flanqué sur chaque béret : la lettre gamma de la franc-garde.

En tête, conduisant lui-même sa Kübelwagen, sorte de jeep allemande, un jeune officier ouvrait le chemin au convoi d'environ 500 hommes. Le commandant Georges Carus était inquiet. Il se retournait sans cesse pour surveiller la progression de son bataillon. Son regard s'arrêta un instant sur un milicien maigre et imberbe qui flottait dans son uniforme. Il avait dix-huit ans tout au plus. Carus ronchonna : « Trop jeune. Beaucoup trop jeune. J'espère que le patron sera content, parce que j'ai reculé les limites du possible. »

Le patron avait été trop exigeant. Deux mois plus tôt, Darnand avait ordonné à Carus de constituer un bataillon à partir des derniers lambeaux de la Milice réfugiés en Allemagne. La mission était perdue d'avance. La plupart des hommes étaient inaptes au combat. Les plus aguerris des miliciens se battaient sur le front de l'Est, dans la Charlemagne, ne laissant au camp d'Heuberg que le fond du tiroir : des miliciens trop jeunes, trop âgés, blessés, en mauvaise condition physique... Quand ils n'étaient pas d'anciens repris de justice.

« Des miliciens, ça ? s'était exclamé Carus devant le patron. Mais je ne vois là que des poitrinaires, des gamins perdus, et quelques crapules qui n'ont rien à voir avec l'esprit de la Milice. »

L'heure n'étant plus aux états d'âme, Darnand avait feint de ne pas entendre et s'en était allé. En ce début d'année 1945, Hitler voulait venir en aide à Mussolini qui se trouvait en perdition, quelque part au nord de l'Italie. Darnand avait promis au Reich qu'il mènerait ce combat en Italie, et il prouverait devant l'Histoire que ses miliciens étaient de grands combattants.

À force de patience et d'énergie, le commandant Carus avait réussi à faire de ces éclopés des soldats acceptables. Il avait réparti ses hommes en cinq compagnies : trois compagnies de fusiliers-voltigeurs, une compagnie lourde d'appui et une compagnie hors rang destinée aux services, à la logistique et au commandement. L'ordre leur avait été donné de quitter l'Allemagne pour se rendre dans la caserne de Sesto, dans les faubourgs de Milan.

Carus n'était pas franchement exalté par ce projet. Il n'avait jamais porté Mussolini dans son cœur. Pis, il le considérait comme un comédien foutraque et inconséquent, le boulet des forces de l'Axe : pourquoi Hitler avait-il eu confiance en cet ancien pacifiste qui avait fait six mois de prison à cause de son activisme anticolonialiste ? Pourquoi avait-il pactisé avec ce petit professeur de français qui s'était enfui en Suisse dans sa jeunesse pour échapper au service militaire ? Comment pouvait-il s'entendre avec cet anarcho-syndicaliste qui citait Marx toutes les trois phrases avant 1914 ?

En juin 1940, lorsque la France s'était écroulée aux premiers coups de boutoir du Reich, Georges n'avait que vingt-sept ans. Il était enseigne de vaisseau dans la Marine française et se trouvait à bord du torpilleur *Mistral* quand celui-ci fut appréhendé par les Britanniques. Carus connaissait la culture italienne mieux que quiconque dans la Milice. Il avait lu le théâtre de Pirandello. Et pour être franc, il préférait Verdi aux chemises noires, Malaparte à Mussolini. Il savait que rejoindre l'Italie du Nord où le régime fasciste était en décomposition relevait du suicide. Ses miliciens étaient inquiets du sort de leurs familles, livrées à la famine dans un camp insalubre près de Sigmaringen. Ils n'avaient aucune envie d'aller livrer bataille pour une cause qui n'était plus la leur.

Dans sa Kübelwagen, Carus n'en finissait plus de pester : « Milan... Quelle connerie. J'ai prêté serment au maréchal Pétain moi, pas à Mussolini ! »

Carus n'avait jamais été un ultra de la Milice. Il était avant tout marin et conservait l'esprit des officiers de la Royale : anglophobe par tradition. Sur mer, l'ennemi c'était l'Anglais. Dans la hiérarchie des calamités, la question du boche venait après. Pour autant, contrairement à bien des miliciens, Carus s'était toujours refusé à endosser l'uniforme allemand. Impossible ! À la fin de l'automne 1940, il avait hésité à rejoindre le général de Gaulle à Londres comme quelques-uns de ses amis. Il avait finalement choisi de s'engager pour le héros de Verdun et sa Révolution nationale à laquelle il avait adhéré avec la foi du charbonnier. Puis il avait

276

connu Darnand... Georges était entré dans la Milice, comme un adolescent entre chez les scouts. À cette époque, les miliciens n'avaient pas d'armes : serments au Maréchal, levers de drapeau. Bien sûr, les juifs n'avaient pas le droit de devenir miliciens, mais Georges s'en foutait un peu. Il ne connaissait pas de juifs.

Progressivement, il s'était vu confier la formation des cadres de la Milice à Uriage. Puis, il avait été propulsé chef du service central des effectifs. À trente ans à peine, il était devenu le patron du recrutement de la Milice. Après la Libération, il avait connu l'exil à Sigmaringen comme la plupart des collabos et des responsables du régime de Vichy. Il savait depuis longtemps que l'Allemagne et son allié italien allaient perdre la guerre. Mais il avait quand même accepté cette dernière mission en Italie du Nord : il avait passé sa vie à obéir aux ordres. Dans la Marine, comme dans la Milice.

Arrivé à Sesto, il respira : le patron était là, accompagné de son ancien chef de cabinet, Émile Coutret.

— Georges, j'arrive de Milan. J'ai dîné hier soir avec le chef de la SS en Italie, le général Karl Wolf. Il m'a annoncé que nos miliciens remplaceront la police allemande dans la vallée alpine de la Valteline, au nord de la Lombardie.

Carus ne put s'empêcher de manifester son dépit :

— Les Allemands rentrent chez eux, les fascistes italiens se carapatent comme des cafards ! Et c'est nous, pauvres couillons de Français, qui allons nous battre contre les partisans italiens...

Très calmement, Darnand ôta son béret, se dirigea vers Carus et le saisit au col.

— Tu n'as pas envie de te battre, Georges. Toi qui as recruté ces hommes, tu as sans doute une meilleure idée ? Tu préfères peut-être aller combattre l'Armée rouge qui s'approche des faubourgs de Berlin ? Ou bien aller défendre le bunker du Führer ? Tu peux aussi te rendre à la résistance française, histoire d'aller tâter du tribunal spécial d'épuration...

Darnand détacha chaque syllabe, sans crier. Il était rouge et les veines de son cou étaient inhabituellement gonflées. Sa bouche se trouvait à quelques centimètres de celle de Carus. Elle puait le tabac froid.

— Si tu voulais passer des vacances à Saint-Brévin-les-Pins, il fallait être rentier ou danseuse nue aux Folies-Bergère. Pas milicien !

Darnand lâcha Carus et reprit son béret. Georges bredouilla un semblant d'excuse :

— Pardon, Joseph, mais je n'aime pas les Italiens, alors ça me rend nerveux.

— C'est le bordel partout, soupira Darnand comme s'il ne s'était rien passé. Nous allons devoir maintenir l'ordre dans quelques villages des Alpes.

Nous aurons face à nous des partisans italiens anti-fascistes. J'ai déjà engagé des tractations avec eux. Ils m'ont assuré qu'ils n'attaqueront pas les miliciens français si nous nous en tenons au strict maintien de l'ordre.

Carus observa Jo et sa tête de boxeur déchu : il avait perdu de sa superbe. Il savait que la dépression sournoise qui affectait Darnand depuis des semaines devait moins à l'effondrement des forces de l'axe qu'à son humiliante éviction de la Waffen-SS. Darnand était fait pour le combat. Jouer les ministres à Sigmaringen l'avait rendu neurasthénique. Il aurait préféré mourir les armes à la main, en combattant le moujik en Union soviétique.

Parfois, un soupçon assaillait Carus. Et si le patron voulait s'enfuir ? Quitter l'enfer que lui préparait l'Europe libérée ? Comme tous les collabos, Carus savait que les ports et les aérodromes italiens avaient déjà permis à quelques dignitaires allemands et italiens de se volatiliser.

Une fois la situation exposée, Carus rejoignit son bataillon à la caserne de Sesto, tandis que Darnand regagnait sa villa dans le luxueux quartier milanais de San Siro. Confortablement logés dans une Italie du Nord en plein bouillonnement libérateur, les miliciens n'étaient pas impatients de recevoir l'ordre de mission de l'état-major allemand. Le chaos régnait, et certains comptaient bien passer au travers des combats. À la fin du mois de mars 1945, le commandant Carus espérait même que son bataillon avait été oublié par le Reich lorsqu'il reçut sa feuille de route : les 500 miliciens français devaient « sécuriser » la petite ville de Tirano, à la frontière italo-suisse, où les incursions des partisans italiens étaient de plus en plus fréquentes.

Les miliciens firent le trajet dans de vieux camions civils réquisitionnés. Dans ces petites routes de montagne, la vitesse du convoi n'excéda jamais les 20 kilomètres heure. Les pannes se succédaient et les miliciens durent abandonner deux vieux véhicules poussifs sur le bord de la route. Vingt fois, cent fois, les résistants italiens auraient pu attaquer et mettre le bataillon en déroute. Pourtant, miraculeusement, le convoi rejoignit Tirano sans embûches.

— Jamais les maquis français n'auraient raté une si belle occasion, remarqua Carus.

À peine arrivé en ville, le chef du détachement de miliciens reçut la visite d'un personnage curieux : le père Bonfiglio. Un petit homme érudit, sorte de médiateur polyglotte, qui avait déjà pris l'habitude de jouer les intermédiaires entre Allemands et antifascistes italiens. Bonfiglio dressa rapidement un état des forces en présence :

— *Comandante*, les partisans sont nombreux dans la montagne et ils disposent d'armes lourdes.

Carus ignorait tout de cette région montagnarde reculée. Il écouta avec attention les conseils de ce Talleyrand en soutane.

— Ce sont des patriotes italiens ou des communistes ?

Offusqué, Bonfiglio posa sa main sur son cœur.

— Bah, *comandante*, nous n'avons pas des communistes ici... Vous savez bien. S'il y avait eu des partisans communistes en Valtellina, vous et vos miliciens seriez morts depuis longtemps...

Et Bonfiglio partit d'un grand rire sonore.

— Que veulent ces partisans ?

— Mettre la main sur les centrales électriques. Mais comme vous êtes français, ils se comporteront bien à votre égard. Si toutefois vous ne vous montrez pas trop agressifs.

Cantonné avec son bataillon dans la caserne de Tirano, Carus attendait les ordres des Allemands. Mais en Italie du Nord, les forces de l'Axe n'avaient plus de chef. Reclus dans l'archevêché de Milan, Benito Mussolini n'avait pas pu empêcher les dignitaires fascistes de négocier leur reddition. Même l'état-major allemand en Italie s'apprêtait à se rendre : sans en informer Hitler et le Duce, il avait signé un pacte avec les Alliés et la résistance. Mussolini était seul. À Tirano, le père Bonfiglio relayait les rumeurs : Mussolini pourrait s'enfuir vers Côme, puis rejoindre les Alpes où se trouvaient les miliciens français. On prétendit aussi que le tyran déchu comptait établir un foyer de résistance fasciste dans la Valteline : 5 000 chemises noires seraient en marche pour venir le soutenir contre les Américains et les partisans italiens.

À Tirano, les ordres ne venaient toujours pas. Pour tromper l'ennui, les miliciens flânaient dans les rues de la ville. Une ultime *dolce vita*. Les jeunes filles appréciaient ces drôles de chasseurs alpins, moins obtus que les Allemands. Paris était libéré depuis des mois, pourquoi ces idiots de Français voulaient-ils mourir pour Mussolini ? Elles riaient aux éclats en mimant le geste de la folie et leur répétaient :

— *È finito il tiranno ! Capito ? È finito il tiranno !*

Le 18 avril, Carus reçut un message du général Karl Wolf ordonnant aux miliciens d'aller porter secours à deux villages voisins, Grossetto et Grosio, menacés d'encerclement par les partisans. Pour mener l'opération, Carus mobilisa ses trois compagnies de voltigeurs ainsi que trois camions et un groupe de mortiers. Darnand et Coutret débarquèrent de Milan pour participer à la mission. « Avec Darnand, ça va forcément réussir », se rassura Carus. L'ancien officier de marine pensa à Pétain :

avait-il vraiment dit que Darnand était le plus grand soldat français du siècle ?

Le trajet vers Grossetto, première étape de la mission de sécurisation, se fit de nuit et à pied. Pour se donner de l'entrain, les miliciens entonnèrent à pleine voix les chants appris à Uriage. *Maréchal nous voilà* et le *Chant des cohortes*, résonnèrent dans la vallée endormie :

À genoux nous fîmes le serment,
Miliciens de mourir en chantant,
S'il le faut pour la nouvelle France !
Amoureux de gloire et de grandeur,
Tous unis par la même ferveur,
Nous jurons de refaire la France,
À genoux, nous fîmes ce serment.

Les Français postèrent une compagnie dans le village de Grossetto. Ils laissèrent aussi leurs mortiers. Puis, alors que le jour se levait, ils reprirent leur marche vers Grosio. Le rythme était soutenu et les miliciens ne tardèrent pas à apercevoir la bourgade. Ils n'étaient plus qu'à une centaine de mètres du village lorsque Darnand s'arrêta un instant pour allumer sa pipe. Carus prit le temps de scruter les lieux. Près d'eux, il repéra la centrale hydroélectrique de la ville. Soudain, une rafale d'arme automatique déchira le silence. Plusieurs miliciens s'écroulèrent.

Darnand se coucha et cria :

— Ça vient des hauteurs du village !

Carus ne comprit pas :

— Les antifascistes avaient promis qu'ils n'ouvriraient pas le feu sur les Français !

Darnand éclata de rire :

— Allez leur montrer vos papiers, Carus.

— Non… Je voulais dire qu'ils nous prennent peut-être pour des Allemands !

Darnand entraîna ses hommes vers une zone abritée et Carus ordonna, à contrecœur, de riposter. Très vite, la situation tourna au désavantage des miliciens : les partisans étaient en hauteur, protégés par des aspérités naturelles. Ils connaissaient la topologie des lieux. Les miliciens avaient peu de munitions. Carus décida d'aller récupérer des chargeurs et des armes dans les camions stationnés plus bas. Il laissa Darnand diriger le combat. Mais après avoir dévalé la pente sous les tirs des partisans, il se retrouva bloqué à moins de cent mètres des véhicules. Aucun moyen de passer. Il se résolut à courir vers Grossetto, le premier village où il avait posté une compagnie de miliciens et son artillerie lourde. En moins d'une heure, il récupéra ses hommes et retourna sur les lieux de l'accrochage. Mais alors que le groupe traversait un torrent à gué, il fut la cible de nouveaux tirs des partisans. Les miliciens durent abandonner leur matériel d'artillerie dans la rivière. Carus et ses renforts rejoignirent quand même Grosio sains et saufs. Les échanges de tirs se poursuivirent toute la journée. À la nuit tombée, les résistants italiens se replièrent dans la montagne, laissant les miliciens à leur funeste décompte : treize morts et une trentaine de blessés. Carus laissa une compagnie dans les deux villages et regagna Tirano avec les deux compagnies restantes.

De retour dans son cantonnement, il s'interrogea. Trois options s'offraient à ses hommes : la mort au combat ; la reddition et donc, à terme, le peloton d'exécution en France ; l'exil dans un pays non belligérant...

La troisième hypothèse n'était pas si loufoque : la Suisse était à quelques kilomètres seulement. Carus décida d'attendre une prochaine entrevue avec Darnand pour lui parler de cette issue. À sa grande surprise, le patron ne fut pas hostile à l'idée :

— Explorez cette piste, Carus. Envoyez immédiatement quelques miliciens sans armes au poste-frontière italo-suisse.

Les éclaireurs se firent refouler sans ménagements. Carus insista. Il prit contact avec un conseiller fédéral suisse pour obtenir une autorisation de traverser la frontière avec son bataillon. La réponse du gouvernement helvétique, approuvée par les Alliés, fut négative.

Pendant ce temps, les partisans italiens gagnaient du terrain. Le bon père Bonfiglio fit savoir à Carus qu'ils voulaient en découdre avec les miliciens. Carus regroupa tous ses hommes à Tirano. Faute de place dans la caserne, on logea une partie des Français dans l'école communale. Un sous-officier vint implorer Carus :

— Commandant, les hommes ne veulent pas mourir pour les fascistes italiens. Ils sont fatigués, démoralisés. Ils n'ont aucune nouvelle de leurs familles en Allemagne. Ils veulent rentrer à la maison.

— Leurs maisons... Ils ne les reverront jamais, répondit Carus.

Après l'échec suisse, il espérait fébrilement que les Alliés viendraient arrêter ses hommes et mettre un terme à cette épopée pathétique. Hélas, ces derniers avaient d'autres chats à fouetter.

Le 24 avril 1945, la résistance italienne lança un ultime assaut en Italie du Nord, obligeant Joseph Darnand à quitter sa villa de San Siro pour rejoindre le bataillon à Tirano. Le 25, en fin d'après-midi, Mussolini et ses proches fuirent Milan en direction du lac de Côme. Le dictateur passa sa dernière nuit d'homme libre dans une petite auberge du village de Grandola, près de la frontière suisse. Le jour suivant, le Duce et sa maîtresse Clara Petacci rejoignirent une colonne allemande et quelques dignitaires du parti fasciste. On lui enfila un manteau de sergent de la Luftwaffe et on le cacha au fond d'un camion allemand. Mais la colonne fut interceptée par des partisans italiens, et Mussolini reconnu.

Trois jours plus tard, le 28 avril 1945, le tyran et sa maîtresse furent exécutés, ainsi que seize autres personnalités fascistes. Leurs dépouilles furent transportées à Milan. On les pendit par les pieds à la balustrade d'un distributeur d'essence. Le même jour, à 5 heures du matin, la caserne des miliciens fut attaquée par les antifascistes de la division Valtellina. L'assaut avait été soigneusement préparé. Les partisans faisaient feu des immeubles alentour. Un premier obus éventra les toilettes, provoquant un branle-bas de combat général. D'autres projectiles enfoncèrent la façade de la caserne. Carus songea à se rendre. Mais au lever du jour, les miliciens reçurent le renfort d'une centaine de SS italiens et de Joseph Darnand lui-même. Le chef de la Milice réussit à s'introduire dans la caserne assiégée. En moins d'une heure, il fit boucher les fenêtres n'offrant aucun angle de tir et posta des fusils mitrailleurs derrière les autres. Tout ce qui tombait sous la main – bancs, matelas, sacs de terre – fut utilisé pour protéger les postes de tir. Aux étages supérieurs, le patron fit disposer des canons antichars pour atteindre les assaillants postés dans les immeubles voisins. Il demanda aux SS italiens de les manœuvrer. Darnand rampait, sautait, dévalait, s'exposant à la mitraille ennemie. Il circulait d'étage en étage, rassurait ceux qui étaient saisis par la peur, encourageait d'un geste affectueux les jeunes qui n'avaient pas l'expérience du feu, faisait preuve d'autorité avec ceux qui étaient tentés par la reddition, distribuait du tabac, entonnait des chants qui donnaient du cœur au ventre aux briscards historiques... Entre deux tirs de mortier, Carus ne pouvait s'empêcher d'observer Darnand. Il avait le sentiment d'assister à son dernier combat. Il s'en voulut d'avoir imaginé que le patron projetait de fuir l'Europe. Pour l'heure, il avait plutôt le sentiment que Darnand était revenu mourir au milieu de ses miliciens. À quarante-huit ans, c'était la façon la plus simple d'éviter les ennuis.

Le combat entre miliciens et partisans italiens fut d'une violence rare. Déjà une vingtaine de Français gisaient sans vie, déchiquetés par le mortier qui avait arraché les toits. À la cave, Suzanne Charasse passait d'un mourant à l'autre. À ses côtés, le médecin de la Milice ne pouvait plus faire face.

— Va dire à Darnand que je n'ai rien pour soigner les blessés !

— Joseph ne peut plus rien pour vous, docteur ! répondit-elle en essuyant ses larmes.

Vargio, un milicien toulousain, hurlait au fond d'une cave. Ses deux avant-bras avaient été emportés dans une explosion. Il errait, hagard, en gueulant :

— Dieu se venge ! On va tous crever comme des cloportes !

Vers 16 heures, un milicien capturé par les partisans fut envoyé à la caserne pour porter un message à Carus : « Rendez-vous maintenant. » Pour le chef de bataillon, toute tentative de prolonger la lutte était vouée à l'échec, le rapport de forces étant trop défavorable aux miliciens.

Carus proposa une suspension d'armes d'une heure. Les résistants italiens acceptèrent. Il partit aussitôt en compagnie de Darnand et Coutret, à la rencontre des chefs partisans. Précédés d'un drapeau blanc, les trois Français avancèrent prudemment vers la sortie de la ville. Après quelques minutes de marche dans un quartier déserté par ses habitants, ils atteignirent la lisière de Tirano. Sur une petite place les attendait une foule compacte. Des hommes en armes et des badauds observaient avec curiosité ces trois Français. Quelques heures plus tôt, Radio Milan libérée avait annoncé la capture et l'exécution de Benito Mussolini.

À leur grande surprise, les trois miliciens ne ressentaient aucune hostilité. Au milieu de la foule, Carus remarqua la présence discrète de deux soldats américains.

— L'avant-garde Yankees est déjà là, lança Darnand un brin guilleret. Familiarisez-vous avec leurs uniformes. Nous allons en voir beaucoup dans les prochains jours !

Le chef des partisans accueillit courtoisement les miliciens. L'homme n'avait pas l'air d'un fanatique. Après quelques mots, les miliciens comprirent qu'ils avaient affaire à un monarchiste, le comte Albino.

— Toute l'Italie est tombée, commença-t-il, vous êtes militairement vaincus. Nous n'avons rien contre les Français. Si vous rendez les armes maintenant, nous vous garantissons la vie sauve.

Coutret parlait couramment italien, ce qui impressionna favorablement le comte. Très vite, les chefs miliciens acceptèrent la reddition. Darnand obtint que les honneurs militaires fussent rendus aux miliciens. Les Français purent conserver leurs archives, leurs bagages et ce trésor de guerre dont Darnand ne se séparait plus depuis quelques mois.

Décidément bienveillants, les partisans promirent aussi d'épargner la vie des SS italiens et autorisèrent Darnand à passer en revue ses miliciens en armes une dernière fois.

Le lendemain, à 10 heures, eut lieu la dernière revue militaire de la Milice sur la place du village. Partisans et autochtones renoncèrent aux effusions pendant quelques minutes pour assister, un rien circonspects, à cette étrange revue militaire. Darnand prononça son dernier discours. Il fut bref. Les blessés étaient présents, couchés sur des brancards. Plusieurs miliciens pleuraient. Carus lui-même ne parvint pas à retenir ses larmes. Cette fin surréaliste dans un village des Alpes italiennes n'était pas celle qu'il aurait souhaitée. Vint ensuite le moment pour les Français de rendre leurs armes aux partisans.

La Milice n'existait plus.

Mussolini et Hitler étaient morts, la Seconde Guerre mondiale venait officiellement de connaître son terme, mais les Français, eux, n'étaient toujours pas fixés sur leur sort. Darnand était activement recherché par la Sécurité militaire du Corps expéditionnaire français. Chacun savait qu'une fois remis au nouveau gouvernement provisoire du général de Gaulle, le chef de la Milice devrait répondre des exactions commises par son organisation. S'il était pris, ce serait la peine capitale assurée.

Carus ne voulait pas de cette fin. Ni pour lui, ni pour ses hommes, ni pour Darnand. Il fallait s'enfuir. Profitant d'un quartier libre, juste après le déjeuner servi par les autorités italiennes, il s'isola dans un bref tête-à-tête avec le patron. Le faire changer d'avis ne serait pas chose aisée : Darnand avait toujours clamé qu'il mourrait en soldat. Pourtant, avant même que Carus ne déploie ses arguments, Darnand lui annonça son projet : « Je vais me faire la belle. » Carus dissimula sa déception.

Le lendemain, Darnand fit ses adieux à Georges. Il attendit la nuit pour tromper la surveillance de ses gardiens et s'évanouit dans la ville. Il portait des vêtements civils et transportait une imposante valise : le trésor de la Milice.

Georges perdit définitivement le contact avec son chef. Pendant des semaines il l'imagina fumant sa pipe, en costume clair, dans les rues animées d'une capitale sud-américaine. Buenos Aires ? Montevideo ? São Paulo ? Caracas ? Désormais, parmi les centaines de miliciens présents en Italie, Carus était la prise la plus intéressante pour le nouveau pouvoir installé en France. Quel curriculum vitae pour un tribunal : adjoint de De la Noüe du Vair, le patron de l'école de la Milice d'Uriage ; chef du service central des effectifs de la Milice... « Pour peu que le juge soit communiste, le procès durera dix minutes », sourit-il. Les habitants de Tirano l'avaient assuré qu'ils témoigneraient de son comportement exemplaire. Mais Carus ne se faisait aucune illusion : en tant que haut gradé de la Milice, il risquait la peine capitale.

Un matin de juillet 1945, durant sa captivité, Carus reçut la visite du chef du camp d'internement : on avait arrêté Joseph Darnand. Avec quelques jours de retard, l'officier italien lui transmit un journal français relatant l'affaire.

Le 25 juin dernier, le sinistre Joseph Darnand, ancien chef de la Milice, a été arrêté en Italie par un agent des services spéciaux britanniques. Le traître s'était dissimulé durant un mois et demi dans la petite ville lombarde d'Edolo, déguisé en moine, bénéficiant de la complicité d'un prêtre, le père Bonfiglio. Il s'apprêtait à rejoindre la Toscane où il espérait s'embarquer pour l'Amérique du Sud lorsqu'il fut appréhendé par hasard dans une grange. Interrogé à Milan par des officiers français, il leur révéla alors sa véritable identité. Refusant de fournir le moindre renseignement sur les lieux où se cachaient les principaux miliciens encore en fuite, il consentit néanmoins à indiquer où était dissimulé le précieux trésor de la funeste organisation collaborationniste. Escorté de deux gendarmes et d'un officier en civil, il les conduisit au couvent des Serviteurs de Marie dans la ville de Tirano. Là-bas, il leur remit une caisse en bois qu'il avait secrètement confiée aux religieux. Celle-ci contenait près de 200 millions de francs en diverses devises (reichsmarks, francs, francs suisses, livres, lires, couronnes tchécoslovaques), plusieurs centaines de pièces d'or, des plaquettes de fils d'or et de platine, des bijoux, ainsi qu'un message manuscrit où le traître avait écrit de sa main : « Ces fonds appartiennent à l'État français et ne peuvent rentrer qu'en possession de l'État français. Joseph Darnand, secrétaire général de la Milice française. » L'homme *le plus recherché du pays sera de retour en France dans les prochains jours, où il devra répondre de ses nombreux crimes.*

« Pauvre Joseph, murmura Carus, pour lui, c'est fini ! »

14. Octobre 1945

Ce matin-là, un homme à la tignasse argentée se présenta à la prison de Fresnes. Il était muni d'un permis de visite. En voyant sur le revers de sa veste la médaille de la Résistance, le planton crut opportun de se fendre d'une mise en garde :

— Vous ne croiserez pas beaucoup de résistants dans cette enceinte ! Ici, c'est un nid de collabos !

L'homme d'une quarantaine d'années sourit poliment.

— Oh, je sais que je rentre dans l'antre du diable !

Celui que deux gardiens accompagnaient dans les couloirs de Fresnes était un ami de Darnand. En 1942, il avait été arrêté par la Gestapo et condamné à mort pour faits de résistance. Dès qu'il avait su la nouvelle, Darnand avait déboulé dans le bureau de l'ambassadeur d'Allemagne, Otto Abetz. Le résistant s'en était finalement tiré avec cinq mois de prison. Après sa libération, il avait rejoint le maquis.

Voici quelques semaines, le visiteur avait appris l'arrestation de Darnand en lisant la une de *France Soir* : « La fin lamentable du bourreau des Français. » Il avait découvert l'épopée italienne, l'arrestation, le passage de Darnand à la maison d'arrêt de Nice, puis le transfert dans la prison à Fresnes, où le nouveau pouvoir entassait les collaborateurs.

Très vite, les nouvelles autorités judiciaires décidèrent que Darnand relevait de la Haute Cour de justice, ce tribunal d'exception chargé de juger les dirigeants de Vichy. Il était présidé par le premier président de la Cour de cassation, Paul Mongibeaux. Darnand ne pouvait attendre aucune clémence du jury : il était composé de résistants et des parlementaires ayant refusé de voter les pleins pouvoirs à Pétain en juillet 1940.

Lors de sa détention à Nice, Darnand avait été tabassé. Plusieurs résistants locaux l'avaient rossé, matin et soir, pendant plusieurs jours. Il avait craint de mourir sous les coups, comme l'amiral Platon, enlevé chez lui en Dordogne par un groupe de résistants FTP quelques mois plus tôt. L'ancien héros de Dunkerque, devenu ministre de Vichy, avait été torturé et écartelé à l'aide de véhicules militaires et de bœufs, jusqu'à ce que mort s'ensuive. Mais à Fresnes, noyé dans la masse des collaborateurs, Darnand était redevenu un détenu anonyme. Fresnes accueillait plus de 5 000 collabos : anciens de la L.V.F., fonctionnaires de Vichy, anciens ministres, intellectuels, miliciens, SS de la Charlemagne, agents de la police allemande. Tous assujettis au plus sévère des régimes : celui des droits-communs.

Pendant sa détention, Darnand avait été entendu comme témoin dans le procès du maréchal Pétain. Sa déposition avait duré dix minutes. Il avait affirmé que l'ancien chef de l'État était au courant de son serment à Hitler et ne lui en avait fait aucun grief. Il avait précisé qu'à Vichy, ses rapports avec Pétain avaient toujours été cordiaux, le Maréchal lui dispensant des conseils de temps à autre.

Lorsque l'ancien résistant avait décidé de témoigner en faveur de Darnand, l'avocat de ce dernier, Charles Ambroise-Colin, l'avait mis en garde :

— Vous allez vous en prendre plein la gueule. Darnand a refusé de voir ses amis se mouiller pour lui : vous serez le seul témoin de la défense.

« Un drôle de zigue, cet avocat », avait pensé le visiteur : grand bourgeois cultivé, proche de l'Action française, maître Ambroise-Colin n'avait pas hésité à défendre des résistants pendant l'occupation allemande. Cette fois, apprenant que Darnand n'avait pas trouvé de défenseur sérieux, il avait lancé à ses confrères :

— Je vais tenter de lui éviter le peloton d'exécution. Je n'y parviendrai sûrement pas... Mais je vais essayer.

Comme Darnand, Ambroise-Colin avait participé à la bataille de Champagne en juillet 1918. Comme son client, on l'avait décoré de la médaille militaire. Darnand avait par ailleurs une seconde avocate. Elle avait été désignée d'office au début de l'instruction : une certaine Georgie Myers, spécialiste de l'enfance délinquante. Elle avait préféré partir en vacances.

En marchant vers le troisième bâtiment, le quartier de haute surveillance réservé aux gros poissons, le visiteur songea à Robert Brasillach. Ici, quelques mois auparavant, l'intellectuel collabo avait rédigé ses « poèmes de Fresnes ». De grands écrivains s'étaient mobilisés pour obtenir sa grâce auprès de De Gaulle. Mais Valéry, Claudel, Mauriac, Camus, Aymé, Dorgelès, Cocteau, Colette, Anouilh et les autres n'avaient pu infléchir la décision du Général. Brasillach avait demandé à être exécuté le 6 février 1945, date anniversaire de la grande manifestation antirépublicaine de 1934. Quelques semaines plus tard, au mois de mars, Drieu La Rochelle ne s'était pas raté en avalant une boîte de Gardénal.

Enfin, la lourde porte de la cellule s'ouvrit. Darnand était là, assis sur un bat-flanc rabattable qui faisait office de lit. Devant lui une tablette de bois, rabattable elle aussi, un tabouret enchaîné au mur. Sur le sol, une petite cuvette. Darnand s'illumina :

— Je savais que tu viendrais.

Les deux hommes s'embrassèrent. Darnand considéra longuement son visiteur.

— Tu sais que tu ne pourras rien pour moi.

— Oui, je sais, répondit le résistant. Tu as des contacts avec les autres ?

— On nous empêche de communiquer. Le père François-Julien qui était à Forbach dans le corps-franc est ici. Mais on nous interdit de nous voir.

Darnand s'aspergea le visage dans la cuvette.

— On échange des signaux par les fenêtres avec des glaces et des mouchoirs. Mais tout Vichy m'évite soigneusement. Le seul à m'adresser la parole, c'est le petit Bousquet. Je lui ai piqué son bureau et son ministère, et il me salue gentiment dès qu'il me voit. C'était un brave type au fond.

— Tu as préparé ton procès ? demanda le visiteur.

— À quoi bon… Je serai condamné à mort.

— On a vu l'avocat général. Un certain Carrive. Il ne fera citer aucun témoin. Pour lui l'affaire est pliée et ta culpabilité est établie.

Lorsque, le lendemain, l'ancien chef de la Milice fit son entrée dans le prétoire, la foule se lâcha :

— Assassin !

— Ton Hitler est calciné ! Il te sauvera pas la tête !

On était venu de loin pour assister à la fin du monstre. On s'était battu pour obtenir les meilleures places. Darnand avança, entouré de quatre policiers. Il portait un costume rayé gris à large revers. Ses tempes étaient blanches, mais sur son front buriné, le cheveu plus brun que jamais dessinait un « v » majuscule.

— Douze balles ! Tu gueuleras moins fort dans trois jours ! cria un homme dans la foule.

L'assistance disséqua cet homme au regard vif. La journaliste Madeleine Jacob, correspondante de *Libération*, chuchota à son voisin : « C'est fou, il a une belle tête d'honnête homme et il donnerait presque confiance. »

— Joseph Darnand, 48 ans, ancien secrétaire général de la Milice, ancien secrétaire d'État au Maintien de l'ordre de Vichy.

L'ex-milicien se dressa sur son banc, l'œil brillant. Il écouta le greffier lire l'acte d'accusation : intelligence avec l'ennemi en temps de guerre, incitation à l'enrôlement de Français dans les armées d'une puissance étrangère en guerre contre la France, participation à une entreprise de démoralisation de la nation ayant pour objet de nuire à la Défense nationale, sans oublier le vol de fonds publics, référence au braquage de la Banque de France à Belfort. Des crimes le rendant passible de la peine de mort.

Le président Mongibeaux entra en scène. L'interrogatoire était précis et le ton, austère. Darnand reconnut avoir participé avec les Allemands à la répression des maquis. Mais il insista : la Milice n'avait été armée qu'à partir de janvier 1944.

— En 1943, nous n'avions rien pour nous défendre ! Pourtant on assassinait des quantités de miliciens et leurs familles ! Était-ce utile ? Je dis non.

Impassible, Mongibeaux poursuivit :

— Pourquoi avez-vous si peu sévi contre les miliciens coupables de crimes ?

Darnand rappela qu'il avait révoqué Joseph Lécussan. Il cita le cas du chef milicien Jean Chardonneau qui, après une journée de beuverie, avait ordonné l'assassinat d'une vingtaine de civils dans le Limousin en juillet 1944.

— Je l'ai fait condamner à mort alors que c'était un de mes amis, expliqua l'accusé. Avant de mourir il a même crié : « Vive Darnand ! »

Mongibeaux insista :

— Vous ne pouvez pas réduire l'année 1944 à ces deux événements. La Milice a été responsable de tant d'actions terribles. Nous avons des dizaines de faits : les interrogatoires poussés dans le petit casino de Vichy. Et les 25 cadavres de juifs que l'on a retrouvé dans une ferme près de Bourges...

Darnand concéda :

— La Milice a commencé à dérailler au moment où je me suis retrouvé au gouvernement en janvier 1944. J'étais surchargé de besogne.

L'œil de Mongibeaux s'alluma.

— Précisez...

— Je me suis fait remplacer à la tête de la Milice par un petit comité dont M. Bout de l'An, mon collaborateur immédiat, avait pris la direction. Je ne veux pas dire trop de mal de lui, mais il y a eu une espèce d'écran entre les organisations miliciennes et moi-même...

Mongibeaux se redressa soudainement.

— Un écran, dites-vous ? Et la répression de la mutinerie de la prison d'Eysses, en février 1944 ? Aucun écran ne vous l'a dissimulée. Au contraire ! C'est un nommé Chivot, un de vos miliciens, qui dirigeait cette prison. Après la rébellion, il avait assuré aux mutins qu'il n'y aurait pas de représailles. Mais vous êtes arrivé, vous avez désavoué ce Chivot. Vous avez exigé que l'on traduise les mutins en cour martiale. Douze prisonniers ont été exécutés le lendemain de votre venue. Il n'y a eu aucun écran, monsieur Darnand. C'est vous et vous seul qui avez exigé que l'on fasse exécuter ces détenus politiques gaullistes et communistes, par une cour martiale composée de miliciens. Ce qui s'est déroulé dans cette prison du Lot-et-Garonne n'est qu'un exemple. Dans nombre de prisons, vous avez ordonné à vos miliciens de faire exécuter les détenus politiques !

— C'est faux, monsieur le président, rétorqua Darnand. À Eysses, il s'agissait de mutins. Vous l'avez dit : ils ont été jugés par une cour martiale.

Mongibeaux demanda à la défense de faire approcher le témoin. Le visiteur se leva de son banc. La salle s'anima... L'homme était venu avec un de ses amis, Charles Vanel. Pourtant, cet après-midi, ce n'était pas le visage du comédien que l'on scrutait mais l'abondante chevelure blanche du témoin. D'abord on chuchota, puis on réagit à voix haute. Comment était-ce possible ? L'homme qui marchait vers la barre pour défendre Darnand, était-il ce résistant, proche du général de Gaulle ? Très vite, l'indéfinissable brouhaha se mua en vacarme : c'était bien lui, l'aumônier des FFI ! Le prêtre des maquis ! Des sifflets fusèrent. Des hommes levèrent le poing, outrés.

— Rentre chez toi, curé !

— N'oublie pas nos morts, assassinés par ces salauds !

Imperturbable, le religieux avança dans sa robe de dominicain. Le 26 août 1944, à la demande de De Gaulle, il avait célébré la messe de la Libération de Paris, à Notre-Dame. Après la descente triomphale des Champs-Élysées, le Général avait débarqué dans la cathédrale, accompagné de Leclerc et des chefs de la Résistance. Quelle émotion ! Le *Magnificat* avait retenti dans la cathédrale, tandis qu'à l'extérieur, les coups de feu se faisaient encore entendre.

Mongibeaux réclama le silence mais le tohu-bohu ne faiblit pas. Les anciens résistants apostrophaient directement le prêtre :

— Pas de pardon pour les SS français !

— N'oublie pas les Glières et le Vercors !

Lorsque enfin le dominicain déclina son nom, le vacarme se tassa. La foule voulut entendre sa voix.

— Je m'appelle Raymond Léopold Bruckberger...

Rares étaient ceux qui savaient qu'un soir de 1941, bien avant la création de la Milice, Bruck avait dit à Darnand : « Un jour, vous passerez en Haute Cour pour trahison, vous finirez fusillé et je serai assez con pour venir vous défendre. »

L'aumônier des FFI avait tenu sa promesse.

Cette fois, la foule se rassit. Visiblement ému, le dominicain prêta serment et se signa.

— En 1940, commença-t-il, je faisais partie d'un corps franc, et je servais sous les ordres du lieutenant Darnand.

Quoiqu'interrompu par la foule, le prêtre raconta l'épisode de Forbach, en pleine drôle de guerre, et l'héroïsme de son chef. À l'évocation de Félix Agnély, Darnand fondit en larmes. Les journalistes jubilèrent : « Darnand-la-Milice éclate en sanglots devant ses juges. » « Le bourreau joue les sentimentaux. » Puis, Bruckberger s'adressa aux anciens résistants qui composaient l'assemblée :

— Au printemps 1940, alors que les Allemands envahissaient la France, Darnand se fichait de sa survie. Elle était accessoire. Il ne pensait qu'à deux choses : protéger ses hommes et faire reculer la Wehrmacht. Je l'affirme, peu d'hommes dans cette salle auraient envisagé leur propre vie avec autant de désinvolture que celui que vous voulez condamner à mort. En tant que prêtre, je l'avoue, j'ai été fasciné par ce mépris de la mort. Il commandait, la pipe aux lèvres, toujours en tête de ses hommes. Et nous le suivions. Nous aurions donné notre vie pour mériter son estime. Alors que tant d'unités françaises se débinaient face à l'ennemi, nous avons tenu nos positions. Et je l'affirme, Darnand a fait cela sans perspective de gloire. Pour le seul amour de la France.

Visiblement impressionné, Mongibeaux fixa le prêtre en fronçant les sourcils.

— Comment expliquez-vous sa dérive dans la collaboration ?

Bruckberger se ménagea quelques instants de réflexion avant de répondre :

— Je vois deux raisons à cela. D'abord le choc de la défaite de 1940. Darnand a éprouvé une honte terrible devant la déroute de l'armée française. Il a vécu la débâcle comme une trahison. Cet épisode a suscité chez lui un choc psychologique comparable à celui que l'on observe dans un crime passionnel. Il avait sauvé l'armée française en 1918. Et il l'a vue se débiner en 1940. Depuis, il a toujours vécu avec ce complexe : prouver aux occupants que les soldats français valaient mieux que ce qu'ils avaient montré au printemps 1940... Il aurait sans doute rêvé que les Allemands lui disent un jour : « Vos miliciens sont les meilleurs soldats d'Europe. »

Bruckberger leva les yeux vers le plafond de la salle d'audience. Il prit une grande respiration.

— La seconde raison, poursuivit-il, et je tiens à le dire publiquement, c'est l'influence criminelle du maréchal Pétain. Darnand est un homme d'action qui obéit aux consignes. N'ayant pas la culture nécessaire, il se méfie de son jugement et préfère suivre aveuglément ceux qu'il admire. Par malheur, il a fallu que ce soit le héros de Verdun, celui qui, en juillet 1918, lui avait remis sa médaille militaire. Darnand est un fidèle. Il ne pouvait concevoir que le plus célèbre des maréchaux de France se trompe. Dès les premiers signes de trahison du régime, j'ai essayé de le ramener à la raison mais il m'a répondu : « Je ne suis pas de taille à aller contre l'autorité de Pétain. C'est lui qui a signé ma citation. »

Pendant ses années de maquis, le dominicain avait souvent réfléchi au chemin qui avait transformé l'entrepreneur autodidacte en ministre de Vichy. Au fond, pensait Bruckberger, Darnand aurait dû rester un petit chef : un lieutenant menant des coups de main héroïques ou un responsable départemental formant des militants. Bruck avait dû admettre que son ami n'avait pas les aptitudes pour être secrétaire d'État, officier supérieur ou haut fonctionnaire. « Jamais en temps de paix, on ne lui aurait confié les responsabilités qu'il a eues », avait-il fait remarquer au président du tribunal.

À 17 h 10, l'avocat général Carrive se prépara à prononcer son réquisitoire. Il fut bref. Darnand était un fasciste qui avait profité de la défaite française pour rejoindre la caste dirigeante d'un régime tyrannique, inféodé à l'Allemagne nazie. Carrive évoqua les exactions de la Milice, les crimes contre les résistants, les communistes, les juifs, les réfractaires au S.T.O. et tous ceux qui refusaient de suivre le régime de Vichy. S'appuyant sur la lettre de Pétain qui condamnait les dérives de la Milice, il rappela les tortures infligées par les miliciens, les maisons brûlées, les intimidations à l'égard des fonctionnaires, les pillages et les rackets. Sans surprise, l'avocat général exclut les circonstances atténuantes. Il réclama la peine capitale avec calme et détermination :

— Darnand a du sang sur les mains, il a fait preuve de servilité aux ordres allemands et ne mérite que la mort. Lorsque je m'interroge sur lui, la voix de ma conscience s'élève pour me rassurer : « Tu peux tuer ce monstre en toute tranquillité. »

Les avocats de la défense prirent la parole. Georgie Myers commença. L'avocate commise d'office – et enfin rentrée de vacances – lut la déposition du gendarme Dufresne. Il se trouvait au siège de la Milice de Grenoble, en avril 1944, et assurait avoir entendu Darnand interdire au milicien Dagostini de se livrer à des représailles après la sanglante affaire de Voiron, où de jeunes résistants avaient assassiné le milicien Ernest Jourdan et sa famille. L'avocate plaida l'indulgence pour son client et cita la phrase de Marceline Desbordes-Valmore au sujet des morts de la Révolution française : « Pitié, nous n'avons plus le temps des longues haines. »

Puis Charles Ambroise-Colin se leva. Fine moustache et gueule à la Errol Flynn. Il avait épinglé la médaille militaire à sa robe. Il demeura figé pendant une longue minute. Une façon d'imposer un silence total à la salle. D'emblée, il mit en lumière le patriotisme et le passé militaire de son client : « Il aurait fait un si magnifique combattant de la

Résistance ! L'égal d'un Kœnig ou d'un Leclerc ! »
Il accusa Pétain d'avoir joué un double jeu avec
Darnand :

— N'est-ce pas le Maréchal qui a dit à mon
client, quand il était délégué au Maintien de l'ordre
et devait réprimer les maquis : « Faites comme j'ai
fait en 1917 : quelques exécutions pour l'exemple. Il
n'y a que ça qui marche » ? Le chef de l'État a-t-il
seulement rappelé à l'ordre son délégué durant les
six mois qu'il a passés au gouvernement ? Une seule
fois. Et c'était le 6 août 1944, deux mois après le
débarquement, alors que les Alliés s'apprêtaient à
libérer Paris. C'est un peu facile.

Au sujet des exactions commises par la Milice,
Ambroise-Colin affirma que Darnand n'était pas un
assassin. Il s'appuya sur l'acte d'accusation de son
client qui ne faisait pas état des crimes de la Milice
et rappela que Darnand avait été mis hors de cause
dans les assassinats de Jean Zay et Georges Mandel.
Pour lui, ces atrocités n'avaient pas pu être ordon-
nées ou même tolérées par un soldat aussi loyal que
Darnand. Il affirma : « Mon client se sait condamné
mais ne veut pas l'être pour des crimes dont il n'est
pas responsable et qui le répugnent. »

Ambroise-Colin était un monarchiste à l'ancienne. Il aimait le panache et le style. Après la
raison, il convoqua le lyrisme et l'émotion. Il avait
écouté Carrive, observé les jurés. Il savait que la

mort attendait Darnand. Mais il estimait que l'accusé méritait une vraie sortie.

— Darnand a pris un chemin différent du vôtre, mais son cœur, qui l'inspirait, brûlait de la même ardeur. Celui qui a été « l'Artisan de la victoire » en 1918 et « premier soldat de France » en 1940, ne peut pas être vu comme un traître et un profiteur.

À cet instant, l'avocat fixa les jurés.

— Allez-vous l'attacher au même poteau que Bony ?

Les jurés se regardèrent : fallait-il distinguer Darnand de Pierre Bony et Henri Lafont, les sinistres flics de la Gestapo française, responsables de tant d'exactions rue Lauriston ? Ambroise-Colin envoya sa dernière salve.

— Je vais m'exprimer en tant qu'ancien soldat de la Grande Guerre. Je sais que pour vous tous, Darnand ne mérite qu'une seule chose : être passé par les armes. Et puisque son sort est d'ores et déjà joué, je vais vous suggérer l'endroit où il convient de le faire périr. Il y a en Champagne une région désertique où, depuis trente ans, l'herbe ne pousse plus. Ne subsistent que d'interminables lignes blanches qui furent naguère des tranchées, ainsi que quelques collines arides dont les noms sont désormais inscrits dans la légende. L'une d'elles porte un toponyme atypique : le Mont-sans-Nom. C'est ici, dans ce lieu qui a à jamais cessé de vivre, que vous lui dresserez son poteau. À l'endroit précis où, le soir de la fête nationale de 1918, cet homme nous donna cette victoire dont nous n'avons su profiter. Abattu par les siens, Joseph Darnand rendra l'âme là où tant de Français sont tombés sous des balles ennemies, afin d'expier des crimes dont il n'est pas le premier responsable. Mais alors, mesdames et messieurs les jurés, qu'il soit le dernier, et que cet ultime sacrifice, il l'offre encore à la France qu'il a seule aimée.

À 20 h 15, la cour se retira pour délibérer. Une demi-heure plus tard, les jurés rendirent leur verdict et le président Mongibeaux lut l'arrêt. À l'unanimité, la peine de mort. Darnand resta impassible. Pas la moindre déception sur son visage. Son procès avait duré cinq heures. Aucun pourvoi en cassation ne pouvant être formé, il ne restait aux avocats de Darnand qu'un seul recours : obtenir la grâce du chef du gouvernement provisoire, le général de Gaulle.

L'ancien aumônier des FFI se planta devant Ambroise-Colin :

— J'y vais, lui dit-il.

Le 8 octobre 1945, de Gaulle reçut Bruckberger à l'hôtel de Brienne, siège du gouvernement provisoire, rue Saint-Dominique à Paris. Alors qu'il venait de s'asseoir dans un petit salon d'attente, le dominicain entendit une grosse voix ordonner :

— Entrez, Bruckberger !

Le Général déploya son mètre quatre-vingt-seize, contourna son bureau et vint serrer la main de l'ancien résistant.

Il recevait le soldat. Pas le prêtre.

— Vous n'étiez jamais venu ici, Bruckberger ? J'aime cette maison, même si je n'y ai pas que de bons souvenirs. C'est ici que j'étais installé en juin 1940, lorsque j'étais sous-secrétaire d'État à la Guerre. Voulez-vous du café, Bruckberger ?

— Non, mon général...

— Je sais que vous êtes venu plaider la grâce de votre ami Darnand. Venons-en au fait. J'ai peu de temps, nous sommes passés au rythme de deux conseils des ministres par semaine pour faire face à la reconstruction du pays !

Bruckberger évoqua rapidement le Darnand de 1918 et de 1940. Celui que de Gaulle avait forcément admiré. Le Général écouta le dominicain. Il savait que Bruck avait refusé de prêter allégeance au régime de Vichy, qu'il avait rejoint le maquis et participé à la Libération de Paris un an plus tôt. Lorsque le prêtre termina son plaidoyer, de Gaulle saisit une feuille posée sur son bureau.

— J'ai reçu cette lettre de Darnand, hier. Il ne réclame même pas sa grâce. Il me demande juste d'être indulgent avec ses miliciens.

Le Général se leva et se dirigea vers la fenêtre de son bureau.

— Je ne peux pas gracier Darnand. Malgré ses qualités de combattant, il a prêté serment à Hitler. Il a envoyé des Français combattre pour l'Allemagne et sa Milice a été responsable des pires exactions de toute l'Occupation. Il n'a aucune circonstance atténuante. Sachez que si j'ai gracié le maréchal Pétain, ce n'est pas parce qu'il était le vainqueur de Verdun, mais parce qu'il avait quatre-vingt-neuf ans. D'autre part, il faut imaginer les conséquences que ne manquerait pas de provoquer la grâce du chef de la Milice, alors que le délicat procès de Laval a tout juste commencé et que les déportés français viennent de rentrer d'Allemagne. Une telle indulgence serait perçue comme abusive et pourrait entraîner de sérieux troubles dans le pays. Bref, d'un point de vue moral comme politique, la grâce de Darnand est impossible. Vous direz donc à votre ami que je suis obligé de le faire fusiller par raison d'État, mais que, de soldat à soldat, je lui garde toute mon estime. Pour ses miliciens ayant commis des actes criminels, la justice suivra son cours ; pour les autres, je l'assure d'une grâce prochaine[28].

15.

LA FIN

Darnand semble calme. Il est assis dans la cellule n° 57, lavé, coiffé et rasé de près. Ce 10 octobre 1945, à 6 h 45, le père Bruckberger et maître Ambroise-Colin pensaient le trouver défait. Mais non. Darnand les accueille crânement.

— J'ai raté ma vie de soldat. Eh bien j'ai décidé de réussir ma mort !

Le grand départ vers le poteau est prévu dans une heure.

— Tu as réussi à dormir ? interroge Bruck.

— J'ai passé une très bonne nuit, répond Darnand.

Le prêtre porte sa robe de dominicain. Il s'installe lentement. La petite table de la cellule lui tient lieu d'autel. Il sert la messe pour son ami. Darnand se confesse et communie. Mais la voix se fissure. Le regard s'embrume. Et après l'office, l'ancien patron de la Milice s'affale sur son lit.

— Bruck... Je n'ai pas su aimer...

Bruckberger s'approche, croyant avoir mal entendu. Darnand éclate de rire.

— C'est à peine croyable ! J'ai consacré ma vie à mener des hommes au combat. À materner des montagnes de biscottos sous la mitraille ennemie, à transformer des paysans en miliciens et même en Waffen-SS, à cajoler des brutes qui se pissaient dessus avant de monter à l'assaut... Et je n'ai même pas pensé à Antoinette et Philippe...

Darnand fourre sa tête entre ses grosses pognes et sanglote. Personne ne moufte dans la cellule 57. Puis, brutalement, il se redresse, essuie ses joues d'un revers de manche et immerge son visage dans une petite bassine d'eau froide.

— Pardon, messieurs, dit-il à ses visiteurs.

Il boit une tasse de café, un petit verre de cognac et fume deux pipes en tournant en rond. Avant de quitter la cellule, il décroche la petite image de la Vierge épinglée au mur. Au dos, il écrit à la hâte : « J'ai regardé cette image tous les jours de ma détention. Je verse mon sang pour la paix intérieure de tous les Français. » Il la donne à Bruckberger et charge le prêtre de remettre à son fils un petit crucifix en bois blanc sur lequel il a inscrit : « Pour toi, Philippe, notre chef à tous. »

À 8 heures, l'avocat général Carrive fait son entrée dans la cellule :

— Monsieur Darnand, j'ai la triste mission de vous informer que votre recours en grâce a été rejeté et que la sentence de votre condamnation va être exécutée.

Darnand rétorque au procureur qu'il n'a pas signé de recours en grâce et qu'il aurait préféré être condamné par une cour martiale tant l'instruction de son procès a été bâclée. Il termine en disant :

— Je vous pardonne et je vous souhaite de mourir la conscience aussi tranquille que moi.

Entouré de policiers, Darnand emprunte le long couloir de la prison de Fresnes. Il entonne le *Chant des Adieux* :

Ce n'est qu'un au revoir, mes frères,
Ce n'est qu'un au revoir.
Oui, nous nous reverrons, mes frères,
Ce n'est qu'un au revoir.

Sur son passage, du fond de leurs cellules, quelques dignitaires de Vichy lui adressent un salut militaire. Il reconnaît Xavier Vallat à son œil de cuir : le mutilé de la Grande Guerre, ancien commissaire général aux Affaires juives, est au garde-à-vous. Puis Joseph s'arrête. Il se tourne une dernière fois vers le directeur de la prison :

— Merci pour les bons traitements prodigués par votre administration, monsieur le directeur.

Dans le fourgon cellulaire qui l'emmène au fort de Châtillon, Darnand tient à rester debout malgré les cahots et les menottes qui l'entravent. Il rit bruyamment et plaisante.

— Bruck, il faut que tu viennes me voir à Nice au printemps prochain. Je te présenterai mon ami Eugène Fontanille, il est patron du café de Lyon. Une sacrée vedette, celui-là. Il était estafette dans l'infanterie. Un jour, en 1916, à Douaumont, il est allé chier assez loin de sa tranchée. Au moment où il terminait sa petite affaire et où il remontait son froc, il s'est retrouvé nez à nez avec un capitaine boche et son ordonnance. Il n'avait ni fusil ni grenade. Il a balancé un coup de savate dans la gueule du capitaine qui ne portait pas de casque, et un coup de pied aux couilles de l'ordonnance. J'ai oublié de te dire qu'il était champion de boxe française des Alpes-Maritimes, dans le civil ! Il les a ramenés dans la tranchée française en les menaçant d'un simple bâton ! Le pire, c'est qu'en arrivant, il avait encore le cul merdeux ! Il n'avait même pas eu le temps de boucler son ceinturon ! Depuis, tout Nice l'appelle Douaumont !

À sa descente du fourgon, l'ancien secrétaire général de la Milice sourit.

— Le ciel est clair et le temps magnifique. C'est une belle journée pour mourir !

Le peloton d'exécution est en place. Lorsqu'il découvre que ce sont des chasseurs alpins, Darnand s'écrie :

— Vous avez vu leur béret ? C'est le même que nous avions au corps franc et que portaient mes miliciens ! Ils ont vingt ans et de bonnes gueules de Français. Ils auraient pu être mes hommes...

Alors, comme revigoré, il rejoint le poteau d'un pas assuré. À Bruckberger qui peine à retenir ses larmes, il lance :

— Attention, Bruck ! Tu avais promis de ne pas pleurer.

Il est 9 h 40. Face au peloton d'exécution, Darnand entonne une dernière fois le refrain de l'hymne de la Milice :

À genoux nous fîmes le serment,
Miliciens de mourir en chantant...

Au moment où le peloton d'exécution le met en joue, il regarde une dernière fois le père Bruckberger et s'écrie :

— Adieu, mon Père ! Adieu, mes amis ! Adieu, mes miliciens ! Vive Dieu ! Vive la France !

Quelques instants plus tard, le bénédictin monta dans le taxi que l'administration pénitentiaire avait bien voulu appeler pour lui. Il s'assit, ferma les yeux et se promit d'écrire à Antoinette et Philippe Darnand pour les inviter à quitter la France. Depuis deux ou trois jours, la presse surnommait Darnand « le bourreau des Français ». Dans le nouvel ordre qui émergeait de l'Occupation, il n'y aurait pas de place pour les familles de collabos. Et encore moins pour celle de Joseph Darnand.

Après avoir dévisagé le prêtre, le chauffeur de la Peugeot 202 demanda :

— Vous étiez au fort de Châtillon pour l'exécution de Darnand, hein ?

— Oui, répondit Bruckberger.

— Vous auriez quand même pu refuser de le confesser, ce traître... C'était une ordure, pire que les boches !

— Oui, j'aurais pu, répondit Bruck.

Le chauffeur renonça à faire la causette à ce client peu disert. Le père Bruckberger bascula sa tête en arrière et la laissa rouler sur le dossier de la banquette, au gré des mouvements de la route. Plusieurs fois il ouvrit sa bouche en grand pour relaxer les muscles de ses mâchoires.

La fin

Rue d'Alésia à Paris, la Peugeot s'arrêta quelques instants derrière une camionnette de livraison. Un vendeur de journaux criait : « Achetez *L'Aurore* ! L'Apôtre de la haine a été fusillé ce matin ! »

Le chauffeur de taxi regarda l'ancien sergent-chef Bruckberger dans le rétroviseur. Il était impassible.

Il ne l'entendit pas murmurer :

— Adieu, mon lieutenant.

Castet-Arrouy, Gers, décembre 2014

ANNEXES

QUE SONT-ILS DEVENUS APRÈS 1945 ?

LA FAMILLE DE DARNAND

Antoinette Darnand :
Après l'exécution de son mari, elle parvint à quitter l'Italie avec son fils pour rejoindre l'Argentine. Elle vécut modestement à Tucumán durant plusieurs années en donnant des leçons de français. Elle mourut en 1994.

Philippe Darnand :
À la fin de l'année 1945 il suivit sa mère en Argentine. Après avoir donné des cours de français à l'Alliance française, il poursuivit ses études et obtint un diplôme d'ingénieur. En 1960, il partit travailler en Allemagne, à Cologne, où il trouva un emploi grâce à l'ex-secrétaire de l'ambassade du Reich à Paris, que son père avait connu. Il s'installa ensuite en Espagne et donna quelques interviews.

LES MILICIENS

Max Knipping :

Arrêté après la Libération, il sera emprisonné à Fresnes. En février 1947, la justice établira sa culpabilité dans l'assassinat de Georges Mandel. Condamné à mort, il sera fusillé le 13 juin 1947 au fort de Montrouge.

Georges Carus :

Après son arrestation en Italie et son procès en France, l'ex-officier de marine fit carrière dans la marine marchande et le remorquage en Afrique. Ami de Pierre Guillaume (qui inspira le personnage du Crabe-Tambour) il devint arbitre pour la chambre arbitrale maritime de Paris. Il mourut en 2004 à l'âge de quatre-vingt-dix ans. En 2009 furent publiés ses Mémoires posthumes sous le titre : *Ce que je n'avais pas dit.*

Joseph Lécussan :

À la chute de l'Allemagne, il fut arrêté par les Alliés. Jugé à Lyon pour les exactions dont il s'était rendu coupable, l'ex-chef régional de la Milice fut condamné à mort et passé par les armes en décembre 1946.

Marcel Gombert :

Capturé en Italie du Nord par les Alliés, il sera livré à la Sécurité militaire française. Condamné à mort par la cour de justice de Bordeaux en octobre 1946, il sera fusillé à Pessac, en avril 1947.

Pierre-Louis de La Nouë du Vair :

Après son exclusion de la Milice en juillet 1943, il s'engagera dans la L.V.F. Il sera tué en Allemagne, en avril 1945, au cours d'un bombardement allié, alors qu'il combattait sous l'uniforme SS.

LES « VICHYSTES »

Philippe Pétain :

Durant l'été 1945, l'ex-chef de l'État français sera condamné à mort à une seule voix de majorité après trois semaines de procès. Finalement, sa peine sera commuée en détention à perpétuité par le général de Gaulle, en raison de son grand âge. Il sera emprisonné au fort de la Pierre-Levée sur l'île d'Yeu où il mourra en 1951 à l'âge de quatre-vingt-quinze ans.

Pierre Laval :

Réfugié en Espagne au printemps 1945, il sera remis trois mois plus tard aux autorités françaises. Jugé en octobre par la Haute Cour de justice, il sera condamné à mort pour trahison et exécuté le 15 octobre 1945 après avoir tenté de se suicider en absorbant du cyanure.

Abel Bonnard :

Après avoir accompagné l'ancien gouvernement de Vichy à Sigmaringen, il se réfugia en Espagne en 1945 et obtint l'asile politique. Exclu de l'Académie française, il fut condamné à mort par contumace en 1947. Revenu en France en 1960, il fut rejugé en Haute Cour et condamné à 10 ans de prison mais aussitôt gracié. Il mourra dans l'oubli, en Espagne, en 1968.

Fernand de Brinon :

Capturé par les Alliés à la chute de l'Allemagne, il sera rapatrié en France et emprisonné à Fresnes. En mars 1947, la Haute Cour de justice le condamnera à mort. Il sera un des trois Français, avec Darnand et Laval, à avoir été condamné à mort par la Haute Cour de justice puis exécuté.

Jacques Benoist-Méchin :

À la Libération, l'ancien secrétaire d'État de Vichy en charge des relations extérieures fut arrêté et incarcéré à Fresnes. Jugé en mai 1947, il fut condamné à mort puis gracié par le président Vincent Auriol. Libéré en 1954, il exerça des missions dans le monde arabe pour le compte du gouvernement français et publia des biographies historiques qui connurent un grand succès. Il s'éteignit en 1983.

Xavier Vallat :

Il sera traduit en décembre 1947 devant la Haute Cour de justice. Elle le condamna à 10 ans de prison. Durant son procès, plusieurs représentants de la communauté juive affirmèrent que, durant son passage au secrétariat aux Questions juives et malgré son antisémitisme, il n'avait pas collaboré à la solution finale et s'était montré beaucoup moins répressif que ses successeurs.

Libéré en 1949, il fut amnistié 5 ans plus tard et mourut en 1972.

Paul Marion :

Fait prisonnier à la chute de l'Allemagne nazie, il sera condamné en 1948 à 10 ans de prison. Il obtiendra une grâce en 1953 pour raisons médicales. Il mourra l'année suivante.

René Bousquet :

Arrêté à la Libération, il fut remis en liberté provisoire en 1948. L'année suivante, jugé par la Haute Cour, il écopa de 5 ans de prison, condamnation aussitôt relevée pour faits de résistance. Proche du radical Albert Sarraut et de François Mitterrand, il mena une carrière de financier et fut nommé en 1962 administrateur de *La Dépêche du Midi*. Sa responsabilité dans la rafle du Vél' d'Hiv ne fut rappelée qu'en 1978 par l'ancien ministre de Vichy, Darquier de Pellepoix, dans une interview pour *L'Express*. En 1991, René Bousquet fut inculpé de crimes contre l'humanité. Son procès n'eut jamais lieu car il fut assassiné en 1993 par un déséquilibré : Christian Didier.

LES COLLABORATIONNISTES

Jacques Doriot :

Le 22 février 1945, dans le sud de l'Allemagne, alors qu'il se rendait à un rendez-vous avec Marcel Déat, la voiture dans laquelle il se trouvait fut bombardée par un avion de chasse. L'appareil à l'origine de la rafale ne fut jamais identifié. Pour certains, un doute plane toujours sur les véritables auteurs de la mort de Doriot.

Marcel Déat :

Réfugié en Italie du Nord en avril 1945, il parvint à se cacher dans la région de Turin, bénéficiant de la protection d'institutions religieuses. Condamné à mort par contumace, il se fit appeler Leroux, se convertit au catholicisme et donna des cours de français dans une institution religieuse. On ne retrouvera sa trace en Italie qu'après son décès survenu en 1955.

Charles Maurras :

Arrêté à la Libération, il fut jugé pour trahison en janvier 1945 et condamné par la cour de justice de Lyon à la prison à vie. Apprenant sa condamnation, il se serait exclamé : « C'est la revanche de Dreyfus. » Il fut exclu de l'Académie française. Mais son fauteuil ne sera toutefois donné à son successeur qu'après sa mort en 1952.

LES ALLEMANDS

Otto Abetz :

Après la capitulation allemande, un tribunal militaire français le condamna à 20 ans de travaux forcés pour crimes de guerre et pour son rôle dans les déportations vers les camps de la mort. Libéré en 1954, il mourut quatre ans plus tard dans un accident de la route.

Le général Carl Oberg :

Condamné à mort pour crimes de guerre par des tribunaux français et alliés, il vit sa peine commuée en prison à vie. Il purgea sa détention à Mulhouse. En novembre 1962, il fut libéré en toute discrétion, à la demande du général de Gaulle, pour préparer le traité d'amitié franco-allemande de 1963. Il s'éteignit en 1965.

Le général Gottlob Berger :

En 1948, il sera jugé avec 20 autres officiels nazis lors des seconds procès de Nuremberg. Déclaré coupable de crimes de guerre et de crimes contre l'humanité, il écopera d'une peine de 25 ans de prison avant de voir sa peine réduite à 10 ans. Libéré en 1951, il restera proche de la mouvance néo-nazie allemande et mourra en 1975.

LES RÉSISTANTS

Le commandant Anjot :

Lors de l'évacuation des Glières, le 27 mars 1944, il tomba dans une embuscade et fut abattu par les Allemands près du village de Nâves-Parmelan. Le 23 novembre 1944, le général de Gaulle le nommera « commandant au maquis de Savoie » à titre posthume et lui décernera la Légion d'honneur et la croix de guerre avec palme.

Georges Groussard :

Après avoir travaillé pour les services secrets britanniques au profit de la Résistance, il refusera à la Libération les étoiles de général proposées par de Gaulle. Il quitta l'armée. Viscéralement hostile au Général, il prit parti pour l'Algérie française et l'OAS. Il mourut en 1980.

François Valentin :

Il rejoindra la Résistance après l'invasion de la zone libre et lancera, en août 1943, un appel sur la BBC destiné aux Légionnaires. Il rejoindra l'armée du général de Lattre de Tassigny et participera en 1944 à la reconquête du pays. Son rôle dans la collaboration entre 1940 et 1942 lui fit perdre son éligibilité parlementaire.

François de La Rocque :

Après avoir perdu deux fils aviateurs, dans la campagne de France en 1940, l'ancien chef des Croix-de-Feu accorda son soutien au maréchal Pétain. Mais il condamna la politique de collaboration. Il sera finalement arrêté par les Allemands en mars 1943, et déporté jusqu'à la fin de la guerre en Tchécoslovaquie et en Autriche. Il mourra en 1946. Considéré après-guerre comme un leader fasciste, le colonel François de La Rocque sera réhabilité en 1961. De Gaulle rendra hommage « à la mémoire du colonel de La Rocque, à qui l'ennemi fit subir une cruelle déportation pour faits de Résistance et dont, je le sais, les épreuves et le sacrifice furent offerts au service de la France ».

Que sont-ils devenus après 1945 ?

Raymond Léopold Bruckberger :

Traducteur, scénariste, réalisateur, le père Bruck deviendra une figure de Saint-Germain-des-Prés à la Libération. On le croisera parfois en compagnie de Jean-Paul Sartre et Simone de Beauvoir. Pour autant, il se dressera contre les abus de l'épuration, et l'influence du Parti communiste. Il obtiendra du général de Gaulle une douzaine de grâces pour des Français impliqués dans la collaboration. Il deviendra l'aumônier de la Légion étrangère et prendra sa retraite en 1962. Il mourra en 1998.

Remerciements

Merci à Julien Colliat pour son travail remarquable de documentation.

Ce livre doit beaucoup à Maud Vazquez qui m'a permis de lire le rapport militaire établi par le sergent Joseph Darnand en juillet 1918, peu de temps après le coup de main « historique ».

Merci à Gervais Cadario, ancien du service historique des armées. Je l'ai rencontré sur une petite route déserte près du camp de Moronvilliers, aux environs de Suippes. La retraite n'a pas émoussé la passion qu'il porte à la der des der. Il mène un combat utile contre les « P.C.B. » – les pilleurs de champs de bataille – qui viennent rôder la nuit. Gervais Cadario est un des rares Français à connaître les détails du coup de main du Mont-sans-Nom. Il m'a conduit sur les lieux du commando, m'a montré l'emplacement de la tranchée du soupir, la progression vers Tirnova, le lieu où le caporal Sandler a été tué et l'emplacement du bunker allemand où Darnand et ses hommes firent 23 prisonniers.

Merci à Cendrine, à Sylvia, aux amis de D'home production et à l'équipe des « Grains de sable de l'histoire ». Ils m'ont permis de faire des rencontres capitales. Merci à Guénaëlle Troly et Rodolphe Guignard de RMC-Découverte, qui ont « osé » l'Histoire à la télévision à 20 h 30.

Merci au colonel Michel Goya qui m'a expliqué « l'encagement ».

Merci à mes premiers lecteurs : Claude Brunet, mon père, Olivier Le Baube et Louis de Hillerin.

Merci à Laurent Laffont et Caroline Laurent. Ils m'ont accompagné avec douceur et conviction pendant ces mois d'écriture.

Enfin, ce livre doit beaucoup à la biographie de Hugues Viel, citée dans la bibliographie. Voici plusieurs décennies, Viel avait rencontré des proches de Joseph Darnand. J'ai utilisé dans ce roman historique nombre d'éléments biographiques évoqués par l'auteur de *La Mort en chantant*.

NOTES

Page 36

1. On retrouve le rapport établi par le sergent Darnand dans l'historique du 366ᵉ régiment d'infanterie (Amicale des anciens du 366ᵉ). Bibliothèque de documentation internationale contemporaine.

« Le 10 juillet, on commença à étudier un coup de main profond et en utilisant notamment les groupes de grenadiers d'élite du Bataillon qu'on devait reconstituer pour la circonstance. J'étais alors sergent à la 14ᵉ Compagnie ; ma section était en réserve sur la gauche (ouest) du Mont-sans-Nom, quand on vint me prévenir de me présenter à mon chef de Bataillon, au P.C. Ham. Je trouvai là le lieutenant Balestié, le sous-lieutenant Villet et l'adjudant Seray, de la 13ᵉ Compagnie ; les anciens chefs de groupe des grenadiers étaient présents également : 5ᵉ Bataillon : sergent Castel, 6ᵉ Bataillon : adjudant Dubien.

Je reprenais le commandement du groupe de mes grenadiers du 4ᵉ Bataillon. Le commandant Besnier nous annonça que nous devions exécuter une opération d'assez grande envergure, que le temps pressait un peu et que nous nous préparerions en ligne même. Il étala un plan directeur sur sa table et nous donna quelques explications (grandes lignes).

Les questions de détail furent réglées ensuite par le lieutenant Balestié et par les gradés des différents groupes. Tous les jours, nous nous réunîmes au P.C. de la 13ᵉ Compagnie qui était en ligne et qui occupait le secteur où devait se dérouler l'affaire. Ardemment, nous nous mîmes au travail ; nous commençâmes à étudier sérieusement le terrain, les cartes et photos. En première ligne, d'un petit observatoire blindé, nous pouvions mieux nous rendre compte. Le terrain se présentait ainsi : les tranchées allemandes (occupées) étaient distantes d'environ 300 à 350 mètres des nôtres ; entre les positions adverses, se trouvait une légère dépression et le terrain était rempli de vieux réseaux et d'anciennes tranchées françaises et allemandes. L'impression ne fut guère favorable, car l'ennemi occupait une crête et disposait de bons observatoires. De retour au P.C., le lieutenant Balestié nous mit au courant des moindres détails, que nous discutâmes ensemble. Chacun y mit tout son savoir et tout son cœur et les plus ardents répondirent aux objections des autres.

Mission. Elle fut toute simple et pourtant bien difficile. Ramener des prisonniers coûte que coûte, rapporter des renseignements sur l'attaque et détruire du matériel.

Nous devions sortir de nos tranchées par deux points différents, pénétrer dans les lignes adverses, pousser un groupe en première, un autre en deuxième, un en troisième et l'autre en quatrième ligne, pendant qu'une section serait en réserve dans les anciennes tranchées pour parer à une surprise. La distance maxima était d'environ 500 mètres dans les lignes allemandes.

La tâche nous parut formidable, mais, habitués comme nous l'étions, nous nous encourageâmes et bientôt tous furent résolus. Il fallait des prisonniers. À la distribution des rôles, je fus pour ma part un peu ému. Le lieutenant, en souriant, me donnait mission de pousser sur l'objectif le plus éloigné.

— Je sais, dit-il, que je puis compter sur vous.

La carte révélait un gros abri en quatrième ligne et je ne disposais que de 20 hommes.

— Bien, mon lieutenant ! répondis-je.

Préparation. Les patrouilles commencèrent la nuit même. Les gradés y participèrent tous. À la deuxième, le caporal Snadler, le sergent Bordais et moi poussâmes bien en avant, près des lignes boches, et reconnûmes ainsi le passage exact et l'emplacement d'un ancien blockhaus, point de repère. Dans l'intervalle, nos hommes étaient mis au courant et chaque chef de groupe s'organisa comme il le voulut. Au 4e Bataillon, tout se passe mieux que je ne le pensais la veille. Un moment d'émotion, quelques encouragements et les langues se délièrent. "On leur fera voir si on est quelqu'un", dit l'un ; "Les fridolins n'ont qu'à bien se tenir", dit l'autre. Tout cela contribua à redoubler ma confiance et je fus très heureux de constater aussi que mon groupe n'avait rien perdu de son entrain et de son allure décidée.

Pendant la nuit du 12 au 13, nous commençâmes à déblayer les vieux boyaux qui étaient entre les lignes et un cheminement fut préparé pour les deux groupes principaux (grenadiers et les deux sections de la 13ᵉ Compagnie). Dans la nuit du 13 au 14, le travail fut terminé et tous les gradés reconnurent leur point de départ, le cheminement et l'objectif. Ces travaux, ces patrouilles nous mirent dans un grand état d'énervement et de fatigue.

Le 14 juillet, dans la matinée, on nous apprit que l'affaire se ferait dans la nuit qui suivrait (du 14 au 15). Quelle émotion ! Et pourtant nos hommes étaient des braves. Les groupes commencèrent immédiatement à se porter en ligne et à occuper deux abris différents, proches des emplacements de départ. Tranchée des Zouaves, les grenadiers dans le fond de l'abri qu'une section occupait.

Défense fut faite de se montrer dans la tranchée et, jusqu'au soir, les hommes durent rester dans l'abri. J'observais les lignes du petit observatoire. Tout était calme, trop calme même. Dans l'après-midi, les chefs de groupe furent mandés au P.C. de la 13ᵉ Compagnie. Après un appel, un silence se fit, impressionnant. Le lieutenant nous annonça que l'opération commencerait à 20 heures, en plein jour. Quel coup de foudre ! Nous qui pensions opérer la nuit, jouir de la surprise, être obligés de sortir en plein jour, traverser 300 mètres entre les lignes, traverser les tranchées boches sur 300 mètres de largeur et pousser à 500 mètres à l'intérieur de leurs lignes ; tout ça en plein jour, sans préparation d'artillerie et simplement derrière un barrage roulant. Chacun pensa aux chances de succès. Tous y crurent, je crois : mais que de pertes envisagées !

Exécution. Chacun rejoignit son groupe, mit ses hommes au courant, fit commander l'approvisionnement de grenades, s'assura que chacun connaissait son rôle et les encouragea le mieux possible. La joie régna même, les yeux brillèrent et bientôt j'eus l'assurance que tous devaient tenter l'impossible. La soupe fut oubliée. L'heure approchait. Bientôt, un à un, les grenadiers furent rangés dans la tranchée, en silence, à genoux, serrés les uns contre les autres. Les lanceurs étaient en tête, puis les porteurs de bombes et les serre-files. Les montres allèrent plus doucement. Un avion ennemi nous rendit plus anxieux encore en tournant au-dessus de nos têtes. Quelques minutes encore, l'avion disparaît, les gorges se serrent. Chacun répète les commandements à voix basse : Attention. Trois minutes. Deux. La dernière fut plus longue encore. Huit heures.

Un tonnerre passa au-dessus de nous. D'un seul coup, notre artillerie venait de commencer son tir, les mitrailleuses de crépiter. Le cri : "En avant !" fut répété et nous partîmes au pas de course. Le tir est bien réglé ; les obus fumigènes tombent devant nous et nous voilent aux yeux de l'ennemi ; les balles sifflent au-dessus de nous et obligent les boches à se terrer. Les groupes se reforment à la file indienne, franchissant nos barbelés. Chacun crie et emporte dans son élan son voisin. "En avant ! Par ici. Le 4ᵉ Bataillon. Serrez !" On court. Quel tableau ! Cent hommes, cent démons sont entre les lignes. "À genoux !" crie-t-on. Tous s'arrêtent et repartent au signal. Le barrage avait été devancé. Les réseaux ennemis sont là. Ils sont franchis à toute vitesse. Deux guetteurs boches sont à proximité des blockhaus. Instinctivement, chacun va dans leur direction. J'ai de la peine à conserver mes hommes près de moi et en bon ordre. "On les veut ! Suivez-moi, le 4ᵉ, par ici !" C'est plus loin qu'il faut aller. On repart. Ce n'était pas notre travail.

La ligne des guetteurs est franchie. On colle au barrage, la deuxième tranchée est dépassée. Chaque groupe marche isolément et sur son objectif respectif. La troisième ligne est là. Les boches sont dans leurs abris, leurs sacs dehors ; on ne s'arrête pas : on dépasse le barrage français ; on prend le bled pour couper au court et on tombe en quatrième ligne avant que l'ennemi en soit revenu, avant qu'il soit sorti de ses abris. Les 155 français pleuvent dru encore. Un obus tombe sur l'abri à quelques mètres. Le tir s'allonge un peu. La tranchée est bouleversée. On fait 40 mètres environ et une entrée d'abri est là. Conformément aux prescriptions données au départ, trois hommes (les derniers) s'arrêtent. Une autre encore : deux hommes se posent là. Devant une troisième entrée la même chose se passe, et enfin, plus loin, la quatrième. L'abri est gardé et les occupants sont prisonniers. Tout s'est passé comme il était prévu. Deux groupes nous protègent à chaque extrémité de la tranchée. Nous sommes en sécurité, gardés de tous côtés. Il faut maintenant faire sortir les ennemis, qui ont tout laissé dehors, sacs, armes même, tables garnies de victuailles. Les boches mangeaient avant notre arrivée.

Le travail commence. Quelques mots d'allemand sont connus de tous. Nous crions aux entrées : « Sortez ! Rendez-vous ou *kaputt* ! » Comme réponse on nous tire des coups de fusil du fond de l'abri. Le temps presse. Je donne l'ordre de lancer des grenades dans trois entrées. On attend à la sortie de la quatrième. Rien encore. Bien mieux, nous sommes vus des lignes allemandes plus en arrière ; des boches nous mitraillent.

Les balles sifflent, on ne peut plus se montrer sur le parapet. "Les grenades incendiaires !", tel est l'ordre qui circule. Elles sont lancées, les marches de l'abri fument ; une fumée noire sort de l'abri mais rien ne se montre toujours à la quatrième entrée restée libre. Les bombes de 8 kilos sont alors jetées. Les trois premières entrées s'effondrent. J'essaie de descendre dans la quatrième. Les coups de feu partent encore, c'est tenter l'impossible.

La rage me prend. Il y a des boches et nous ne pouvons les avoir. Si au moins nous avions la certitude que nos camarades ont du boche. J'envoie un sergent (sergent Amin) et quelques hommes en troisième ligne. Le temps est affreusement long. Ils reviennent, déclarent n'avoir rien vu, si ce n'est des abris bouleversés. Que faire ? Un flottement se dessine. J'use de mon autorité. "On partira quand nous les aurons", telle est ma réponse. Le combat reprend de plus belle. On me prévient qu'on nous contre-attaque sur notre droite. J'envoie quelques hommes disponibles comme renfort à ceux qui gardent les extrémités de la tranchée. Tenez bon. Je fais jeter des grenades dans la dernière entrée. Qu'ils meurent tous alors. Les munitions s'épuisent. "*Kamarades* ou *Kaputt* !" répète-t-on. Enfin, dans la fumée, un boche monte et sort, les bras levés, ses vêtements en feu et le visage sanglant. On essaie de lui donner confiance. Il cause français un peu et dit être seul dans l'abri. On lui montre une grosse bombe de 8 kilos que l'on va jeter dans cette dernière entrée. Il appelle alors les autres. Les *kamarades* montent. Ils sont en sang, brûlent et paraissent être des loques humaines. Ils tremblent comme des feuilles. Il en vient toujours. Combien ? Nous ne savons. Cinquante peut-être. Nous sommes si peu nombreux, dispersés comme nous le sommes. C'est suffisant, nous pourrions de vainqueurs devenir prisonniers. Un arrêt. On remonte. Lancez les grenades ! Quels cris dans l'abri ! Une bombe est enfin jetée pour terminer, elle éclate et l'entrée s'écroule. C'est fini.

Il faut rentrer maintenant. Les prisonniers reprennent des jambes. Le groupe se rassemble, emmenant les boches. Quatre hommes restent en arrière avec moi pour protéger la retraite. Les prisonniers sont chargés de ce que l'on trouve : appareils de visée, *minen*, niveaux, caisses, etc... Que renferme tout cela ? Les boches n'ont plus de force... Nous en laissons en route… Les tranchées sont vues au retour. Partout, ce n'est que des dépôts de munitions, *minen* camouflés, lignes téléphoniques neuves. On détruit ce que l'on peut, on coupe les fils, on brise les plaques de marbre des appareils. On prend les consignes affichées aux portes d'abris. Je m'attarde quelque peu. Nous n'en pouvons plus, nous écumons et nous ne pouvons plus causer. Nous abandonnons du matériel. Nous arrivons vers le blockhaus. Les autres groupes sont rentrés déjà. Le lieutenant est là avec quelques hommes. Il s'inquiétait de notre sort et nous félicite. Quelle joie ! Nous dansons une gigue au son du klaxon que manœuvre le lieutenant. C'est le signal du retour dans nos lignes.

Nous nous aidons à ramener les blessés, les tués (deux). Nous sautons dans notre tranchée vers 9 heures. Les prisonniers sont déjà à l'arrière. On nous apprend qu'ils déclarent vouloir attaquer le lendemain. La douche ! Nous savons plus tard au P.C. du Bataillon qu'ils sont 27. Trois ont été pris par les autres groupes ; le mien en a 24 à son compte. Nous sommes fiers et nous éprouvons une joie sans bornes. Le 4e Bataillon est à l'honneur. Le commandant est content de ses grenadiers.

Les loustics lancent leurs bons mots : "Pour un 14 juillet, c'est un fameux champagne !" disent-ils, faisant allusion à celui qu'ils n'ont pas bu comme leurs camarades.

Dans la nuit, nous connaissons d'autres détails. Les renseignements se précisent. L'ennemi commencera sa préparation à minuit et attaquera au jour, à 4 heures. Mais nous sommes prévenus. Des dispositions nouvelles sont prises. Nous les attendons et nous pensons, dit-on, "au beau bec qui les attend".

Les sapeurs de la Compagnie 25/24, sous le commandement du sergent Chartier, terminent l'opération en détruisant tout ce qu'ils peuvent de *minen* et d'abris. »

Page 37

2. Dans son rapport, le sergent Darnand établit la liste des prises du corps franc, le contexte et le bilan de l'opération ainsi que les conséquences opérationnelles :

« Trois quarts d'heure après son départ, le détachement Balestié rentrait dans nos lignes en traversant un barrage d'artillerie allemande très modéré et ramenait :

Notes

27 prisonniers (73ᵉ R.1., et 11ᵉ Bataillon de M.-W.).

5 mitraillettes.

1 appareil de pointage de *minenwerfer*.

3 appareils téléphoniques.

Des armes et des équipements.

Des croquis dont un particulièrement important sur lequel sont portés des emplacements de M.-W.

Nos pertes sont minimes :

2 tués, 3 blessés, pour un effectif de 200 hommes environ. Pas un homme ne restait entre les mains de l'ennemi. Il avait brillamment rempli sa mission, recueillant des renseignements de haut intérêt et ramenait 27 prisonniers, qui nous donnaient sur-le-champ des précisions sur l'attaque imminente.

Les résultats :

1. Renseignements recueillis de visu. En pénétrant dans les lignes ennemies, on y avait trouvé des fils téléphoniques sur bobines, prêts à être déroulés vers l'avant, les *minenwerfer* en batterie dans K 3 presque jointifs et séparés seulement par leurs dépôts de munitions bien camouflés.

2. Prisonniers. Le nombre des prisonniers était de 27, appartenant soit au 73ᵉ R.I. (régiment précédemment en secteur et déjà identifié), soit, pour la plupart, aux 7ᵉ et 11ᵉ Bataillons de *minenwerfer*.

Les prisonniers, tout prêts pour l'attaque, avaient sur eux leur musette remplie de vivres de réserve. N'eussent-ils pas voulu parler, nous étions dès lors en possession de renseignements suffisamment éloquents. Au reste, leurs révélations immédiates jointes aux indices reconnus ne laissaient subsister aucun doute. Elles nous fournissaient même l'horaire d'ensemble établi par le commandement allemand.

Le premier renseignement donné par les prisonniers mérite d'être signalé. Dans le premier groupe ramené, un boche se lamentait d'avoir perdu dans la bagarre son masque à gaz. On lui fit remarquer que, prisonnier maintenant, il en aurait vraisemblablement moins besoin. Il répondit aussitôt que dans quelques heures la préparation d'artillerie allait commencer et qu'elle comporterait un large emploi d'obus toxiques.

Interrogé alors succinctement par l'officier adjoint au chef de Bataillon, sous-lieutenant Bougon, qui avait été envoyé en avant pour hâter l'envoi des renseignements et des prisonniers, le boche confirma ses premiers dires et ajouta que l'attaque d'infanterie suivrait de peu le début de la préparation.

Ce premier renseignement téléphoné au P.C. Ham fut transmis vers l'arrière. Quelques instants plus tard, les renseignements donnés par les autres prisonniers confirmaient celui-là et le précisaient :

Préparation d'artillerie : minuit 10 (heure française).

Attaque d'infanterie : 4 h 30.

Direction : Châlons.

Le succès était dû :

1. À l'heure opportune fixée par le commandement.

2. À l'organisation et à l'instruction de la troupe.

3. À l'esprit du régiment.

Organisation et instruction de la troupe :

La préparation antérieure fut un des principaux facteurs du succès. Le Bataillon avait été entraîné en vue d'une opération analogue. Chacun n'avait besoin que du minimum de temps pour apprendre son rôle. Les coups de main étaient tellement fréquents au régiment qu'ils étaient pour ainsi dire entrés dans les réflexes. Le 366°, comme les autres régiments de la D.I., possédait dans ses « grenadiers de Bataillon » des exécutants de premier ordre. Esprit du régiment, esprit de discipline, certes, mais aussi désir d'action et mépris du danger, chez les officiers comme dans la troupe. Il faudrait citer trop de noms pour ne pas être injuste ; on peut se contenter de rapporter deux faits qui se rattachent au coup de main du 14 juillet :

1. Lorsque le coup de main fut monté, la 13° Compagnie et son chef, le lieutenant Balestié, furent désignés (c'était le tour de cette compagnie à marcher ; le coup de main du 12 juillet avait été fait par la 15° Compagnie). Dès que cette décision fut connue, le commandant d'une autre Compagnie du Bataillon vint exprimer à son chef de Bataillon ses regrets que l'opération fût confiée à une autre unité que la sienne. Il semblait même froissé et ajoutait à peu près textuellement : "Ce n'est pas seulement un sentiment personnel que j'exprime, c'est celui de tous mes gradés et de mes hommes." Il fut cru très volontiers, mais c'était le tour de la 13° Compagnie, il devait attendre pour lui et sa Compagnie d'autres occasions de se distinguer. Le commandant de Compagnie se retira, pas du tout convaincu par la première partie de la réponse, mais méditant certainement la deuxième. Quelques jours plus tard, il justifiait par une superbe défense du point qu'il gardait la prédiction que lui avait faite son

commandant. Pour les anciens du 366ᵉ, il n'est pas besoin de nommer le capitaine Forcinal (14ᵉ Compagnie), qu'ils auraient vite reconnu, ardent et brave comme toujours, dans l'anecdote ci-dessus.

2. La guerre nous a révélé que, même en campagne, le papier ne perd pas ses droits. Un Bataillon en première ligne a de nombreux papiers à fournir journellement : comptes rendus, croquis, inventaires, etc. Un gradé, le caporal Hoquet, de la 13ᵉ Compagnie, était adjoint à cet effet à l'adjudant du 4ᵉ Bataillon. Par suite de ses fonctions temporaires, le caporal Hoquet aurait pu, le 14 juillet, rester au P.C., à peu près assuré contre tout risque. Avant le coup de main, il vint trouver son chef de Bataillon et lui demanda comme une faveur la permission de laisser ses papiers pendant quelques heures pour participer à l'opération avec ses camarades. Naturellement, la permission lui fut accordée avec félicitations. Il fut un des plus acharnés parmi les plus braves, ce jour-là. Quelques semaines après, une mort glorieuse en privait le Bataillon.

"Voilà les officiers et voilà la troupe ; voilà l'esprit du régiment." »

Page 40

3. Alors que les Français continrent l'attaque allemande sur le front de Champagne, l'équivalent de 21 divisions alliées se hâtèrent vers le flanc ouest à partir de la forêt de Villers-Cotterêts. Le 18 juillet, soit trois jours après le coup de main de Darnand, se ruèrent à l'assaut les 26ᵉ, 69ᵉ, 167ᵉ, 168ᵉ, 169ᵉ, 164ᵉ, 418ᵉ, 265ᵉ, 72ᵉ, 91ᵉ, 136ᵉ, 23ᵉ, 42ᵉ, 128ᵉ, 48ᵉ, 70ᵉ, 71ᵉ, 9ᵉ, 11ᵉ, 20ᵉ, 8ᵉ, 110ᵉ, 208ᵉ, 133ᵉ, 152ᵉ, 170ᵉ, 174ᵉ, 409ᵉ régiments d'infanterie française, ainsi que les 1ᵉʳ, 4ᵉ, 8ᵉ, 9ᵉ zouaves français, les 7ᵉ, 8ᵉ, 9ᵉ tirailleurs algériens, les 1ᵉʳ et 4ᵉ mixtes zouaves-tirailleurs, les 2ᵉ, 4ᵉ, 41ᵉ, 43ᵉ, 59ᵉ bataillons de chasseurs à pied ou alpins français, les régiments marocains, malgaches et russes, ainsi que la 1ʳᵉ division d'infanterie américaine, la Big Red One. Enfin, pour la première fois, les nouveaux chars Renault FT rencontrèrent le succès.

Page 43

4. L'Action française est un mouvement nationaliste et royaliste créé en 1898. Dirigée par l'intellectuel provençal Charles Maurras, l'AF revendiquait une monarchie traditionnelle antiparlementaire et

décentralisée. Placée à l'extrême droite de l'échiquier politique, l'A.F. a exercé une influence considérable sur la vie politique et intellectuelle de l'entre-deux-guerres. La pensée de Maurras était à la fois antisémite et antigermanique. Le mouvement disposait d'un puissant quotidien, *L'Action française* ; d'un service d'ordre, les Camelots du roi ; de maisons d'édition ; d'instituts de formation politique ; de cercles de réflexion pour les jeunes femmes royalistes ; de librairies ; bibliothèques ; d'une salle de sport ; d'un théâtre...

Page 43

5. Les Camelots du roi étaient les vendeurs du quotidien *L'Action française*. Ces militants royalistes faisaient également office de service d'ordre et de protection de l'AF.

Page 47

6. Voici la liste des récompenses, médailles et citations obtenues par Joseph Darnand pendant la Première Guerre mondiale, ainsi que celles obtenues lors de la Seconde Guerre mondiale.

Médaille Militaire
Croix de guerre
7 Citations
Croix de guerre belge

De la classe 1917 ; mobilisé le 8 janvier 1916 ; arrivé sur le front au 366e R.I. le 13 juillet 1917 ; se fait tout de suite remarquer par sa bravoure, conquiert ses galons sur le champ de bataille et commande un groupe de grenadiers d'élite ; le 14 juillet 1918 accomplit un coup de main qualifié d'« historique » dont les conséquences devaient être considérables et qui lui valut la proposition suivante pour la Légion d'Honneur.

Sous-officier d'élite d'une bravoure hors de pair. S'est distingué dans de nombreux coups de main par sa hardiesse, son sang-froid et sa réussite. Dans le coup de main du 14 juillet dont le résultat heureux devait avoir d'aussi brillantes conséquences pour la 4e armée, il commandait un des groupes d'attaque, sa conduite fut à la hauteur de sa réputation. Avec un brio merveilleux et une sûreté d'exécution qui lui valaient ses nombreux exploits antérieurs, sous sa direction éclairée, réussit, non seulement à opérer de nombreuses destructions, mais encore à faire 24 prisonniers dont les déclarations précises et concordantes ont révélé l'heure de l'attaque allemande, le 15 juillet 1918. Le sous-officier Darnand a été, en tout point, un serviteur modèle et un des artisans de notre victoire finale. C'est un beau brave.

À la suite de l'exploit mentionné ci-dessus, il est reçu le 16 juillet, par le Maréchal Pétain qui le félicite, et reçoit, sur le champ de bataille, la Médaille Militaire.

Citations

30 NOVEMBRE 1917 – ORDRE DU RÉGIMENT N° 239

« Sergent Darnand : Peloton des grenadiers d'élite. Se distingue journellement dans la bonne exécution des patrouilles et d'embuscades en avant du front ; a fait preuve de beaucoup d'entrain au cours d'un coup de main contre les premières lignes ennemies. »

21 MARS 1918 – ORDRE DU CORPS D'ARMÉE N° 16

« Sous-officier très crâne au feu ; a entraîné ses hommes d'une façon superbe au cours d'un coup de main dans les 2ᵉ et 3ᵉ lignes ennemies, nettoyant une zone d'abris et la tranchée sur une longueur d'environ 300 mètres, montrant pendant toute l'action un profond mépris du danger. »

4 AVRIL 1918 – ORDRE DE L'I.D. N° 56

« Commandant un groupe de grenadiers l'a conduit à plusieurs reprises à la contre-attaque, les 20 et 21 mars 1918 avec un entrain remarquable et le plus grand mépris du danger. »

20 AVRIL 1918 – ORDRE DE L'ARMÉE N° 1253

« Sous-officier d'une vaillance ; d'une énergie et d'une ténacité remarquables. Par son entrain et son audace, a réussi à pénétrer dans les 1ʳᵉ, 2ᵉ et 3ᵉ lignes ennemies. N'obtenant aucun résultat à la suite d'une première visite dans les sapes et les abris, n'a pas hésité à outrepasser sa mission en traversant avec la plus grande hardiesse et un profond mépris du danger le barrage français réussissant ainsi à aborder la 4ᵉ ligne ennemie. »

28 MAI 1918 – ORDRE DE L'ARMÉE N° 1286

« Sous-officier d'une audace remarquable, commandant un groupe d'attaque, au cours d'un coup de main s'est précipité à la tête de ses hommes sur une forte patrouille ennemie, a cherché à la prendre en revers ; a engagé avec elle un combat acharné à la grenade et au pistolet, a réussi à la mettre en fuite et à faire quatre prisonniers. »

31 AOÛT 1918 – MÉDAILLE MILITAIRE N° 9494. G.Q.G. 31 AOÛT 1918

« Sergent Darnand Aimé. Sous-officier d'une superbe vaillance. Lors d'un coup de main le 14 juillet 1918 a contribué au succès de l'opération par son intelligente initiative. Pendant l'attaque du 13 juillet 1918 a soulevé l'admiration de tous par sa conduite superbe. (1 blessure, 5 citations antérieures.) »

28 NOVEMBRE 1918 – ORDRE DU CORPS D'ARMÉE N° 293

« Adjudant Darnand Aimé. Chef de section d'une énergie remarquable, exemple d'entrain pour ses hommes, a été blessé en entraînant sa section à l'assaut d'une ferme fortement tenue par l'ennemi. »

366ᵉ RÉGIMENT D'INFANTERIE

14ᵉ Compagnie

ORDRE DU RÉGIMENT N° 266 – DÉCORATIONS

« Par note N° D.J./6258, le chef de l'état-major de l'armée belge fait connaître que les militaires qui ont fait l'objet de propositions pour la croix de guerre belge, en exécution de la note 433 R (6ᵉ Armée), ont été cités à l'ordre du jour de l'armée belge en date du 19 novembre 1918, et décorés de la croix de guerre pour s'être particulièrement distingués par leur courage et leur dévouement au cours de l'offensive des Flandres. »

Page 59

7. Le 9 janvier 1934, les Français apprennent la mort du financier Alexandre Stavisky. Son cadavre est retrouvé dans un chalet de Chamonix. L'homme était recherché par la police pour un détournement de fonds au Crédit municipal de Bayonne. Il s'agit apparemment d'un suicide mais l'opinion publique soupçonne rapidement des parlementaires d'avoir fait assassiner l'escroc pour l'empêcher de dénoncer ses complices… En quelques jours, l'affaire Stavisky prend des allures de scandale d'État.

Page 61

8. De La Rocque expliquera plus tard pourquoi il n'a pas tenté le coup de force :

« Je n'étais pas prêt à prendre le pouvoir. Je n'avais pas d'équipe gouvernementale. […] Mes cadres n'étaient absolument pas préparés à représenter, en province, une conception, un mouvement politique [...]. Nous n'aurions pas pu nous y (nda : le Palais-Bourbon) maintenir longtemps. » [...] « Il devait être question de purifier la République. Il eût été coupable d'en tenter le renversement. »

Page 87

9. *Match*, n° 91 du 21 mars 1940. Darnand est en couverture de l'hebdomadaire avec ce titre : « Cet officier a ramené le corps de son camarade tué à côté de lui. »

Page 112

10. Entretien du 26 mai 1994 entre François Mitterrand et Pierre Péan, *Une jeunesse française,* Fayard, 1994 : « J'étais un petit scribouillard. Je faisais des fiches sur les communistes, les gaullistes et ceux qui étaient considérés comme antinationaux. » On peut noter que, dans une lettre du 22 avril 1942, Mitterrand revient sur sa démission de la Légion : « Je viens de donner ma démission de la Légion [...]. Je compte quand même rester à Vichy. Je ne sais encore comment. Je sais en tout cas que jamais je ne serai fonctionnaire... Mieux vaut mourir dans le mouvement, dans l'action et à bref délai, en acceptant tous les risques, que d'attendre que la mort vienne vous chercher selon la norme, c'est-à-dire avec les couronnes de regrets de MM. les chefs de bureau, vos collègues. Or, la Légion est fonctionnarisée. »

Page 115

11. On retrouve cette description peu enthousiaste de l'architecture vichyssoise dans la lettre de François Mitterrand, datée du 22 avril 1942 (*Une jeunesse française*, Fayard, 1994).

Page 115

12. Bien que François Mitterrand n'ait jamais évoqué une rencontre avec Joseph Darnand, il est probable que les hommes se soient souvent croisés. D'abord parce que Vichy est une toute petite ville.

Ensuite parce qu'en 1943, Mitterrand et Darnand ont travaillé au sein de la même administration, dans le petit hôtel qui abritait les bureaux de la Légion française des combattants. Enfin, François Mitterrand avait fait état dans sa correspondance de son admiration pour le fondateur du S.O.L. Pierre Gallet, adjoint de Joseph Darnand, disparu en 1998, a plusieurs fois raconté une rencontre entre Darnand et Mitterrand. Voici un extrait de son dernier récit, publié dans une revue historique d'extrême droite. Ce témoignage est sans doute contestable. Toutefois, il m'a semblé utile de le porter à la connaissance du lecteur :

« Un soir de janvier ou de février (*nda : 1942*), nous dînions chez Gabriel Jeantet (*nda : chargé de mission au cabinet civil du maréchal Pétain*). Après un repas succinct, nous nous occupions d'une bouteille de marc tandis que Tissot (*nda : Noël de Tissot, proche de Joseph Darnand et futur officier de la Waffen-SS*) improvisait au piano quand furent introduits deux garçons de notre âge, visiblement étonnés par notre joyeuse assemblée.

— Tu ne connais pas Mitterrand ? dit Jeantet à Darnand en lui désignant un garçon brun à l'expression distante. C'est un de nos amis d'avant-guerre. Il vient de s'évader et arrive à Vichy. [...]

— Félicitations pour votre évasion, dit Darnand. Et il dit en me regardant, nous sommes donc trois évadés autour de cette table. Arrosons ça ! »

(*L'Autre Histoire*. Revue publiée par l'ABRH. N° 12. Deuxième année. Octobre 1998)

Page 116

13. Dans sa lettre du 22 avril 1942, François Mitterrand écrit :

« C'est l'erreur de la Légion que d'avoir reçu des masses dont le seul lien était le hasard : le fait d'avoir combattu ne crée pas une solidarité. Je comprends davantage les S.O.L., soigneusement choisis, et qu'un serment fondé sur les mêmes convictions du cœur lie [...]. Laval est sûrement décidé à nous tirer d'affaire. Sa méthode nous paraît mauvaise ? Savons-nous vraiment ce qu'elle est ? Si elle nous permet de durer, elle sera bonne... »

Notes

**Au printemps 1942, François Mitterrand fustige le « manque de fana-
tisme » des fonctionnaires pour la Révolution nationale. Voici ce qu'il
écrit, dans une lettre du 26 mars 1942, à propos de ses collègues de Vichy :**

« Je ne connais que des gens honorables, sinon honnêtes, hauts fonctionnaires, journalistes officiels, gens de radio d'État, service de l'information
[…]. Personne n'a la foi, beaucoup travaillent consciencieusement, et ce
travail fructifiera, c'est sûr, mais le manque de fanatisme et le manque de
compétence nous conduisent fatalement à l'échec ou plutôt au demi-échec,
car, comme vous, je crois que la moisson germe. » (*Une jeunesse française*,
Fayard, 1994.)

**Dans l'ouvrage cité précédemment, le journaliste Pierre Péan éta-
blit une liste des connaissances que le jeune Mitterrand fréquente :
Paul Creyssel, directeur de la Propagande ; Albert Fabre-Luce, écrivain
ultra-pétainiste ; Simon Arbellot de Vacqueur, chef du service de la
Presse française (l'homme qui dispense la parole de Vichy aux corres-
pondants de presse en poste à Vichy) ; Jean Delage, attaché de presse
des chantiers de jeunesse ; Gabriel Jeantet, ancien cagoulard, proche
du Dr Ménétrel, secrétaire particulier du maréchal Pétain. Selon
Pierre Péan, Jeantet, chargé de mission au cabinet du Maréchal, est un
éternel comploteur :** « à la fois un propagandiste militant et un homme
de l'ombre ; il reçoit et aide des résistants (anciens cagoulards) venus de
Londres et favorise d'autres menées anti-allemandes. Cette relation entre
François Mitterrand et Jeantet fera beaucoup pour accréditer la fameuse
rumeur cagoularde. »

Page 117

**14. La revue dirigée par Gabriel Jeantet, et dans laquelle Mit-
terrand publia le récit de son évasion d'Allemagne sous le titre « Pèleri-
nage en Thuringe »,** était ouvertement antigaulliste, anticommuniste,
**antimaçonnique et antisémite. À propos de ses articles dans la revue de
Gabriel Jeantet,** *France, revue de l'État nouveau,* **François Mitterrand
confiera à Pierre Péan le 26 mai 1994 :**

« Je ne me suis pas posé de questions sur les idées véhiculées par cette
revue ni par les gens qui y signaient […]. Je ne voyais pas le crime dans le

fait de signer des articles dans cette revue. J'aurais peut-être dû faire attention… » (*Une jeunesse française*, Fayard, 1994, p. 185.)

Page 121

15. **La Légion des volontaires français contre le bolchevisme (L.V.F.) a été créée le 8 juillet 1941, quinze jours après l'invasion de l'URSS par l'Allemagne nazie. Née de la volonté de trois leaders collaborationnistes, Jacques Doriot, Marcel Déat et Eugène Deloncle, elle devait pousser les jeunes volontaires français à s'engager dans la Wehrmacht pour combattre l'Armée rouge. En 1944, la L.V.F. sera intégrée à la division SS Charlemagne.**

Page 138

16. **_Les Mémoires de Porthos_, Henry Charbonneau, Éditions du Clan, 1967.**

Page 149

17. **Voir Michèle Cointet, _La Milice française_, Fayard, 2013, p. 115 :**

« Il existe aussi un câble de Jean Moulin du 4 juin 1943 informant d'une offre de ralliement : "Darnand ex-cagoulard chef de la Milice est disposé rallier unité combattant FFC étant dégoûté de Vichy. Vous laisse soin examiner si ce ralliement exceptionnel peut servir négociations actuelles. »

Source : AN3AG 2/400 cité par BAYNA, *Présumé Jean Moulin*, Grasset, 2006, p. 716.

Page 158

18. **Dans _La Grande Histoire des Français sous l'Occupation_, d'Henri Amouroux, Pierre Cance rapporte sa rencontre avec le colonel Groussard, page 347.**

Notes

Page 161

19. **Voir Jacques Delperrié de Bayac, *Histoire de la Milice, 1918-1945*, Fayard, 1969.**

Page 202, il cite les mémoires de Groussard (Georges Groussard, *Service secret, 1940-1945*, La Table ronde, 1964, p. 464 *sq*) :

« Lorsque Guillaume me transmit la demande de Joseph Darnand, je le chargeais de faire parvenir à ce dernier en retour deux papiers. Dans le premier je commençais par lui indiquer les raisons qui rendaient inéluctable la victoire alliée. Je continuais en lui rappelant la promesse qu'il m'avait faite et qu'il avait trahie, après avoir tant protesté auprès de sa fidélité et de sa confiance. Cela fait, je m'offrais à lui donner une chance ultime de se racheter en participant à la dernière étape de la lutte contre le nazisme. Mais je ne lui donnerais cette chance que s'il recopiait et signait ce qui était écrit sur le deuxième papier et s'il me le renvoyait dans les plus brefs délais. S'il n'obéissait pas à ce que je lui demandais, lui dis-je, il était tout à fait inutile que nous nous voyions. Ce dernier papier portait la phrase suivante : "Je soussigné, Joseph Darnand, m'engage à servir sous les ordres du colonel Groussard contre les Allemands et à lui obéir en toute circonstance." »

Page 161

20. **Le général de Gaulle écrit dans ses *Mémoires* :**

« À cet homme de main et de risque, la collaboration était apparue comme une passionnante aventure qui, par là même, justifiait toutes les audaces et tous les moyens [...]. À preuve les exploits accomplis par lui, au commencement de la guerre, à la tête des groupes francs. À preuve, aussi, le fait que portant déjà l'uniforme allemand et couvert du sang des combattants de la résistance, il m'avait fait transmettre sa demande de rejoindre la France libre. »

Page 179

21. *Le droit de vivre*, **le journal de la Ligue contre l'antisémitisme, dans son numéro du 25 avril 1936, appela à voter Déat aux élections.**

Page 194

22. Ce passage sur de Gaulle a été inspiré par une interview donnée par Pierre Laval au journaliste Dominique Canavaggio en janvier 1944. Les termes utilisés sont ceux de Pierre Laval.

Hoover Institute, *La Vie de la France sous l'Occupation,* Plon, 1957.

Page 209

23. Pierre-Antoine Cousteau est le frère du célèbre commandant Pierre-Yves Cousteau. Contrairement à son père et son frère, exilés à Londres, Pierre-Antoine Cousteau s'était engagé dans la voie de la collaboration. Journaliste à *Je suis partout,* il adhéra à la Milice en février 1944. Condamné à mort le 23 novembre 1946, il sera gracié par le président Vincent Auriol suite aux démarches de son frère et libéré en 1954, après huit années de prison.

Page 234

24. Après le débarquement, la famille Darnand va quitter la rue Octave-Feuillet pour s'installer pour quelques semaines au premier étage de l'hôtel Menier, 61 rue de Monceau, dans le 8ᵉ arrondissement. Cet hôtel particulier du XIXᵉ siècle abritait aussi les bureaux des services de Maintien de l'ordre.

Page 257

25. Les propos d'Hitler ont été rapportés par Paul Marion après la guerre.

Page 258

26. *Les Mémoires de Porthos,* Henry Charbonneau, Éditions du Clan, 1967, tome II, p. 66.

Notes

Page 264

27. Fondée en juillet 1944, destinée à prendre la relève de la L.V.F., la division Charlemagne – ainsi nommée en hommage à l'ancien empereur « binational » d'Occident – est officiellement intégrée à l'armée allemande sous le nom de Waffen-Grenadier-Brigade der SS Charlemagne (*französische Nr.1*). Elle comprend 1 200 anciens de la L.V.F. et 1 100 anciens de la brigade Frankreich, ainsi que 2 500 francs-gardes de la Milice, 1 200 volontaires français de la Kriegsmarine et des rescapés du Nationalsozialistische Kraftfahrkorps (corps de transport national-socialiste, NSKK) et de l'organisation Todt. Les effectifs atteindront 7 300 hommes placés sous le commandement de l'Oberführer Edgar Puaud (voir *Dictionnaire de la collaboration*). 2 000 combattants disparaîtront près de Stargard en Poméranie, dans des combats contre l'Armée rouge. Le reste de la division Charlemagne sera décimé dans le combat pour Berlin en avril-mai 1945. De nombreux proches de Darnand s'engageront dans la division Charlemagne comme Noël de Tissot, qui trouvera la mort lors d'un engagement contre les troupes soviétiques, le 21 août 1944, ou Jean Bassompierre qui sera fait prisonnier, condamné à mort et exécuté en 1948.

Page 313

28. Propos rapportés par le père Bruckberger à maître Ambroise-Colin. La phrase de De Gaulle se trouve dans la biographie de Hugues Viel : *Darnand, la mort en chantant* (Jean Picollec, 1996). Bruckberger rapporte l'entretien qu'il a eu avec le général de Gaulle :

« Vous direz à Darnand que j'ai lu sa lettre. Je n'ai pas le temps d'y répondre. Dites-lui, en tout cas, que je suis obligé de le faire fusiller par raison d'État, mais que, de soldat à soldat, je lui garde toute mon estime. Pour ses miliciens ayant commis des actes criminels, la justice suivra son cours ; pour les autres, je l'assure d'une grâce prochaine. »

Bibliographie

Éric Alary, *La Ligne de démarcation*, Paris, Perrin, 2003.

Henri Amouroux, *La Grande Histoire des Français sous l'Occupation*, Paris, Robert Laffont, 1976-1993.

Jean Pierre Azéma et Olivier Wieworka, *Vichy et les Français*, Paris, Fayard, 1992.

Marc-Olivier Baruch, *Servir l'État français*, Paris, Fayard, 1997.

Hervé Bentégeat, *« Et surtout pas un mot à la Maréchale... »*, *Pétain et ses femmes*, Paris, Albin Michel, 2014.

Emmanuel Berl, *La Fin de la IIIe République*, Paris, Gallimard, 1968.

André Brissaud, *La Dernière Année de Vichy (1943-1945)*, Paris, Perrin, 1965.

François Broche, *Dictionnaire de la collaboration*, Paris, Belin, 2014.

Philippe Burin, *La France à l'heure allemande*, Paris, Seuil, 1995.

Robert Chamberon, *Résistant, Entretiens avec Marie-Françoise Bechtel*, Paris, Fayard, 2014.

Michèle Cointet, *La Milice française*, Paris, Fayard, 2013.

Jacques Delperrié de Bayac, *Histoire de la Milice, 1918-1945*, Paris, Fayard, 1994.

Henry Du Moulin de Labathète, *Le Temps des illusions, Souvenirs (Juin 1940-Avril 1942)*, Genève, À l'enseigne du cheval ailé, 1946.

Pierre Giolitto, *Volontaires français sous l'uniforme allemand*, Paris, Perrin, « Tempus », 2007.

Pascal Ory, *Les Collaborateurs, 1940-1945*, Paris, Seuil, « Points Histoire », 1976.

Pierre Péan, *Une jeunesse française : François Mitterrand 1934-1947*, Paris, Fayard, 1994.

Henry Rousso, *Un château en Allemagne : Sigmaringen 1944-1945*, Fayard, 2010 ; *Le Régime de Vichy*, Paris, PUF, 2012.

Philippe Valode, *Les Hommes de Pétain*, Paris, Nouveau Monde Éditions, « Poche », 2013.

Hugues Viel, *Darnand : La mort en chantant*, Paris, Jean Picollec, 1996.

« Un coup de main historique réalisé par la 132ᵉ DI le 14 juillet 1918 », *Revue militaire française* publiée avec le concours de l'état-major de l'armée, Paris, Bibliothèque nationale de France, avril 1923 (Source : Gallica bnf.fr).

CET OUVRAGE A ÉTÉ COMPOSÉ
PAR PCA
ET ACHEVÉ D'IMPRIMER
PAR CPI BUSSIÈRE
À SAINT-AMAND-MONTRAND (CHER)
POUR LE COMPTE DES ÉDITIONS J.-C. LATTÈS
17, RUE JACOB – 75006 PARIS
EN MARS 2015

N° d'édition : 01 – N° d'impression :
Dépôt légal : avril 2015